理
モ生活
15

渡辺恒彦
Tsunehiko Watanabe
illustration 文倉十

理想のヒモ生活15
「すみません、ちょっと思い出せません」
銀髪のフレア姫は全くこたえまい。
代わりに、後ろに控える長身の女戦士―スカジ―を
恐縮させるだけだ。

「まったく、其方《そなた》は……」

窓ガラスの前に後宮侍女長アマンダは
お手本のような美しい姿勢で立ち、
若い侍女一堂に向かって口を開く。
理想のヒモ生活

「私はこの都市
ウトガルズの代表、
当代のロックだ」
理想のヒモ生活⑮

「……脈が、ある」

ヤン隊長のその言葉に、
女王アウラは驚愕《きょうがく》の声を上げる…
「バカな!? あり得ぬ！」

理想のヒモ生活 15

亡骸《なきがら》と傭兵《ようへい》と女王

北大陸では、『**教会**』は再三の警告を無視し、自分たちへの非難と独自の『**竜の教え**』を説くことをやめないヤン司祭をついに拘束していた。

傭兵ヤンは救出のために動くが間に合わず、ヤン司祭は火刑に処された。

そんなある日、復讐《ふくしゅう》の念に燃える傭兵ヤンに届けられた一通の書状。その書状には**「火刑に処された亡骸を、魔法で完全な形に修復し、清めることができる」**と記されていた。

竜信仰者にとって、火は竜罰の象徴。焼け焦げた亡骸を癒やすことは、信仰上大きな意味がある。

書状を信じた傭兵ヤンが、指示に従い向かった先で待っていたのは**女王アウラ**。

女王アウラは傭兵ヤンに告げる。

「死体を私のところに持ってくれれば、修復してやろう」

女王アウラの言葉を信じ、ヤン司祭の亡骸を奪取してきた傭兵ヤン。

約束通り、亡骸に『**時間遡行《そこう》**』の魔法を施す女王アウラ。

その結果は、**「ヤン司祭の死体の修復」**ではなく、**思いもよらないものだった。**

INTRODUCTION

理想のヒモ生活

15

渡辺恒彦

ヒーロー文庫

理想の
ヒモ生活
15
CONTENTS

illustration 文倉 十

イラスト／文倉 十
装丁・本文デザイン／5GAS DESIGN STUDIO
校正／福島典子（東京出版サービスセンター）
DTP／松田修尚（主婦の友社）

プロローグ　残された者

暦《こよみ》の上では酷暑期が終わり、活動期に入ったことになったある日の昼。

女王アウラは、後宮《こうきゅう》の寝室で昼食を取っていた。昼食を取りながらの対談を申し込まれたからだ。それも場所は、後宮を指定して。

女王アウラに、一対一の対談を申し込める人間で、なおかつその場所に『後宮』を指名できる人間は、カープァ王国広しと言えども二人しかいない。

そのうちの一人である善治郎《ぜんじろう》は、後宮で女王アウラと話し合いの場を設けたければ、公式に申し込む必要はないし、そもそも今は仕事でカープァ王国にいない。

となると、申し込んだ人間は一人に絞られる。

結果、後宮本棟の寝室に設けられた小さなテーブルの対面には、善治郎のもう一人の妻、フレア姫が笑顔で座っていた。

「フレア」

「はい、何でしょうか？　アウラ陛下？」

赤髪の女王に名前を呼ばれた銀髪の姫は、全く緊張感のない声を発する。

女王アウラは、その赤に近い明るい茶色の双眼を細めると、

「其方《そなた》から対談の申し込みがあったから、この『昼食会』を設けたのだが？　話の内容はなんだ？」

そう圧力のある声を発する。実際、フレア姫の後ろに控える女戦士スカジなどは、その大柄な体を精いっぱい小さくして恐縮している。

だが、正面からその圧力を受けているはずの銀髪の姫は、毛ほどの動揺も見せずに、心地よさげに、エアコンの冷風を浴びている。

「話の内容……？　すみません、ちょっと思い出せません。まあ、まだ時間はございますから、ゆっくりじっくりくり時間をかけて思い出しますから」

「…………」

ジットリと睨《にら》みつける女王アウラの眼力にも小揺《こゆる》ぎもせず、フレア姫はだらけ切った体勢を変えない。

フレア姫から申し込まれた話し合い。大事なことは話し合いの内容ではなく、ここ『エアコンの効いている後宮《こうきゅう》本棟の寝室』に話し合いの場を設けること、それ自体なのだろう。『活動期』といわれてはいるが、それは生粋《きっすい》の南大陸人の肌感覚での評価。日中の気温は三十度超えが当たり前のこの時期、北大陸でもさらに北の生まれであるフレア姫にとっては、まだまだエアコンが恋しい季節である。

これ以上睨み続けても、この銀髪の姫は全くこたえまい。代わりに、後ろに控える何も悪くない長身の女戦士を恐縮させるだけだ。それを察した女王アウラは、小さく肩をすくめると、視線という名の矛《ほこ》を収める。

「まったく、其方は。……まあよい。私と其方の仲が良好であると周囲に印象付けられる要素は、婿殿《むこどの》にとって有益だからな」

女王アウラのその言葉には、一理ある。こうして、女王アウラとフレア姫が頻繁に会っていれば、両者の仲が良好であるというアピールにはなる。

正妻である女王アウラと、側室であるフレア姫の仲が良好であること、良好であると周囲に認識されることは、善治郎にとっても、女王アウラとフレア姫にとっても良いことである。

無論、「女王アウラが側室を呼びつけて圧迫している」とか「フレア姫は女王アウラの弱点を探るために接触を増やしている」などと、捻《ひね》くれた見方をする者もいるだろうが、大勢は「仲が良い」という方向に持っていけるだろう。少なくとも接触がない、もしくは少ない状態よりはマシなはずだ。

実際、女王アウラとフレア姫は仲が良い。同じ男を共有している正妻と側室という立場から考えれば、「破格に仲が良い」と言ってもいいだろう。

「ええ、おっしゃる通りです。ですから私はこうして、できるだけアウラ陛下との仲が良好であるアリバイ作りをしているのです」

「……ご協力に感謝しておこう。では、明日の昼食会も同席してくれるかな？　王宮で行われるのだが」

ジト目と苦笑を向ける赤髪の女王に、銀髪の姫はすっとぼけるように視線を斜め上に逃がす。

「あー。それは、無理です。ええ、確か明日は予定があったはずです」

「ほう？　どんな予定だ？」

「詳しくは言えません。でも、王宮には出られません。あ、でも後宮内《こうきゅう》だったら大丈夫ですよ。予定が変わって、場所がここに変更されたら、私も参加しますから、教えてください」

「……其方《そなた》、日に日に図々しくなっていくな」

そう言う女王アウラはわざとため息をついてみせるが、叱責はしない。なんだかんだ言っても、フレア姫が「わきまえている」ことを知っているからだ。

フレア姫の甘えた図々しい言動は、基本的に女王アウラを相手に、私的な場でしか表に出さない。公的な場では女王アウラ相手でも、もっとしっかりと距離を取った言動を取るし、善治郎と一対一になった時には、感心するほどの自制を見せる。

甘えられる相手、甘えてもいい相手、甘えられるが甘えるとまずい相手。その辺りの見極めがしっかりしている。

そういう意味では、フレア姫にとって女王アウラは、非常にやりやすい相手だった。私的な場に限れば、過ぎた無礼な言動をしっかり怒るし、図々しい提案は歯牙にもかけずに却下するだけで、感情的に引きずったりしない。そのため、今のように気負わず砕けた会話が楽しめる。

これが善治郎相手だと、こうはいかない。

善治郎は、可能な限り誠実であろうという意識があるためか、フレア姫の「おねだり」を正面から受け止めようとしてしまう。そのため、フレア姫も冗談や駄目で元々の提案ができないのだ。

夫である善治郎ではなく、妻同士である女王アウラとの関係が先に、家族――フレア姫が頭に思い描く家族――の距離感になっているのは、皮肉ではあるが、今後の人間関係を考えれば僥倖《ぎょうこう》とも言える。

一人の夫と複数の妻という、王族や高位貴族の人間関係では、夫と妻以上に妻と妻の関係が、家庭の平和に大きく関係するからだ。まして、カープァ王家の場合、その中心にいるのは、王配にすぎない善治郎ではない。女王であるアウラなのだ。

とはいえ、「王家」ならばともかく、「家庭」と見た場合、中心は善治郎であることに変わりはない。

「……ゼンジロウ様は、今頃どうしているでしょうか？」

「さて、予定通りならば、そろそろ『ウトガルズ』に着いているころだが」

どうしても、二人の会話は、善治郎のことが中心になってしまう。

ましてて、今はその善治郎が、全く未知の世界に足を踏み入れている最中なのだ。期待、心配、そしてフレア姫に限ってだが、羨望。さまざまな感情を抱かずにはいられない。

「ああ、私も行きたかったです」

「まだ言ってるのか」

未練がましい言葉を、未練がましい表情と声色で言うフレア姫に、女王アウラは呆《あき》れたようにそう返す。

「言っても意味がないことは分かってるのですけれどね。でも、愚痴ぐらいは言わせてくださいよ」

「後宮《こうきゅう》ならばいいだろう。外では言うな。それほど行きたかったのか」

女王アウラにはちょっとわからない感覚である。女王アウラも、『瞬間移動』の使い勝手を良くするため、他国訪問は多く経験している人間だ。先の大戦では、国内外問わず、長期の遠征も経験している。

だが、それらの行為は女王アウラにとっては義務にすぎず、そこに喜びは一切感じられなかった。

無論、これがもっと平和な時に、それこそ善治郎から聞いた『新婚旅行』のような行為であれば、女王アウラも楽しいと感じられただろうが、公務で未知の土地に行くことに喜びを見出《みいだ》す価値観は、正直共感できない。

「行きたかったです」

素直に未練を口から漏らす銀髪の姫に、赤髪の女王は慰めの言葉をかける。

「どうしてもというのならば、今後機会はあろう。婿殿《むこどの》が一度行ったとなれば、以後は『瞬間移動』で行き来ができる。無論、先方が『瞬間移動』での行き来を許可してくれればの話だがな」

善治郎は当然のように、デジタルカメラを持参してウトガルズへ向かっている。そこで写真を撮れば、ウトガルズへも『瞬間移動』での行き来が可能になる。ただし、それは女王アウラが今言った通り、ウトガルズが許可を出してくれたらの話だ。それは、契約や仁義だけの話ではない。単純に、許可がなければ行き来ができなくなる。

魔法の発動には、強く集中することが必要となる。そのため、禁止されている場所への『瞬間移動』は、「禁止されている」という情報に意識を割《さ》かれるため、善治郎程度の精神力と呪文《じゅもん》の熟練度では、ほぼ成功しなくなるのだ。女王アウラならば、全く問題ないのだが。

だが、フレア姫はその短い蒼銀髪《そうぎんぱつ》を振り、女王の言葉を否定する。

「ああ、違うのですよ、アウラ陛下。私は、未知の土地に真っ先に、この足でたどり着いて、この目に収めたいのです。『瞬間移動』は非常に有効ですが、少々風情にかけます」

「移動で重要なのは、風情ではなく、安全性と速度であろう。では、『瞬間移動』でのウトガルズ行きには、興味がない、と？」

「それはそれ、これはこれ、です。そうなったあかつきには、絶対連れていってもらいますとも」

　えっへんと胸を張る銀髪の王女に、赤髪の女王は大きなため息をつく。

「なんだか、其方《そなた》と私的な場で会話をしていると、一人の夫を共有するもう一人の妻というより、手のかかる娘のように思えてくるな」

　口調は呆《あき》れていて、内容も明確なけなし言葉だが、女王アウラの表情を見れば、むしろ以前よりも距離が縮まった良い空気を醸し出している。

「あら？　それは、フアナ様の良い予行練習として、私もお役に立っているということですね」

「フアナを、其方のような問題児に育てたりはせぬわ」

　図々しいことを言うフレア姫を、そう簡単に切って捨てようとした女王アウラだったが、その程度で撃退できるフレア姫ではない。

「ちなみに私の実母である、フェリシア第二王妃は、十分な愛情と厳しい躾《しつけ》で私に王族の女として相応《ふさわ》しい教育を施してくれましたよ。その結果が今の私です」

どれだけ親がしっかりしていても、子が問題児に育たない保証はない。無駄に胸を張って主張するフレア姫に、女王アウラは顔をしかめる。

「……痛いところを」

顔をしかめるだけで、それ以上追求しないのは、女王アウラ自身が広義でフレア姫の同類だからだ。

並みの騎士程度の戦闘力があり、先の大戦では自ら軍を指揮して戦った女王アウラは、言うまでもなく一般的な王侯貴族の女には程遠い。

女王として即位せず、一王女のままだったら、それこそフレア姫よりよほど嫁の貰《もら》い手に苦労しただろう。

まあ、アウラの場合、育ての親であるララ侯爵夫妻が、理解ある人間だったという環境の問題もあるので、一概に生来の資質だけの問題とは言い難いのだが。

そんな自分が、王族として破格と言ってもいい、愛情の溢《あふ》れた結婚生活をおくっている。カルロス、フアナという子宝にも恵まれた。

唯一生き残った王族としての義務を果たしながら、同時に幸福な日々を過ごしている。

それも全ては、愛する夫のおかげだ。

そんなことを考えていたからだろう。

「早く、ゼンジロウ様に会いたいです」

「ああ、そうだな」

フレア姫の言葉に、女王アウラは無意識に首肯《しゅこう》するのだった。

第一章　ウトガルズ

同じ頃、善治郎はフレア姫の双子の弟であり、ウップサーラ王国王太子であるユングヴィ王子と共に、ウトガルズへと向かっていた。

まずカープァ王国からウップサーラ王国へ『瞬間移動』。その日は、非公式にウップサーラ王国で簡単な歓待を受けて、ウップサーラ王国の王宮――広輝宮《こうききゅう》で一泊。翌日の朝早く、馬車でウップサーラ王宮から王都の北のはずれまで移動。そこで、今乗っているウトガルズが用意した『乗り物』に、乗り換えたのである。

ウトガルズが用意した『乗り物』。それは、大型のソリである。

引いているのは二頭のトナカイ、に見える。少なくとも善治郎の知識にある一番近い生き物は、トナカイだ。もっとも、ウップサーラ王国の馬車をここまで引いてきた重馬よりも、一回り大きなその生き物を、トナカイと呼んでいいのかは、正直疑問だが。

トナカイが引いているソリも、一般的なソリではない。ウップサーラ王国が用意した箱馬車に負けないくらい大きな箱が、ソリの上に鎮座している。

ちなみに今は初秋。北大陸でも北部に位置するウップサーラ王国だが、まだ王都近くの積雪は確認されていない。それなのにソリがどうやって動いているかというと、空中を滑っているのである。

大地ではなく空中を蹴って進む二頭のトナカイに引かれ、箱ソリも空中を音もなく滑っていく。

箱ソリの中は、不思議な空間だった。壁、床、天井は金属とも石材ともつかない、白に近い明るい灰色の素材でできている。目立つ内装としては、進行方向に沿って横向きに向かい合って存在する二つのソファーと、その間に直立する四角柱。四角柱の高さは腰くらいで、斜めに切られた長方形の頂点部は、淡い光を放っている。

そこに、魔法文字が表示されるのだ。最初は『入口閉鎖』、次に『着席推奨』、その次に『出発』。その文字通り、箱ソリの入り口は自動で閉まり、善治郎とユングヴィ王子が向かい合って着席してからしばらくすると、箱ソリは無音のままゆっくりと動き出した。

始動からしばらくの間は、斜め下に押し付けられるような小さな慣性を感じたが、しばらくするとそれも感じられなくなる。

床、天井、四面の壁にはどこにも窓が存在しないため、ハッキリとは分からないが、体感的には重力も真下に働いているように感じられる。

ちなみに、天井の前後二か所に、魔法の明かりが備えられているため、箱ソリの中は十分に明るい。

そうしていると、パネルに『離席自由』という文字が表示された。どうやら、後は席を立って動いても大丈夫らしい。立ち上がるつもりはないが、なんとなく体から力を抜いた善治郎は、ホッと安堵《あんど》の息を漏らす。

緊張が解けたことで、やっと同乗者に気を配る余裕が生まれた善治郎は、対面に座る義弟が、興奮でその氷碧色《ひょうへきいろ》の双眼をランランと輝かせていることに気が付いた。

「ああ、義兄上《あにうえ》。これは一体どうなっているのでしょう!?」

興奮のあまり、勢いよく席から立ち上がるユングヴィ王子に、善治郎はちょっと慌てて忠告する。

「ユングヴィ、あまり中で騒がない方がいいよ。一応、『離席自由』とは出てるけど、空を飛んでるわけだから」

「…………………は？　空を、飛んでいる？」

当たり前のように忠告する善治郎の言葉に、ユングヴィ王子は全くと言っていいほど理解を示さなかった。これは考えてみれば当たり前である。乗り込んだ時、このトナカイ二頭引きの箱ソリは、間違いなく地面にあった。その状態で乗り込み、ドアが完全に閉じてから動き出したのだ。魔法の明かりで箱ソリの中は明るいが、窓一つなく、外が全く見えない構造になっている。

その状態から斜め下に押し付けられる慣性を感じたことから、善治郎は素直に「あ、飛んでる」と確信したのだが、これは飛行機という乗り物で何度か空を飛んだことのある善治郎だからこそ、理解できる感覚にすぎない（善治郎の場合「トナカイが引くソリ」というだけで、「これは飛ぶ」と最初から連想していたのも大きい）。

一方ユングヴィ王子は、今日まで一度も空を飛んだことがない。当たり前だ。ウップサーラ王国には、有翼馬もいないし、ユングヴィ王子は飛行魔法の使い手でもない。

だから、ユングヴィ王子は、この箱ソリが今空を飛んでいることを、全く理解していなかった。水平等速飛行（もしくは空中歩行）状態に入った現状、慣性も揺れも全く感じられないのだからなおさらだ。

「飛んでいる？　本当に？　だ、大丈夫なのでしょうか？」

半信半疑ながら、自分が今空を飛んでいるという善治郎の主張を理解したユングヴィ王子は、不安げに足元に視線を向ける。

善治郎は自信なさげに首を傾げながら、

「仮にも向こうから招待して、向こうが用意した移動手段だからね。そう危険はないんじゃないかな」

と、多少はユングヴィ王子が安心できそうな材料を提示する。

「まあ、そう言われてみればその通りですが。ゼンジロウ義兄上《あにうえ》、本当に我々は今飛んでいるのでしょうか？　そのような虚言《きょげん》を弄《ろう》するゼンジロウ義兄上ではないことは理解しているのですが、さすがににわかには信じがたいです」

正直にそう言うユングヴィ王子に、善治郎も少し困ったように首を傾げる。

「まあ、証拠もないし、信じられないのも無理はないかな。どうすればいいだろう？」

少し考えた善治郎は、この狭い箱ソリの中で、手掛かりとなりそうなものは一つしかないことに思い至る。

「これは、ただの表示パネルなのかな？」

そう言いながら、慎重に立ち上がった善治郎は、中央で光を放つパネルに目をやる。

パネルには、魔法文字で『移動中』と大きく表示されている。もちろん、善治郎の目には日本語表記に見える。さらに注意して見ると、パネルの左上に、小さく『限定操作』という文字が映っている。

「あ、もしかして」

なんとなく、それの意味するところを察する善治郎だが、さすがにそれに触れることには躊躇《ちゅうちょ》がある。未知の魔道具、それも今現在自分を乗せて飛行中と思われる魔道具を『操作』することに、恐怖心を抱くのは当然のことだろう。

「義兄上《あにうえ》？　いかがされましたか？」

フレア姫とよく似たその顔をキョトンとさせたユングヴィ王子が、そう言って恐る恐る善治郎の隣へとやってくる。

「うん。これを見てもらえるかな。真ん中の大きな文字じゃなくて、左上の小さな文字」

これは魔法文字なのだから、当然ユングヴィ王子も読める。

「『移動中』ではなくて、ああこっちですね。『限定操作』……操作？」

操作という言葉に、ユングヴィ王子はその形の良い眉を片方跳ね上げる。

「操作、できるのですか？」

好奇心と野心がない交ぜになった笑みが、ユングヴィ王子の口元に浮かぶ。

「恐らくは。ただあくまで『限定操作』のようだけどね」

『限定操作』。善治郎は、これは公共の交通機関で、乗客ができる程度の操作ではないかと、予想する。飛行機の乗客が、窓のブラインドを下ろしたり上げたりできるような。新幹線の乗客が椅子の背もたれを倒すことができるような。せいぜいその程度の操作。

これはウトガルズが用意した移動手段だ。それなのに、中からの操作で、箱ソリの高度や速度、ましてや進行方向を変えられるとは考え難い。そんなことができれば、そのまま乗り逃げができてしまうからだ。下手な操作で墜落させてしまうのは、命のかかっている善治郎やユングヴィ王子はもちろん、道具を失うウトガルズにとっても痛手のはずだ。

そんな予想を、善治郎はできるだけこちらの人間でも理解できるように、言葉を選びながらユングヴィ王子に説く。

「なるほど、確かに義兄上のおっしゃる通りですね。それならば、少し操作してみたいのですが、どうすればいいのでしょう？」

驚きから一転して、そんな大胆なことを言うユングヴィ王子の反応を、ある程度予想していた善治郎だが、それでも驚きは隠せない。

「操作するつもり？　まず大丈夫だとは思うけど、万が一のこともあるよ？」

そう念を押す善治郎は、ユングヴィ王子のことは心配していても、自分のことはさほど心配していない。善治郎には、『瞬間移動』の魔道具があるからだ。万が一の時には、この魔道具を発動させれば、善治郎だけは助かる。論理的に考えて、『限定操作』によって身の安全が脅かされる可能性は極めて低い、という結論を出しているのが、より大きな理由ではあるが。

「やってみたいですね」

だから、好奇心に負けたユングヴィ王子がそう言った時点で、善治郎としては比較的冷静に行動に移ることができた。

「なら、やってみようか。危険を感じたらすぐにやめるよ」

そう言って善治郎は、慎重に右手を伸ばす。同時に左手は、無意識のうちに胸元に忍ばせた魔道具を、服の上から触っている。

善治郎の記憶が正しければ、ウップサーラ王国のグスタフ王は、あの緑の宝石の表面を指でなぞることで、招待状の形へと変形させていた。

そんな善治郎の推測は正しかった。


善治郎の人差し指が、『限定操作』と書かれたパネル左上の文字に触れると、パネル全体に変化が起こる。


「おお！」

ユングヴィ王子が横で驚きの声をあげているが、そこまで大きな変化が起きたわけではない。

今までパネル中央に表示されていた『移動中』という文字が、小さくなってパネル右上に追いやられ、代わりに『限定操作』の文字が大きくなって、パネル中央へと移動したのである。それから少し遅れて、『限定操作』の文字の下に、一回り小さな文字で、数行の文字列が浮かぶ。

『光量調整』『座席操作』『飲料水提供』『便所案内』『壁面透明』。

どうやら、善治郎の予想は当たっていたようだ。『限定操作』で操作が可能なのは、あくまで箱ソリ内部の環境に限られるようだ。これならば、安心して操作できる。

さっそく善治郎は『光量調整』という文字列に人差し指で触れた。すると『光量調整』の下に、『強』『弱』という二つの文字が、少し離れて横並びに現れる。

善治郎が『強』の文字に触れると、天井の明かりが強まり、『弱』の文字に触れると弱まる。そして、『強』の文字に触れ続けていると、だんだんと明かりは強くなっていく。

「おお！　おお？　ほう！」

明かりの強さが変わるたびに、隣に立つユングヴィ王子が興奮したような声を上げる。

続いて善治郎が、『座席操作』の文字列に触れると、その下に『縦二列』『縦一列』『横二列』『横一列』『寝台』という五列の文字が浮かぶ。その中でも『横二列』という文字だけが強く光っているのは、現状がその状態であることを示しているのだろう。

座席を動かしたとき、中にいる人間がどうなるのか少し不安があったので、この文字列には触れないようにする。

『飲料水提供』と『便所案内』も同様だ。今は別段喉も渇いていないし、排出の生理現象にも襲われていない。もっとも、『便所案内』に関しては、飛行時間が長時間にわたった場合、必然的に使用せざるを得ないだろうが。ともあれ、今すぐに調べる必要はない。

問題はその次、『壁面透明』である。

『壁面透明』。文字通りに読み取れば、この箱ソリ内の灰色の壁が透明になって、外が見えるようにできるということだろう。現状が、飛行機や新幹線の窓のブラインドが下りた状態で、そのブラインドを上げられるような機能、と善治郎は考えているのだが、万が一の恐れがある。

それは、ブラインドではなく、窓を開ける状態になってしまう可能性である。速度や高度にもよるが、飛行している（と思われる）乗り物の窓を開けるというのは、控え目に言っても自殺行為だ。

それでも、善治郎がさほど緊張感もなく、『壁面透明』の文字に指を触れることができたのは、その前の『光量調整』と『座席操作』の経験があったからだ。『光量調整』も『座席操作』も、文字列に触れただけでは、いきなり効果は表れなかった。その下に、詳細な操作をするための一回り小さな文字列が現れたのだ。その前例に倣《なら》えば、『壁面透明』も同様のはず、という善治郎の予想は果たして正しかった。

『壁面透明』の下に、『前面』『後面』『右側面』『左側面』『床面』『天井面』という六つの一回り小さな文字列が現れたのだ。

これの意味するところは分かりやすい。どの壁を透明にするか、選べるということだろう。では、どの壁を透明にするかという問題だが、まず天井と床は真っ先に除外される。

天井を透明にしても見えるのは空だけで、なんの情報も得られない。床は情報を得られるという意味では最善だが、さすがに怖い。たとえ善治郎の予想通り、ただの透明化――頑丈なガラスのような素材に変化するだけだとしても、床はない。絶対にない。善治郎は強化ガラス製の橋を作った人間とは、友達になれない人間である。

いろいろ考えた後、善治郎はそっと『前面』の文字列に指を触れる。すると、予想外なことに、『前面』の文字列の下に、もう一回り小さい文字列が二列現れた。一列目は『全体』、二列目は『一部』。善治郎は、ゆっくりと『一部』の文字列に、少し震える指を伸ばした。

次の瞬間。箱ソリ内部前面の中心部一角が、ガラスのように透き通る。

「おお⁉」

と、ユングヴィ王子が子供のような無邪気な歓声を上げたのも無理はない。

透明な壁越しに見える光景は、善治郎が予想した通りのものだったからだ。

最初に目に映るのは、箱ソリを引く二頭の巨大なトナカイ。よく見るとそのトナカイは、二頭とも四つの脚に、赤い靴のようなものを履いており、その足は軽快に空を蹴っている。もはや疑いの余地はない。

箱ソリは、空を進んでいた。

幸い、善治郎の予想通り、『壁面透明』は壁の素材が透明になるだけで、穴が開くわけではなかったため、風が吹き込むようなこともない。

念のため、善治郎が透明になった壁を指で押してみたが、返ってきたのは冷たくて固い感触だ。そのまま指を横に滑らせると、透明部分と灰色部分の境目に指がかかるが、触感的にはその違いは全く感じられない。恐らくは、何らかの魔法の力で、素材の色だけを消去して光を透過するようにしているのだろう。

透明になっているのは、善治郎の目測では縦一メートル、横一・五メートル程度の横長な形だ。一瞬、『一部』から『全体』に切り替えようかと考えた善治郎だが、いくら透明なだけで壁はあるのだと分かっていても、全面が透明というのは緊張を強いられる。

結局善治郎は、『一部』のまま、つま先立ちになるようにして、窓から外を見下ろす。すると、ソリの部分の間から、遥《はる》か下方の大地が見える。色合いとしては、茶色と白色が同程度で、まばらに緑が見えるといったところだろうか。

茶色は地肌、白は積雪、緑は草木だろう。

「雪がもう、こんなに積もっているのか？」

善治郎は首を傾げる。『瞬間移動』で、頻繁に北大陸に来ている善治郎だが、その大半はウップサーラ王国の王宮――広輝宮《こうききゅう》だけで過ごしているため、野外の自然状況は今一把

握できていない。

暦《こよみ》の上では秋の始まりとも言える季節だ。北大陸でも特に北に位置するウップサーラ王国の気温は日によって「肌寒い」と言えるくらいに下がってはいるが、さすがに積雪は観測されていないはずだ。

呑気《のんき》に首を傾げる善治郎の後ろで、銀髪の王子は畏怖と興奮で声を震わせている。

「山の上なら初雪の季節はすでに過ぎてますし、場所によっては万年雪もありますから、雪自体はそこまで珍しくもありません。ですが、この山は……今の時刻で太陽は向こうだから……まさか『霧の山《ポーカファッチ》』？」

「『霧の山？』」

ユングヴィ王子の言葉に善治郎は首を傾げる。眼下に広がる山は、雪こそ斑《まだら》に積もっているものの、霧がかかっているようには見えない。ただ単に霧がかかりやすいというだけで、今日は霧が晴れているのだろうか？

そんな善治郎の内心を察したのか、ユングヴィ王子は興奮気味に言う。

「普段はその名の通りなんです。山頂はもちろん、ふもとでも薄い霧が常にかかっていて、登頂は自殺行為と言われていて。位置的にウトガルズはその『霧の山』の中にあることになっているので、恐らく奴らが人為的に発生させているのだろうとは言われているのですが」

道のない山の中であることと、その深い霧が、ウトガルズを「招かれない限りたどりつけない場所」としていた主要因らしい。

「なるほど。その霧が見えないということは、我々を招き入れるために、一時的に霧を取り払っているのかな?」

「その可能性はありますね。しかし、義兄上《あにうえ》」

声から多少興奮の色が抜けたユングヴィ王子は、ふと気づいたように善治郎に、少し意味深な視線を向ける。

「ん?　なに?」

「驚くほど手慣れていますね。僕には、全く未知の魔道具にしか見えないのですが」

「あっ」

ユングヴィ王子の指摘に、善治郎は自分の迂闊《うかつ》さを悟った。

現代日本で生まれ育ったならば、タッチパネルの操作に戸惑う人間は少数派だろう。だが、この世界の人間にとっては、このタッチパネルを彷彿《ほうふつ》させる魔道具は、完全に未知のものだ。

「ええと、まあ、魔法文字で書かれている言葉は理解できるからね。その辺から予想して」

異世界から来たことを隠しているわけではないが、異世界の文明について、他国の人間に詳しく説明したくない。だから、そんな適当な言葉で誤魔化そうとしたのだが、幸いにしてユングヴィ王子はそこまで詳しく追求してこなかった。

「なるほど。素晴らしい洞察力ですね。さすがは義兄上《あにうえ》。この乗り物が空を飛んでいることにもいち早く気付いたほどですからね」

「ははは」

義弟の賞賛に、善治郎は笑ってごまかすしかない。言うまでもなく善治郎に人並み以上の洞察力など備わっていない。箱ソリが空を飛んでいることに気づいたのも、箱ソリ内部の操作が円滑にできたのも、現代日本で似たような経験があったからだ。

飛行機で空を飛んだ経験や、スマホをはじめとしたタッチパネル操作に慣れていたから、即応できたにすぎない。幸い、ユングヴィ王子は善治郎の対応に、疑問を重ねることはしなかった。それよりも、今のユングヴィ王子の頭の中を占めているのは、空を飛ぶ手段がこの世にあったという事実だ。

「凄《すご》い。凄いなあ。空を飛べるなんて。こんな乗り物が我が国《うち》にあったらなあ。少数でも偵察に使えるし、多数あれば流通に革命が起きる。そこまではなくても、空を共和国の『有翼騎兵《フサリア》』の占有空間ではなくすことができるのに」

そう言って、窓から外を見ているユングヴィ王子の氷碧色《ひょうへきいろ》の双眼は、野心でギラギラと輝いている。

「今まで存在が知られていなかったということは、ウトガルズも多くは所有していないんじゃないかな。それに、共和国の有翼騎兵がどの程度か知らないけど、少なくとも高度か、速度か、旋回半径のどれかで勝っていない限り、勝負しない方がいいと思うよ」

「へえ、義兄上は空戦にも詳しいのですね？」

「……ただの一般論だよ」

にっこり笑うユングヴィ王子から、善治郎は露骨に目を逸《そ》らす。また失言である。空戦についてうろ覚えの知識を披露してしまったことも失言だが、それ以上に大きな失言は、その後の「ただの一般論」という一言だ。

それは善治郎が、空戦が一般論として語られる世界から来たことを意味する。この世界では、実戦の空戦というものは記録上一度も発生していない。この世界で空を飛ぶ戦力を有しているのは、ズウォタ・ヴォルノシチ貴族制共和国だけだからだ。

無論、共和国だって馬鹿でも能天気でもないので、他国が有翼馬やそれに類する飛行戦力を有した場合を想定して、有翼騎兵団同士の演習は定期的に行っている。

そして、その空で行う演習を、他国の目から完全に隠しきることは不可能に近いため、北大陸諸国では『空戦』という概念と、共和国の後追いの知識だけは、上層部には広まっている。

だが、断じて空戦の『一般論』などというふざけたものは存在していない。善治郎がこの世界とは遠く隔たりのある世界の出身であることは周知の事実だが、その世界では一般論が存在するくらいに『空戦』というものの歴史が積み重ねられていることを、ユングヴィ王子は理解した。

「なるほど。左様ですか」

だから、それ以上語りたくない様子の善治郎の意を汲《く》み、ユングヴィ王子は一時的に追求をやめる。義兄とは、もっともっと『仲良く』なろうと、内心では決意を固めながら。

◇◆◇◆◇◆◇◆

それから数時間後。変化は唐突に訪れた。

「え？」

「あ？」

と、すでに席に戻っていた善治郎とユングヴィ王子が声を上げたのは、突然窓の外が見えなくなったからだ。あの後、他の操作もいろいろ試した善治郎とユングヴィ王子は、前、後ろ、左右側面の四か所の一部を透明にして外の風景を眺めながら、空の旅を楽しんでいたのだが、その全てが同時に灰色の壁に戻ってしまったのだ。

善治郎は反射的に、箱ソリ中央にあるパネルに目を向ける。

パネルの中央には、大きな文字で『操作不能』『着席要請』と表示されていた。

善治郎に釣られるようにパネルに目を向けたユングヴィ王子は、首を傾げる。

「『操作不能』『着席要請』？」

「多分、ウトガルズに近づいたんだろうね。それで、内部からの操作ができなくなったんだろう」

すぐに、推測したことを善治郎は口にする。日本の旅客機でも、離陸、着陸付近の時間帯は、それまで使用が許可されていた電子機器も切って、シートベルトを締めなければならない。それと同じようなことだろう。旅客機と違うのは、強制的に窓の外が見えないようにされていることだが、これはウトガルズの正確な場所を知られたくないという意図があることは、さほど敏《さと》いわけではない善治郎でも、容易に想像がつく。

当然、善治郎より目端の利くユングヴィ王子がそれに気が付かないはずもない。

「なるほど。では、静かに待つとしましょう」

その言葉通り、おとなしく座っているユングヴィ王子の姿勢は育ちの良さを窺《うかが》わせる綺《き》麗《れい》なものだったが、その表情だけは隠しようがない興奮と喜びで、紅潮していた。

箱ソリが中からの操作を一切拒んでから、おおよそ三十分後。中央のパネルにはやっと『着陸完了』という文字が表示された。

途中から若干体重が軽くなるような違和感を覚えていた善治郎からすると、着陸態勢に入っていたことは、外が見えなくても明白だった。

「止まったのでしょうか？」

状況が分からず、首を傾げているユングヴィ王子に、善治郎は考えながらゆっくりと答える。

「どうだろう？　着陸しただけで、陸上を進んでいる可能性はあるけど」

外が全く見えない現状、静止状態と等速直線運動状態の違いを内部で感じ取ることは難しい。『着席要請』の文字列は消えて、『着陸完了』の文字に変わったが、『操作不能』の文字はそのままだ。

だから、善治郎とユングヴィ王子は全く外が見えないまま、ただ推測することしかできない。

「ソリでですか？」

ユングヴィ王子の指摘に、善治郎も少し考える。

「ああ、そうか。ソリで、土の地上を滑るのは難しいか。実際揺れも全く感じないし、移動しているにしても、低空を飛行しているのかも。ほんのちょっとだけ地上から浮いて」

そう言って善治郎は、両手のひらで十センチ程度の高さを示す。善治郎の頭にあるのは、古いSF映画に出てくるようなホバーカーのイメージだ。謎の力で地面より少しだけ浮遊して、真っすぐ進む乗り物。

実際、ここまで上空を飛行していた力も謎なのだから、現状そうした移動をしていても不思議はない。まあ、その場合は『着陸完了』という言葉が、厳密に言えば間違っている気はするが。

そうしている間に、『操作不能』という文字が消え去り、先ほどと同様の『光量調整』『座席操作』『飲料水提供』『便所案内』『壁面透明』の五つの文字列が現れる。

「義兄上《あにうえ》」

「うん、分かってる」

二人目の妻と同色の双眼をギラギラと輝かせる義弟の言葉に、善治郎は小さく頷《うなず》くと、先ほどと同様にパネルを操作して、前後左右、四か所を窓にする。

次の瞬間、善治郎の目に飛び込んできたのは眩《まぶ》しい白だった。窓はちゃんと透明になっている。窓から見える外の景色が白いのだ。

「雪原？」

ポツリと呟《つぶや》いた善治郎の言葉に、照り返しの眩《まぶ》しさに目を細めて見ていたユングヴィ王子が答える。

「これは雪というより、氷に近いですね。氷原です」

それはどこまでも続く白い平原だった。前、後、右、左。四つの窓のどこから見ても、見えるのは真っ白な氷原。見渡す限りの氷の大地。

「氷原か。どちらにせよ、これなら確かに、車輪ではなくて、ソリなのも納得いくな」

「ですね」

氷の上を移動するならば、車輪よりもソリの方が効率がよさそうだ。そう納得しかけた善治郎だが、ふと小さな違和感に気づく。

「それにしても、ソリ滑りというのは、本当に揺れも振動も全くないんだな。正直、空を飛んでいたときと体感的には何も変わらないぞ」

善治郎の呑気《のんき》ともいえる感想に、ユングヴィ王子はハッと気づかされる。

「いえ。あり得ません。通常ソリでの移動というのは、車輪式の馬車とはまた違った揺れに悩まされるものです。……義兄上《あにうえ》、見てください。真っ白なので分かりづらいですが、このソリは整備された『道』の上を走っています」

そう言って前方の窓を指さすユングヴィ王子の言葉に従い、善治郎も窓の向こうに目を凝らす。

現在窓の外の風景は、三百六十度どちらを向いても白い氷原が広がっているだけだ。照り返しが眩しい氷原を見るのはちょっと大変だが、だんだん目が慣れてくると、ユングヴィ王子の言っている『道』というのが見えてくる。

一見するとどこもかしこも真っ平な白しか見えないが、よく見ると僅かな凹凸《おうとつ》があり、陰影がある。それが氷原の凹凸であり、そうした凹凸にソリが乗り上げると、中の人間は不規則に揺らされるのだろう。だが、現状善治郎たちが乗っているソリは、まったく揺れていない。それは、ソリの進行ルートには一切氷原に凹凸がないからだ。

不自然なまでに凹凸が削られた氷原の直線。なるほど、これは確かに『道』だろう。

「すごいな。この『道』を維持しているのも魔法かな？」

「恐らくはそうでしょうね。人力でできなくもないでしょうが、途方もない労力ですから」

善治郎とユングヴィ王子がそんな会話をしていると、やがて前方の窓の向こうに、氷原以外の物が姿を現す。

それは、白い氷原に引かれた、黒い横線だった。白い大地と青い空の境界である地平線。そこに突然、太い黒い横線が入ったのだ。

「あれは、岩壁？」

「というより、『城壁』でしょうね。この整い方は、明らかに自然の物ではありません。恐らくは、あの向こうがウトガルズなのでしょう」

そう言うユングヴィ王子の声は、興奮でいつもより少し高くなっていた。

「整い方って、ユングヴィ。ここから見えるの？」

「ええ。フレアほどじゃないですけど、僕も目は良い方ですから」

「へえ、凄《すご》いなあ……………ん？」

感嘆の声を上げる善治郎は、ふと小さな違和感に襲われる。こちらの世界に来てからの経験で、こういう違和感は放っておかないほうがいいと、善治郎は学習している。

何に違和感を覚えたか？　それは、ユングヴィ王子の「目が良い」という言葉だ。では、ユングヴィ王子の目が良いという言葉が、間違っているのか？　いや、それはない。善治郎にはまだ黒い太い線にしか見えない物を「人工の城壁」だと見て取るユングヴィ王子は、少なくとも善治郎よりずっと目が良いことは間違いない。

そんな善治郎の抱いていた違和感の正体は、ユングヴィ王子の次の一言で、判明した。

「しかし、とんでもなく高い壁ですよ、あれ。回りが氷原だらけで距離感が掴《つか》みづらいので、ハッキリとは断言できませんが、広輝宮《こうききゅう》の城壁なんて比較にならないくらいの高さがあることは確かです」

「あ、それだ」

と、善治郎が素《す》の声を発する。

「え？　義兄上《あにうえ》？　どれですか？」

「いや、違和感があったんだけど、その理由が分かった。あれだけ高い城壁に、はるか遠くから近づいて行ったんだとしたら、視力に大きな隔たりのある俺とユングヴィが、ほぼ同時に気づいたのがおかしいんだ。魔法か他の手段かは分からないけど、多分あれは一定の距離まで近づかないと、視認できないようにされてると思う」

「あ、なるほど」

善治郎の言葉に、ユングヴィ王子はポンと手を打った。

現在箱ソリが進んでいるのは、三百六十度全て白い地平線しか見えない開けた空間である。つまり、あの城壁は地平線の彼方《かなた》から徐々にその姿を現してきたということになる。ならば、先にユングヴィ王子が発見していないとおかしい。善治郎には、地平線から僅かに頭を出した城壁を視認することなどできないし、逆にずっと前を見ていたユングヴィ王子がそれを見落とすはずがないからだ。

それなのに、善治郎とユングヴィ王子がほぼ同時に城壁の存在に気づいたということは、善治郎でも視認できるほどの距離に近づくまで、ユングヴィ王子の目がくらまされていたということに他ならない。

「……凄《すご》いですね」

「確かに。巨大な城壁そのものを視認できなくするってどんな規模の魔法なんだろう」

あえて主語を省いた賞賛の言葉が、案の定通じなかった義兄の反応に、ユングヴィ王子は楽しげに笑うのだった。


二頭立てのトナカイが引く箱ソリが、氷原を進む。巨大な城壁に近づくと、両開きの鈍《にび》色《いろ》の城門が開き、箱ソリはそのまま城門をくぐっていく。善治郎の常識ではちょっと信じられないいくらい大きな城門だ。いくら城壁が馬鹿げて高いからといって、城門までそれに合わせて巨大化する必要があるのだろうか？　クレーン車などの大型車が、搭載しているクレーンを伸ばしたまま、余裕でくぐれそうなほどに大きい。

「城門の開閉も自動なんですね」

だから、ユングヴィ王子のそんな言葉は、善治郎には少し意外に感じられた。

「むしろ、あの大きさを人力で開閉できる方が脅威じゃない？」

善治郎の感覚では、あれを人力で開閉するというのは一種の拷問に思える。だが、善治郎のそんな率直な感想に、銀髪の王子は小さく首を横に振ると、

「いえ。父から聞いた『口伝《くでん》』では、ウトガルズは巨人族の末裔《まつえい》のはずですから」

と端的に、一つの可能性を示唆《しさ》してみせた。

「ああ、だからあれほど門も大きいのか。それなら、手動で開閉できてもおかしくはないか。……え？　ということは、これから会うウトガルズの代表は巨人？」

間抜けで今更なことを善治郎が言う。ウップサーラ王国サイドの名誉のために付け加えれば、ウップサーラ王国は事前に、ウトガルズについて、十分な情報を善治郎に与えている。その中には、しっかりと、「ウトガルズの民は、巨人族の末裔を自称している」という情報も含まれている。

しかし、「巨人族の末裔」という情報があっても、ウトガルズで巨人が待ち構えているとは考えていなかった。巨人族の末裔と巨人族は、必ずしもイコールではない。せいぜい、巨人の血を引く大柄な人間ぐらいを想像していたのだが、この城門を手動で開閉できるのならば、その巨人はアフリカゾウを、トイプードルのように自分の膝の上に載せられるくらいのサイズがあるのではないだろうか？

「さて、どうでしょうか？　百年以上前の記録なので、あまり信ぴょう性はありませんが、ウトガルズからの使者の描写でも、彼らが破格に巨大だったとは記されていません」

ユングヴィ王子のそんな言葉に、「なるほど」と善治郎が相槌《あいづち》を打っていると、箱ソリは巨大な門をくぐっている途中で、停止した。

「止まった？」

「恐らくはあれに乗り換えろということなのでしょうね」

怪訝《けげん》な顔をする善治郎に、目ざといユングヴィ王子が前方の窓の外を指し示す。するとそこには、今乗っている箱ソリによく似た大型トナカイ二頭引きの乗り物が、鎮座していた。ただし、そのトナカイ二頭が引いているのは、ソリではなく車である。下の部分に、四つの車輪が付いている。

門の外は一面氷原だったが、内側はそうではないのだろう。考えてみれば、日常を過ごす生活空間は、雪や氷がないに越したことはない。

善治郎がそんなことを考えていると、箱ソリの扉が自動で開く。吹き込む風は、南大陸のカープァ王国はもちろんのこと、同じ北大陸のウップサーラ王国のそれと比べても、格段に冷たいものだった。

「うわっ、俺の体感では、これは完全に冬だぞ」

「僕にはそこまで寒く感じられませんが、ウップサーラよりも寒いことは確かですね。早く乗り換えましょう」

「ああ」

ユングヴィ王子の言葉に、善治郎は首肯《しゅこう》する。元々、荷物と呼べるほど物も持って来ていない。

「足元に気を付けてくださいね、義兄上《あにうえ》」

「ああ、分かってる。ってこれは滑るな」

善治郎とユングヴィ王子は、停止した箱ソリの斜め前に止まっている、同じような大トナカイ二頭引きの箱車へと乗り換えるのだった。

◇◆◇◆◇◆◇◆

善治郎の印象通り、乗り換えた箱車は、ここまで乗ってきた箱ソリとほとんど同じであった。善治郎が気づいた大きな違いは二つ。

一つは言うまでもなく、下がソリになっておらず、車輪になっていること。

そして、もう一つは箱車内部中央に直立するパネルが最初からずっと『自動運転』という文字しか表示されず、内部からの操作が一切不可能であることだ。

つまり、パネル操作で窓を作ることができた箱ソリと違い、箱車は全面が灰色の壁のままであり、中から外をうかがい知ることはできない。

「揺れるな」

「むしろ、揺れない方ですよ、義兄上。馬車の類《たぐい》としては。振動が一定ですし、かなり綺《き》麗《れい》に整えられた石畳の上を進んでいるのだと思います」

ユングヴィ王子の言葉に、善治郎は基準の違いに気づかされた。

「そうか。さっきの箱ソリと比べれば揺れるけれど、普通の馬車と比べたら揺れが少ないのか」

善治郎は、南大陸で馬車ならぬ竜車に乗った記憶を思い出す。確かに、あれと比べればこの大トナカイが引く箱車は、揺れないと言ってもいい。しかし、ここまで乗ってきた箱ソリと比べるとひどく揺れる。

当たり前だ。箱ソリはほとんど空を飛んでいたのだし、着陸してからは鏡のように磨かれた氷の道を滑ってきたのだから。その違いに善治郎は小さな違和感を覚える。

（なんだろう？　見た目は同じような感じなのに、ここまで乗ってきた箱ソリとこの箱車では大きく性能が違う気がする）

箱そのものの外見は、そろえたように同じ。中に入っても一見すると全く同じ、明るい灰色一色で、真ん中に操作パネルの付いた背の低い柱が立っている。しかし、乗り心地が違う。箱ソリでは可能だった内部操作もできない。簡単に言えば、箱ソリに比べて箱車は劣化している。この違いは何なのだろうか？

同型で能力の違う道具を同時に使っているのは、普通に考えれば両者に別々な利点があるということだ。

高性能だが生産コストが高いものと、低性能だが生産コストが低いもの。高性能だが壊れやすいものと、低性能だが頑丈なもの。そうした具合に、低性能のものにも、何らかの利点があるからこそ、高性能のものに駆逐《くちく》されずに残っている。

善治郎がそんなことを考えている間に、箱馬車はゆっくりと減速し、やがて止まる。

『停止状態』『降車可能』。

パネルにそんな文字が映し出される。

「義兄上《あにうえ》」

「うん、降りよう」

ユングヴィ王子の言葉を受けて座席から立ち上がった善治郎は、扉に手を伸ばした。

「ようこそ、山井《やまい》善治郎。ようこそ、ユングヴィ・ウップサーラ。私はこの都市ウトガルズの代表、当代のロックだ。私は、ユミル語しか話せない。そして、ユミル語には、敬称や敬語という概念が非常に薄い。全くないわけではないのだがな。

そのため、私の言葉は他言語圏の知性体には、時として無礼にも感じられるらしいが、当方にそのような意図はない。不要な軋轢《あつれき》を防ぐため、事前に謝罪する。

まことに申し訳ございません。お詫《わ》び申し上げます」

善治郎とユングヴィ王子が通された巨大な神殿らしき建物の『巨大な一室』で、ロックと名乗るその人物はそう言って、深々と頭を下げた。

その言葉通り、ロック代表の言葉遣いは、仮にも他国の王族という貴人二人に対する初対面の挨拶とは思えないほどに、ぶっきらぼうなものだ。最後の謝罪の言葉だけ、非常に丁寧な言葉に翻訳されるため、違和感が強くて、むしろ馬鹿にされているような気分にすらなる。

とはいえ、ウトガルズを一つの国家とみなせば、その代表という存在は王に等しい。

「カープァ王国国王アウラ一世が伴侶、善治郎です。お会いできて光栄です、ロック代表」

善治郎はあくまで、目上の者に対する対応を取る。

「ウップサーラ王国国王グスタフ五世が第二男子、ユングヴィにございます、ロック代表」

その善治郎に倣《なら》ったのではないだろうが、続いてユングヴィ王子も丁寧な言葉と洗練された仕草で、挨拶を終えた。

「では、善治郎、ユングヴィ。座って話をする」

最初の宣言通り、通常ならばその場で破談になってもおかしくないくらい、ロック代表の言葉遣いはぞんざいなものだ。

だが、最初にその理由は説明されているし、何よりウトガルズという神秘のヴェールに包まれた領域との交渉という重大事を、たかが言葉遣いを問題にしてフイにするほど、善治郎もユングヴィ王子も馬鹿ではない。

善治郎とユングヴィ王子は素直に席に着く。

用意された椅子のある場所まで歩く間、善治郎は改めてこの『巨大な一室』を見渡す。正確に言えば『巨大な神殿』の『巨大な一室』だ。この一室だけが巨大なのではなく、この神殿そのものが巨大なのだ。

この場合の巨大というのは、ただ単に建物が大きいことや部屋が広いことを意味しない。入り口が大きい。扉が大きい。扉に付けられた取っ手が大きい。そして、備え付けの椅子やテーブルが大きい。建物も、家具もすべてが巨人サイズ。この神殿は、巨人の神殿であった。

善治郎が特に目を付けたのは、窓だ。巨大な窓にはしっかりと『窓ガラス』が嵌《は》められている。しかもズウォタ・ヴォルノシチ貴族制共和国で見たそれよりも、出来が良い。この透明度は、ひょっとすると通常のガラスではなく、酸化鉛硝子《クリスタルガラス》ではないだろうか？　それが巨人サイズの窓ガラスとして成立している。近づいてみたわけではないので断言はできないが、一見した感じでは歪《ゆが》みや曇りは一切見当たらないレベルだ。

もちろん、巨人用の椅子に、善治郎やユングヴィ王子が座れるはずもなく、今二人がすすめられたのは、ごく普通の人間サイズの椅子である。

巨人用のソファーやテーブルの横に、人間サイズの椅子とテーブルが備え付けられているのだ。相対的に、人形遊び用の玩具のように見える。

善治郎とユングヴィ王子が隣り合って座り、テーブルをはさんだ対面に、ロック代表が座る。

腰を落ち着けたところで、善治郎は改めて対面に座る男――ロック代表を観察する。

ウトガルズの代表を名乗るロックという男は、人間としてみれば大男であった。善治郎が身近に接した一番大きな男はプジョル元帥《げんすい》だが、ロック代表はそのプジョル元帥よりも大きい。余裕で二メートルを超えているだろう。

だが、それは『巨人』と呼ぶほどのサイズではない。現代の地球でも、プロバスケットボール選手などを筆頭に、彼と同じくらい背の高い人間は、それなりに存在する。

事実、対面にあるロック代表用の椅子は、明らかに特注ではあったが、向こうにある巨人用の椅子と比べると、善治郎たちが座っている椅子との違いなど誤差の範囲内だ。

三人が着席した後、最初に口を開いたのは、ロック代表だった。善治郎に『招待状』を送り、この場を設けたのはロック代表なのだから、彼が会話を主導するのは当然と言えば当然である。

「では、改めて、山井善治郎には礼を言う。突然の招待をよく受け入れてくれた。我々ウトガルズは、カープァ王家と取引がしたいのだ」

いきなり本題から入る話し方は、ウトガルズの伝統か、ロック代表の個性か。いずれにせよ、早すぎる話の切り出しに、善治郎は若干の戸惑いを覚えながら、ひとまず無難にこたえる。

「取引ですか？　私は王族ではあっても王ではありません。カープァ王家を代表する立場ではありませんから、私がこの場で確約できることには大きな制限があります。その前提でよろしければ、お話を聞きます」

嘘《うそ》である。仮にも王配である善治郎の権限は、女王のそれとほぼ変わらないくらいに大きい。その巨大な権限に見合う能力を有していない、と自覚している善治郎が、自主的に制限をかけているだけだ。

その代わり、最高意思決定権を持つ女王アウラにいつでも会える身分と、『瞬間移動』という反則そのものの移動手段が合わさって、「持ち帰って検討します」をしても、その場で外交官が即決するのと大差ない速度で契約を締結できるという、最優秀な伝言役が務まる。善治郎は、外交における自分を、『女王アウラへの直通回線』と定めていた。

「いいだろう。ひとまずは話を聞いてくれ。カープァ王家に依頼したいのは、『異世界への移動手段』の確保だ。カープァ王家の血統魔法には、それを可能にする力があると聞き及んでいる」

いきなり身に覚えのある、だが予想外な要求に、善治郎は表情や声色を取《と》り繕《つくろ》うことも忘れて、素《す》で答える。

「それは、一体何のためにでしょうか？　まずは、そこをお聞かせ願いたい」

緊張で心臓の鼓動が早まっていることを自覚しながら、善治郎はそう問い返す。

「それは、ウートガルザとの取引のためだ」

「ウートガルザ？　それはウトガルズとは違うのですか？」

ロック代表の言葉はどうも端的過ぎて、善治郎の問い返す回数が増えてしまう。

幸い、そんな善治郎の態度に、ロック代表は気を悪くすることもなく、そのたびに問いに答える。

「違う」

問題は、その答えも端的過ぎて、要領を得ないことが多いことだ。

「具体的にどのように違うのですか？　ウートガルザとは何なのでしょうか？」

「ウートガルザは我らの先祖の故郷。我らが主《あるじ》、巨人たちの住まいし異界だ。ここウトガルズは、ウートガルザからこちらの世界にやってきた人類が築いた都市だ」

その説明は、善治郎が事前に女王アウラから聞かされていた、双王国のブルーノ先王からの情報とも一致する。

なるほど、広島からの移民が築いた町が『北広島』になったようなものか、と善治郎はひとまず納得する。

「ウトガルズの民は、巨人族の末裔《まつえい》だと聞いています。違うのですか?」

善治郎の問いに、ロック代表はこの日初めて大きく表情を動かした。

巌《いわお》のような彫りの深い顔に浮かぶのは、苦笑と呼ばれる表情だ。

「伝承では、巨人族の血を薄く引いている、とは伝わっているな。私のように体の大きな者は、特にその血が濃いのだと言われ、尊敬を受ける。私が今代の『ロック』を襲名したことは、この体格が無関係とはとても言えぬくらいにな。

だが、ウトガルズに伝わる伝承上の巨人族と人間はあまりに違いすぎる。交配が可能であったとは、私には思えない」

ロック代表の説明を聞いた善治郎は、一度視線を傍らにそびえたつ巨大な家具や、くぐって来た巨大な扉に向けた後、納得したように頷《うなず》いた。

「なるほど。巨人とは、あれらを基準としたサイズなのですね」

「そう、伝わっている」

「伝わっている？　事実ではない、と？」

確認する善治郎に、ロック代表はその筋骨隆々《きんこつりゅうりゅう》とした両肩を小さくすくめると、

「何百年も前の話だからな。巨人族と共に生きていた世代から、もう何世代も経過している。証人がいないのだから、断言はできぬ。物的証拠も多数あるので、まず事実だとは思うが」

この巨大神殿に備えられている巨人サイズの家具の数々は、近年になって作り直した物もあるが、多くはウトガルズ建国以前の品だという。それらの建国以前からある品々は、ちゃんとソファーの中心部分だけが少しへタれていたり、ドアノブ部分が摩耗して光っていたりと、巨人が実際に使用していたとしか思えない形跡があるらしい。

「武器庫には巨人用の武器もある。持ち手の部分はしっかりとすり減っているし、巨人がかつて存在したことは、ほぼ間違いないと私は考える」

ああ、もう一つ、証拠というには弱いが、手掛かりと呼べるものはあるな。巨人がどのような姿をしているか、『見せる』ことはできる。善治郎はそれを望むか？」

実在していたのは数百年前なのに、『見せる』ことはできる。だが、『見せる』ことはできても、証拠としては弱い？

意味が分からず、善治郎は首を傾げるばかりだったが、隣に座る銀髪の義弟はすぐさまロック代表の言わんとしていることを察した。

「それはひょっとして、『幻影』魔法ですか?」

「その通りだ、ユングヴィ。歴代のロックが代々『幻影』を見せることで、再現して情報を継承してきたのだ」

『幻影』魔法は、ウトガルズの『血統魔法』である。

ウートガルザからウトガルズに移住してきた、言うならば『ウトガルズ初代世代』の住民たちは、当然巨人たちをその目で見たことがあった。その彼らが親もしくは祖父母となった時、記憶にある巨人の姿を『幻影』魔法で子や孫に見せたのである。

そして子や孫たちはその巨人の姿を、自分の『幻影』魔法で再現する。それを何世代も繰り返してきたのだと、ロック代表は言う。

コピーの繰り返し。その意味するところを想像できる善治郎は思わず問う。

「それは……失礼ですが、本当に正確な映像なのですか?」

善治郎の指摘に、ロック代表は野太《のぶと》く笑う。

「さすがに外部の人間はそこを疑うか。私も、かなり怪しいと思っている。なにせ、私が再現できる巨人は男も女も皆、美男美女ばかりだからな。言い伝えでは、自分の容姿の醜さに悩む巨人の逸話もあるというのにな」

ウトガルズの住民にとって、巨人は崇拝の対象だ。だから、術者の願望やひいき目が加わって、代々少しずつ美化が進んでいったのだろう。苦笑しながらそう言う当代のロック代表の言葉遣いからは、あまり巨人に対する敬意は感じられない。

「なるほど。では、ひとつ見せていただけますか？」

善治郎がそう要望を出したのは、情報収集の一環というよりは、好奇心によるものだった。

「いいだろう。では、向こうの巨人用の椅子に注目しろ」

その言葉通り、善治郎とユングヴィ王子の視線が、巨人サイズの椅子へと向けられる。

慎重な質《たち》なのか、ロック代表は口元をその大きな右手で覆い、唇も読ませないようにしながら、全く聞き取れない小さな声で、その呪文《じゅもん》を唱える。

次の瞬間、その効果は表れた。

「ッツ‼」

「おお、これは！」

喜色の強いユングヴィ王子の驚きの声を聴きながら、善治郎はその迫力に息をのむ。

それは、確かに巨人だった。巨大な椅子にゆったりと座る、男の巨人だ。巨人の寿命は分からないが、人間に当てはめれば、年のころは三十代くらいだろうか。

ロック代表が「美化されている」と推測するのもわかる、非常に整った顔立ちだ。もし、これと同じ容姿の人間が街を歩いていたら、男女問わず大半の人間が振り返るだろう、そう確信できるほどの美形である。

整っているのは顔だけではない。体つきも非常に均整の取れた筋肉質で、巨人というより多神教の神話に登場する神々を彷彿《ほうふつ》させる。だが、善治郎が気になったのは巨人の体そのものよりも、その体に纏《まと》っている衣類と装飾品の数々だった。

巨人の中でも地位の高い人物なのか、腰帯、腕輪、首飾りなど、その巨人は多くの装飾品を身に着けている。それらの土台は恐らくは黄金なのだろう。そこは問題ない。使用されている黄金の量を考えるとんでもないが、制作は決して不可能ではないだろう。だが、そこにはまっている宝玉は、あり得ない。それらの装飾品には巨人のサイズで見ても「大粒」と呼べる大きさの、宝玉がちりばめられているのだ。

大国カープァ王国の宝物蔵をひっくり返しても、あれほどの大きさの宝玉は出てこないだろう。

さらに、その身に着けている衣類もおかしい。あの衣類は、どのようにして作られたのだろうか？　綿、麻、絹、いずれにしても自然に存在する繊維をより合わせて糸にして、織って布にしたのだとすれば、綿花、麻の茎、蚕《かいこ》が善治郎の考える常識的なサイズだった場合、途方もない手間がかかる。

人間に当てはめて考えれば、綿花や蚕が現状の十分の一以下の大きさで、取れる繊維の細さも十分の一以下のようなものだ。それをより合わせて、巨人サイズの糸をつむぐのは、相当大変なのではないだろうか？

可能だとしても、その場合巨人の服一着のために、広大な綿花畑が丸々一つ費《つい》やされることになりそうだ。逆に、腰のベルトや靴に使っている革は、竜種が存在するこの世界ならば、そう頭を悩ませる量でもないのだが。

そんなことを考えていた善治郎の脳裏に、「巨人の住むウートガルザは異世界」という情報が重なる。

「……ひょっとして、巨人が巨人なのではなくて、人間が小人なのか？」

善治郎は頭の中で紡ぎだした結論を、独り言という形で口から漏らす。それを隣に座るユングヴィ王子は、耳ざとく聞きとがめた。

「どういう意味ですか、義兄上《あにうえ》？」

「ええと……」

この場で口にしていいのかと言いよどむ善治郎を見て、対面に座るロック代表は少し口元を歪《ゆが》めて、先を促す。

「私も聞きたい。話が聞きたい、善治郎」

その言葉を受けて、善治郎は口を開く。

「まあ、先ほど言った通りなのですが、巨人は、巨人ではないのではないか、と思ったのです。巨人が住んでいるウートガルザとは異世界なのでしょう？　ならば、その世界では全ての動植物が巨人サイズで、そちらの世界では巨人とは呼ばれない。むしろそこに移住した人間たちこそが、小人と呼ばれるのではないか、と」

その証拠として、先ほど思いついた、衣類や宝飾品のサイズについて、説明する。さらに付け加えれば、食べ物も同様だ。麦の粒が、この世界の麦と同じ大きさなのだとしたら、巨人が満足するだけの大きさのパンを焼くのに、どれほどの数の麦が必要となるだろうか？

ウートガルザのある異世界では、巨人が繁殖し、洗練された衣類や宝飾品を作れるほどの高度な文明を築けているのだとすれば、自然は全て巨人サイズだと考えた方が収まりが良い。つまり巨人の世界では巨人が巨人なのではなく、人間が小人なのだ。

そうした一連の説明を、ユングヴィ王子とロック代表はどちらも非常に興味深そうな表情で聞いていた。

「なるほど、さすがは義兄上《あにうえ》。実に面白い視点だ」

「興味深い推察だな。異論はあるが、筋は通っている。非常に興味深い。一度本格的に調べてみたいものだ」

意外なことに、より強い興味を示したのは、ロック代表の方だった。その巨岩を連想させる筋肉質な巨体をこちらに乗り出すようにして、そう言う。しかし、その言っている内容の一部が、善治郎は気になる。

「異論はあるのですか？　それなのに筋は通っているとはどういう意味でしょうか？」

善治郎の問いに、ロック代表は答える。

「異論はある。ウトガルズに伝わる伝承では、巨人族の文明は極めて優れた魔法を土台としている。その魔法の中に、自然の石を複数融合させて、一つの大きな石とする魔法も存在していた。そう考えると、巨人の体を飾る大きさの宝石が多数存在することは、さほどおかしくはない」

「ああ、なるほど。魔法ですか」

ロック代表の指摘に、善治郎は少し顔が熱くなるくらいの羞恥を覚える。したり顔で唱えた説が、前提を覆す『魔法』という存在を、根底から無視していたものだったと指摘されたのだから、当たり前だ。

「それならば、私の説は完全に荒唐《こうとう》無稽《むけい》ですね。忘れてください」

少し早口でそう言う善治郎に、ロック代表は首を横に振る。

「いや。それは早計だ。言っただろう。異論はあるが筋は通っている、と。私も今善治郎の指摘を受けてはじめて気づいたのだが、巨人の宝石は少しおかしい。たとえ、クズ宝石をまとめて一つの大きな宝石にする魔法が存在していたとしても、世界に存在する宝石の量は変わらないはずだ。その割には、宝石を身に着けている巨人が多すぎる」

ロック代表が『幻影』魔法で継承した巨人の像は、今投射している一つだけではない。それらの中には、もっと身分の低い巨人もいるが、彼らでも一つくらいは宝飾品を身に着けているという。もちろん、もっと石は小ぶりで装飾が簡素という違いはあるが。

「それは、単純に宝石の鉱脈がこちらの世界よりも潤沢だから、なのではありませんか？」

善治郎の言葉に、ロック代表は反論する。

「いや、それにしては、今度は逆に宝石が貴重なものとして成立しすぎている。宝石の価値が、この世界の人間にとっての価値とちょうど同じくらいだ。つまり、巨人は人間の数倍もしくは十数倍の体躯《たいく》であるのに、その世界における宝石の希少性は相対的にほぼ同じ、ということが私が善治郎の説が『筋が通っている』と考えた根拠の一つである」

こちらの世界とウートガルザのある世界の自然環境が同じだとしたら、人間の数十倍の体である巨人にとって宝石の希少性は数十倍に高まっているはず。そうではなく、ウートガルザの世界における宝石埋蔵量が、こちらより多いのだとしたら、多すぎて貴重なものではなくなっていてもおかしくはない。

そのどちらでもなく、おおよそこちらの世界と同じ価値であることに、ロック代表は善治郎の唱えた『ウートガルザでは巨人が人間説』の信ぴょう性を感じたのだ。

「まあ、もっとも私の場合、希望的観測も多分に含まれているがな」

そう言って、ロック代表は自嘲気味に笑う。

「希望的観測、ですか？」

首を傾げる善治郎に、ロック代表は、

「ああ。ウートガルザへの移動手段の確保。その目的は、ウートガルザにあると思われる、『魔堆岩《またいがん》』の輸入だ」

「『魔堆岩？』」

聞き覚えのない単語に善治郎が首をひねっていると、ロック代表が追加の情報をくれる。

「ああ。『魔堆岩』だ。これは、我がウトガルズの根幹を支える物資と言える。なにせ、魔法文字の効果を十全に発揮できる物質は、『魔堆岩』と『純魔力物質』だけだからな」

『魔法文字』。その言葉に、善治郎もユングヴィ王子も揃《そろ》って身を乗り出す。

「『魔法文字』の効果を発揮できる物質。この話は、本当に私たちが聞いてもよろしいのですか？」

善治郎が念を押すのも当然だ。善治郎はもちろん、曲がりなりにも同盟国とも言える同じ北方五か国の王族であるユングヴィ王子ですら、今の今まで知らなかった『魔法文字』に関する情報を明かしているのだ。

興味はものすごくある話だが、事前確認をしなければ、怖くて続きが聞けない。

そんな善治郎の態度に、ロック代表はその巨大な肩を小さくすくめると、

「あまりよくはない。だから、ここで見聞きしたことは可能な限り口外しないでもらいたい。具体的に言えば、それぞれ自国の自分より高位の者以外には、口外しないでくれ」

善治郎とユングヴィ王子は顔を見合わせる。善治郎はカープァ王国の王配であり、ユングヴィ王子は、ウップサーラ王国の王太子である。そのため、自国には自分より高位の者は一人ずつしかいない。

善治郎の妻である女王アウラ、ユングヴィ王子の父であるグスタフ王である。それにしか明かせないということは、最高機密の類《たぐい》であることは間違いない。だが、その約定《やくじょう》をこの場での口約束だけで済ませるということは、いかにも扱いが軽い。

　そのため、その約束の軽重を測りかねる。

「……承知いたしました」

「……そのようにいたします」

　ひとまず、善治郎とユングヴィ王子は了承の意を示す。

　それを受けて、ロック代表は小さく頷《うなず》くと、変わらぬ淡々とした口調で国家の機密を打ち明ける。

「魔法文字にただ翻訳の機能だけを期待するならば、そこまで素材は問わない。しかし、その文字の効果を発揮させるには、素材を厳選する必要がある。『魔堆岩《またいがん》』こそはそれにあたる。かつては、この大氷河の地底にも多く堆積していたのだが、今ではその底が見えてきた。

　魔法文字は、ウトガルズの根幹をなす技術だ。必然的に『魔堆岩』の安定供給は最重要項目となる」

　一国を背負っているとは思えぬ、あまりにあけすけなロック代表の言葉に、善治郎は反射的に裏を読まずにはいられない。

　本当に、『魔堆岩』とやらがウトガルズの国家の根幹をなす物資なのだとしたら、それが枯渇しかけているなどという弱みを、他国の王族に明かすだろうか？

　少しでも状況を正確に把握するため、善治郎は問いを重ねる。

「そのための、異世界ウートガルザとの交易だというのですか？　その前に、この世界で探すという選択肢はないのですか？」

「無論、そちらも並行して進める。それについては後から、ユングヴィとも交渉するつもりだった」

そう言って顔を向けられたユングヴィ王子は、心底楽しそうに笑うと、

「それはつまり、我が国に『魔堆岩《またいがん》』が存在するということですか？」

そう、確認を取る。

「可能性はある、という程度だ。正直、根気よくあちこちを深く掘り返した上で徒労に終わる可能性のほうが高い。だが可能であれば、ウトガルズ以外の北方五か国を全て探してみたいところだ」

「北方五か国以外は？　北大陸は広いですが」

興味深げにそう問い返すユングヴィ王子に、ロック代表は表情を消して首を横に振る。

「北方五か国以外は難しい。それ以外の場所で『魔堆岩』の堆積が望める場所は、『教会』が『聖地』指定している」

「…………………なるほど」

しばし黙考した後、何か思い至ることがあったのか、ユングヴィ王子は口を大きく三日月型に歪《ゆが》めて笑う。

「それならば、南大陸はどうですか？　正直異世界への移動の手伝いよりは、そちらの方がよほど簡単そうですが」

ユングヴィ王子の笑い顔を、後で報告するべき事項として記憶しながら、善治郎はそう提案する。カープァ王国は国力は無論のこと、国土面積でも大国だ。金鉱脈こそないが、鉄や銀といった地下資源にも比較的恵まれている国である。『魔堆岩』とやらも意外とあるのではないか、そんな善治郎の希望的観測はにべもなく否定される。

「無駄だ。サンドリヨン大陸――南大陸には、絶対に存在しない」

「それはなぜでしょうか？」

あまりに確信に満ちた否定の言葉に、善治郎は強い違和感を覚えるが、あいにくと期待したような答えは返ってこなかった。

「知らないのならば、教えられん。なぜ教えられないかも教えられん。だから、これについては私に聞くな。どうしても気になるのならば、独自に調べろ。それを止めることはしない」

「分かりました」

ロック代表の返答は、非常に気になるものだったが、その口調からこの件についてこの場で問いを重ねることが無意味であることを悟った善治郎は、素直に引き下がる。

「いずれにせよ、こちらの本命はやはり『ウートガルザ』なのだ。どうだろうか、善治郎。カープァ王国の、いやカープァ王家の協力は望めないだろうか？」

カープァ王国、と言いかけたロック代表は途中でカープァ王家と言い換えた。それは正しい。ウトガルズが望む、『ウートガルザ』への移動に必要なのは『時空魔法』。それを有するのはカープァ王家であって、王国ではない。

王と王家と王国。近代や現代と違ってそこの区分けがずいぶんとあいまいだが、完全に同一視はできない。

「現状聞いた範囲内では、なんともお答えできません。そちらの望んでいることは分かりましたが、それ以外の情報が少なすぎます。期限はいつまでなのか？　こちらにそれを要求する代償として、そちらは何を提示されるのか？　そうした情報をまずは提供していただきたい」

本腰を入れて交渉の態勢に入った善治郎に、ロック代表はその彫りの深い目元を少しだけ歪《ゆが》め、答える。

「期限は明言できん。だが、二百年や三百年程度、待てない話ではない。ユングヴィとの交渉が上手くいけば、さらに伸びるだろう」

それは、期限イコール『魔堆岩《またいがん》』が枯渇するまでの期間であることを意味する。確かにそれならば、正確な期限を明言できないのは理解できる。

本当に『魔堆岩』がこのウトガルズの根幹をなす物資なのだとしたら、その枯渇時期はイコール国の寿命そのものだ。それを他国の人間に教える方がおかしい。

ともあれ、期限が数百年という情報に、善治郎は安堵《あんど》の表情を隠せなかった。

これが「期限は十年」などと言われたならば、「無理です」以外の返答はできなかった。

善治郎が知る『時空魔法』のうち、異世界に関する魔法は二つだけだ。

一つは『異世界召喚』。言わずと知れた女王アウラが、善治郎をこの世界に召喚した魔法だ。もう一つは『異世界転移』。『異世界召喚』の元となった魔法で、その名の通り対象を異世界に送り出す魔法だ。

善治郎は一度目の『異世界召喚』の後、一旦日本に帰ったのだが、その時女王アウラが使用した『異世界送還』は、『異世界転移』の改良版である。

いずれにせよ、現状の善治郎と女王アウラ以外には幼児二人しかいないカープァ王家では、ロック代表の希望には応えられない。だが、期限が百年単位の話ならば、それはそこまで大きな問題とならない。次代、次々代へと『時空魔法』の使い手を増やし、『異世界移動』系の魔法の研究を積み重ねればいいのだから。

その前提で、善治郎は問いを重ねる。

「失礼ですが、『ウートガルザ』との行き来が可能になったとして、『魔堆岩』を購入することは可能なのですか？　それとも無償で授けてくれるくらいに巨人族は慈悲深いのですか？」

それは厳密に言えば、善治郎及びカープァ王家には直接関係のない話なのだが、確認しておきたい事項ではある。カープァ王家がせっかく『ウートガルザ』と連絡を取れるように取り計らったのに、ウトガルズの使者はけんもほろろに追い返された、などという結果はあまり好ましくない。もう少し即物的なことを言えば、「支払い」にも影響しそうだ。

そんな善治郎の問いに、ロック代表は気を悪くすることもなく、変わらない口調で答える。

「絶対の保証はないが、問題はないと考える。伝承によれば、古《いにしえ》の巨人族が我らを欲したのは、『魔法文字』の技だ。その技について、我ら『ウトガルズ』の民は、今日《こんにち》まで勤勉に磨き続けてきた。磨き上げた『魔法文字』の技は、『ウートガルザ』との取引に使えると、私は考えている」

ロック代表の返答に、善治郎だけでなくユングヴィ王子も大きく反応する。

「待ってください。『巨人族が我らを欲した』？　つまり、巨人族とウトガルズの人間の関係は、人間から巨人族にすり寄ったのではなく、巨人族の方が人間を必要とした、ということですか？」

と、善治郎が問うのに続けて、

「『魔法文字』の技が取引材料になるのですか？　巨人族は高度な魔法文明を築いていたと聞いています。ロック代表ご自身もそう言っていました。それなのに、あなたたちウトガルズの『魔法文字』の技が、取引に使えるのですか？」

ユングヴィ王子も、疑問を投げかける。

そんな二人の疑問に、ロック代表は落ち着いた様子で答える。

「まず、善治郎の問いに答えよう。その通りだ。巨人族とそれに従う人間の関係は、人間がすり寄ったのではなく、巨人から申し出たものだ。歯に衣着《きぬ》せぬ言い方をすれば、巨人にとって我ら人間は、ぜひとも配下に組み込みたい被支配種族、もっと言えば有益な能力を持つ、家畜のようなものだった」

ロック代表の言葉は、多分に露悪的だが、その口調は巨人に対する怒りや嫌悪感を感じさせない。

「被支配種族、家畜……」

善治郎が、その聞こえの悪い言葉を口の中で反芻《はんすう》している間も、ロック代表の説明は続く。

「無論家畜といっても、豚のように肉にされるわけでも、山羊《やぎ》のように毛や乳を搾り取られるのでもない。巨人が我ら人間に求めたのは、『魔法文字』を刻む技だった」

そう言ってロック代表は、その鈍色《にびいろ》の双眼を向ける方向を、善治郎からユングヴィ王子へと移す。

「ここから先が、ユングヴィの問いへの答えにもなる。巨人は極めて優れた魔法文明を築いていた。それは確かだ。それこそ、『教会』の奴らが崇《あが》める古代竜族にも伍《ご》するほどのな。我らが操る『魔法文字』も、巨人から教えられたものであり、我らが学び取った『魔法文字』など、巨人族が知る『魔法文字』と比べれば、泉からくみ上げた桶《おけ》一杯の水ほどのものでしかない」

「………」

珍しくユングヴィ王子は何も言わない。ただ、その氷碧色《ひょうへきいろ》の双眼に強い光を滲《にじ》ませながら、ジッとロック代表の次の言葉を待つ。

「だが、『魔法文字』を知ることと『魔法文字』を使用することの間には、少々厄介な壁がある。それは『魔法文字』がその効果を発揮するには、正確に刻まなければならないということ。そして『魔法文字』の大きさは、その効果には一切寄与しない、という点だ」

「なるほど、そういうことですか」

「…………ああ、それで人間を」

ロック代表の説明を受けて、ユングヴィ王子はすぐさま、善治郎も少し遅れてその言いたいことを理解した。

「文字が正確であれば、大きくても小さくても効果が変わらないというのなら、『魔法文字』を刻む作業は、巨人よりも人間の方がはるかに向いていますね」

「その通り」

善治郎の言葉を受けて、ロック代表は満足げに頷《うなず》いた。

人間と巨人の器用さが同程度だとすれば、小さな文字を正確に描く、という一点に限り、巨人は人間の足元にも及ばない。巨人サイズの指輪に『魔法文字』を刻もうとした場合、それが可能な巨人は、元々よほど器用な者か、長年専門の訓練を積んだ技術者に限られるが、人間ならば、一部の不器用な者以外は、簡単な訓練を積んだだけでそれを可能とするだろう。

「伝承が正しければ、『ウートガルザ』に残った人間も多くいるらしい。その子孫が残っていれば、彼らが我々の商売敵《しょうばいがたき》になるだろう。しかし、勝算は高いと私は考える」

「理由を聞かせてもらえますか？」

促す善治郎に、ロック代表は淡々と告げる。

「簡単なことだ。巨人族の下《もと》にいた頃、我々はずっと巨人のためだけに『魔法文字』を刻み続けていた。『ウートガルザ』に残った人間たちは、今もその状況だと考えるのが自然だ。

対して我々はこのウトガルズを築いてから今日《こんにち》まで、自分たちのために『魔法文字』を刻む技術を向上させ続けてきたのだ」

その表情には、強い誇りと自負が見える。

自分たちのために『魔法文字』を刻む。つまり、ウトガルズでは人間サイズの物に『魔法文字』を刻む技術を磨いてきた、ということだ。その技術をもって巨人サイズの物に『魔法文字』を刻めば、ずっと多くの『魔法文字』を刻むことができそうである。

「……なるほど。ウトガルズには優れた職人が数多くいらっしゃるのですね」

善治郎の脳裏をよぎるのは、神殿の窓ガラスだ。北大陸の共和国では、高級な宿屋などでも窓にガラスが使われていたが、それは現代人の感覚からすると明らかな歪《ゆが》みや多少のかすれが目に付くものだった。板状のガラスを磨く技術と、小さく正確な魔法文字を刻む技術は同一ではないが、器用さと忍耐を問われる手先の技術という点では共通している。

「ああ。質でも数でも負けていないと自負している」

無論、そう答えるロック代表は実に自信ありげだが、ロック代表の言葉に希望的観測が多分に混ざっていることは疑いない。

『ウートガルザ』に残った人間たちが伝承する『魔法文字』を刻む技術が、ウトガルズに渡った人間たちが磨いてきたそれに勝る可能性も十分にある。『魔法文字』の技術を見せても、巨人たちが「その程度では、『魔堆岩《またいがん》』とは交換できない」と判断を下す可能性もある。もっと意地の悪いことを考えれば、元々優れた魔法文明を築いていた巨人たちが、その後も魔法文明を進歩させ続けて、今では『魔法文字』そのものが過去の遺物となっている可能性すら、否定はできない。

いずれにせよ、交易の弾を『魔法文字』技術一つに絞るのは、危険だろう。

「巨人の伝承を教えてもらえますか？　巨人が欲しがる可能性のある物。その物が我がカープァ王国に存在し、ウトガルズには存在しない可能性もあるでしょう。その場合、我が国とウトガルズの間でも貿易が成立すると私は考えます」

善治郎の提案に、ロック代表は今日一番、虚《きょ》を衝《つ》かれた表情を浮かべた。

「……………よいのか？　巨人の世界は、伝承通りならば、最低でも超先進国、超大国。むしろ次元の違う神域、と評価する方が正しいほどの存在だぞ」

ロック代表はそう念を押す。

巨人との取引に使える物資がカープァ王国にあれば、カープァ王国とウトガルズの間で、取引をしよう。そんな善治郎の提案は、とりもなおさず「カープァ王国は『ウートガルザ』と直接貿易はしない」と言っているに等しいからだ。

ロック代表がこの場を設けた理由は、『時空魔法』の使い手であるカープァ王家に、異世界『ウートガルザ』とウトガルズを行き来できる手段を確立してほしい、という要望からだ。

つまり、『ウートガルザ』とウトガルズの取引が成立するときはイコール、『ウートガルザ』とカープァ王国も取引が可能な状態になっているはずなのだ。その状態にありながら、せっかく『ウートガルザ』の欲するものがカープァ王国にあるのに、あえて間にウトガルズを挟むというのは、カープァ王国から見れば明らかな無駄だ。国益に反していると言ってもいい。

無論、その程度のことは、さほど頭の良くない善治郎でも、理解している。だが、理解したうえで、善治郎は迷わず首肯《しゅこう》する。

「構いません。巨人の国がどれほど優れた文明国であろうと、むしろそうであるほど、巨人について無知な我々が、直接関係を持つことへのリスクが先に立ちます」

「ふむ？」

善治郎の返答に、ロック代表は小さく首を傾げる。一応筋は通っているが、さすがにその判断は、臆病が過ぎる。内政にせよ、外交にせよ、ノーリスクの判断というものは存在しない。今回の善治郎の判断は、それだけを取り出すと、避けられるリスクと手放すリターンが全く釣り合っていない。

当然、善治郎の狙いはそこではない。

「ですから、我が国は対『ウートガルザ』との交易に関しては、全てウトガルズを通すことを提案します。その対価として、ウトガルズのこちらの世界の窓口を、我が国に一任していただきたい」

善治郎は、そう提案した。

「義兄上《あにうえ》？」

氷碧色《ひょうへきいろ》の双眼を細めたユングヴィ王子が、聞いたことのない低い声で、隣に座る善治郎にそう声をかける。

ある程度は予想していたが、予想以上の迫力を見せる義弟に、善治郎は少し早口に付け加える。

「無論、今までウトガルズが行っていた外交、貿易まで一本化しろということではありません。今後新規に接触してくる国、組織に対する取引の窓口を我が国にまかせていただきたい、という意味です」

これは、普通ならば、この場でロック代表が席を立ってもおかしくない、相当失礼な申し出である。純粋に相手国の外交方針を、こちらの都合で拘束する提案だからだ。それも外交の大半を縛る、とんでもない提案だ。

「ふむ、それはどういった理由だろうか？」

しかし、ロック代表は小さく首を傾げるだけで、特に不快感を示すことはない。

その様子に、内心なけなしの勇気を振り絞って今の提案をしていた善治郎は、大きな達成感を覚えずにはいられなかった。

ロック代表の反応は、善治郎の予測を強く肯定するものだったからだ。

現状、ウトガルズは、他国との外交というものがないに等しい。

同じ北方五か国に数えられるウップサーラ王国の記録でも、ウトガルズに人が招かれたのは、百年以上前というくらいだ。恐らくは、北方五か国の残り三国も似たようなものだろうし、それ以外の国にはそれこそ、実在することすら疑われている可能性もあるくらいだ。

そんなウトガルズにとっては、「他国との取引」を制限されるということは、現状維持以上の意味を持たない。

だからこそ、通常ならば「無礼」、「他国に対する過剰干渉」として一蹴されるに決まっているこの提案が、現実味を帯びると善治郎は考えた。

「それが我が国がウトガルズに求める利なのです。ご自覚がおありでしょうが、ウトガルズの文化は、我ら南大陸はもちろん、北大陸の他の国々とも異なる独自のもの。その文化の窓口を一手に任せていただけたならば、大きな利益を生むことは間違いございません」

意図的に、率直かつ俗物的にそう言う善治郎に、ロック代表は一定の理解は示しつつも、念を押すように言葉を返す。

「それがカープァ王家の利となるのならば、こちらとしては否はない。しかし、善治郎の目当てが『魔法文字』であるのだとしたら、それは無理だと先に言っておく。個人単位の取引は可能だが、国単位で取引できる余地はない」

『魔法文字』を輸出することはない。ロック代表は、先回りをしてそう宣言した。その言葉は、これまでの説明と矛盾しない。

元々ウトガルズは、『魔法文字』を刻む『魔堆岩《またいがん》』の底が見えてきたため、それがあると思われる『ウートガルザ』への移動手段を求めたのだ。その対価に『魔法文字』を刻んだ『魔堆岩』を提供することなど、できるはずもない。

さすがにその程度のことは、善治郎も承知の上だ。

「構いません。可能であれば、『魔堆岩』を用いた『魔法文字』は無理でも、そうではない『魔法文字』は、一考していただきたいところですが」

特別な効力を持つ真の『魔法文字』ではなく、ただ万能翻訳に機能が限定される『魔法文字』でも、十分に価値はある。『言霊《ことだま》』のおかげで会話ではあまり意識していないが、南大陸だけでも複数の言語が存在するのだ。誰にでも読める文字というのは、それだけで十分な価値がある。

善治郎の言葉に、ロック代表は少し考えたが、結局は首を横に振る。

「いや、駄目だ。例外はない」

それは、翻訳の力しかない『魔法文字』を刻むだけの物資も惜しいからなのか、それとも『魔法文字』の技術流出を恐れてのことか。いずれにせよ、きっぱりと断られた以上、善治郎はそれに執着しない。

「分かりました。では、それ以外は構いませんね？」

努めて軽い口調で念を押す善治郎に、ロック代表は小さく首肯《しゅこう》しながら、念を押す。

「構わない。しかし、それはこちらの申し出をカープァ王家が受ける、という返答と取るが？」

「こちらもそれで構いません。ただし、こちらは『時空魔法』の使い手の数が限られており、現状『ウートガルザ』へと至る筋道をどのように付けたらよいか、皆目見当もつかない状態です。

先ほどロック代表がおっしゃったように依頼の期限は、百年単位、数世代単位も先の話になってしまいますが、それでよろしいですか？」

現在のカープァ王家で曲がりなりにも『時空魔法』の使い手と呼べるのは、善治郎と女王アウラの二人のみ。善治郎は、『引き寄せ』と『空間遮断結界』と『瞬間移動』という三つの魔法をかろうじて使えるというだけだし、善治郎と比べれば女王アウラは悪くない魔法の使い手であるが、魔法の研究家というわけではない。

カルロス先王をはじめとして、カープァ王家の歴代魔法研究家だった人間の残した資料が存在するので、異世界移動用の魔法の研究を始めることはできるが、本格的な開始は恐らく、ある程度『時空魔法』の使い手が増える次世代以降になるだろう。

善治郎が独自にできることといえば、竜皮紙や場合によっては木簡で保存されている歴代『時空魔法』の研究資料を、パソコンに打ち込みなおし、デジタル化して整理することぐらいだろうか。

結婚した当初と比べれば随分と忙しくなった善治郎だが、それでも善治郎とアウラで、時間の余裕があるのはどちらかと言えば、それは善治郎だ。

(俺が主体になって情報をまとめて、まとまった情報はアウラに目を通してもらって、意見を聞く形がしばらくは無難かな。エスピリディオンに助言がもらえれば心強いんだけど、その辺りの判断はアウラ次第か)

善治郎がそんなことを考えている間、ロック代表も同様に黙考を続けていたが、やがて力強く首肯する。

「いいだろう。時間がかかることは理解できる。ただし、形だけの努力で、契約続行中と言い張られては困る。詳細を詰めた後、契約は正式に魔法で結びたい。よいか?」

「魔法で契約を結ぶ?　『魔法文字』では、そのようなこともできるのですか?」

驚きを隠せない善治郎に、ロック代表は言う。

「不可能ではないが、今回は違う。より確実をきすため、『契約』の魔道具を用いる」

『契約』の魔道具。

その意味が分からないほど、善治郎は愚鈍ではない。


「『白の帝国』の遺産」


「その通りだ」

淡々と肯定するロック代表とは反対に、善治郎は驚きを隠せない。驚きの半分は、「本当にあったのか」というものであり、残りの半分は「それをわざわざ使うのか」という点である。

善治郎は、自分が見誤っていたことを理解する。わざわざ、善治郎に『招待状』を送ってまでこの場を設けたのだから、『ウートガルザ』との繋《つな》がりを、ウトガルズが伊達《だて》や酔狂で欲しているわけではないことは理解していた。

しかし、この場で出てきた言葉は「二百年や三百年程度待てない話ではない」だ。そのため、言い方は悪いがもっと「呑気《のんき》な取引」だと思っていたのだ。

だが、わざわざ『白の帝国』の遺産である魔道具を用いて、契約を結ぶというのならば、そんな呑気な取引のはずはない。とはいえ、取引の大筋に影響する違いではない。

「承知いたしました。ただし、それほどの話となりますと、私の一存では決めかねます。

契約の詳細が決まるまでは通常の書面で交渉を行い、双方の同意に至った段階で『契約の魔道具』を使用する、という形を提案します」

「うむ」

「…………」

まだ口約束の段階だが、ウトガルズとカープァ王家が契約を結ぶという、歴史的にも国際政治的にも重要な一場面を、ユングヴィ王子はその氷碧色《ひょうへきいろ》の双眼に強い野心の光を灯《とも》し、笑顔で見守っていた。

幕間《まくあい》一　王と王子の密談

歴史的とも言える、ウトガルズでの善治郎、ユングヴィ王子、ロック代表の会談から数日後。

ウップサーラ王国の王宮――広輝宮《こうききゅう》の一室では、グスタフ王とユングヴィ王子が、余人を交えず、極秘で話し合っていた。

「…………というわけです、父上。最後に我がウップサーラ王国と義兄上《あにうえ》のカープァ王国は、ウトガルズの街の一角に、滞在場所を確保しました。義兄上は、そこへの『瞬間移動』の許可も取られました。これでウトガルズも一気に近くなりましたね」

「…………」

ウトガルズで起きた一連のあらましを、息子から聞かされたウップサーラ王国の王は、無言のまま目を瞑《つぶ》ると、何度も頭を振る。

「なんというか。変化の時代、革命の時代と謳《うた》ったのは私自身だが、これはさすがに変化が急激すぎてついていくのが、大変だぞ……」

王の口から、思わずそんな弱音が漏れる。

「ついていけないようならば、いつでも玉座《ぎょくざ》をお譲りください。ここに頼もしい後継者がいますから」

「後継者が頼もしく育ったら、すぐにでもそうするとしよう」

ニコニコと笑顔で自分を指さす次男に、王はにべもなくそう答える。

ユングヴィ王子はいかにもわざとらしい不満げな表情で、両肩をすくめてみせた。

「分かりました、鋭意努力を続けますよ。その一環として、カープァ王国に行ってきます。よろしいですね？　父上」

ユングヴィ王子のカープァ王国行き。それは、ウップサーラ王国の次期国王であるユングヴィ王子が、カープァ王国から妻《めと》を娶るという宣言だ。

「いいだろう。ウトガルズとの繋《つな》がりを抜きにしても、逆にウトガルズとの一件だけを抜き出しても、『時空魔法』の使い手であるカープァ王家との繋がりは絶対に必要だ。

第一夫人は、国内か北大陸の王家から娶る必要があるがな」

当たり前のように付け足す父の言葉に、ユングヴィ王子は少し考えた後、念のため確認する。

「カープァ王国から連れてくる女性を第一夫人にする、わけにはいかないですよね？」

「当たり前だろう。そんなことをすれば、お前の治世でウップサーラ王国は『教会』勢力は無論のこと、北方五か国からも距離を取られるぞ。その者が、カープァ王家直系の姫君であればまだ周囲を納得させられるかもしれぬが、ファナ殿下が成人するまで待てるような話でもないしな」

現在のカープァ王家には女の王族は二人しかいない。既婚者であり、国主である女王アウラはもちろん論外だし、それ以外には乳飲み子のファナ王女しかいない。そうなると、ユングヴィ王子が娶《めと》るカープァ王国の女というのは、最大限頑張ってもカープァ王国の高位貴族の娘にしかならない。それも、『血統魔法』の流出を防ぐことを前提とするならば、貴族の最高位の娘ですらないかもしれないのだ。

北大陸では、南大陸を一段下に見る風潮がある。その南大陸の貴族の娘をウップサーラ王国の次期第一王妃とした場合、第二王妃、第三王妃に自国の王族、貴族を送り込んでくれる国はないと言い切ってもいいだろう。

それどころか、国内の有力貴族家から第二王妃、第三王妃を見繕うのも、相当難儀することは容易に想像できる。

そんなことは、ユングヴィも分かっているはずだ。それなのに、この自国を強大化させることを何より生きがいにしている若い王族が、あえてカープァ王国から娶る女を第一夫人にできるかと、確認を取る。その意味を理解できないほど、グスタフ王は愚鈍な人間ではなかった。

「話せ。お前は、カープァ王国にどれほどの価値を見出《みいだ》した？　それは、『教会』勢力と明確に敵対しても手に入れるべきモノか？　北方五か国と袂《たもと》を分《わ》かってでも手放せないほどのモノか？」

「…………」

父王の厳しい叱責に、しばし考え込んだ王子は、やがて男としては長めの銀髪を揺らすように、首を横に振った。

「いいえ。さすがにそこまでの価値は見出せませんね。分かりました、父上。カープァ王国の女性はあくまで、第二夫人か第三夫人。その立場をわきまえることができる女性に限定して探してきます」

それは、条件に該当する人間が、カープァ王国にいなかったら諦めるという意味も含んでいる。さらに、ユングヴィ王子は付け加える。

「こちらで娶ることになる第一夫人は、父上にお任せします。ただし、条件はカープァ王国の第二夫人と同じですよ」

「うむ、当然だろうな」

息子の言葉に、王は首肯《しゅこう》した。

この場合の、「条件はカープァ王国の第二夫人と同じ」というのは、第一夫人と第二夫人が平等という意味ではない。「カープァ王国から娶る第二夫人に、序列をわきまえた言動を求めるのと同様に、国内もしくは北大陸の他国から娶る第一夫人にも、序列をわきまえた言動を求める」という意味だ。

つまり、第二夫人になるカープァ王国人の女を、南大陸の人間だからと、不当に低く見て第二夫人として扱えない人間は、ゴメンこうむると言っているのだ。

グスタフ王が認める通り、それは当然の条件と言えた。

第一王女であるフレア姫が、カープァ王家に側室という形で嫁ぎ、次期王であるユングヴィ王子が第二夫人としてカープァ王国の貴族を娶《めと》る。この時点で、ウップサーラ王国がカープァ王国にどれほど重きを置いているかは、一目瞭然だ。それなのに、出身地を理由に第二夫人を正当な夫人として扱えない人間を、第一夫人として迎えることは確かに無理があるだろう。

「しかし、南大陸出身の第二夫人と円滑に関係を築くことのできる第一夫人候補、か。難題だな」

とグスタフ王が眉間にしわを寄せるのも無理はない。南大陸を下に見る北大陸の風潮は根強い。無論、一時的に「他国からの賓客《ひんきゃく》」としてもてなす程度ならば、大概の王侯貴族の子女はそつなくこなすだろうが、同じ男の元に嫁ぐ二人の女、というのはよくも悪くももっと長くて近い関係だ。

腹の底ではどう考えていてもよいが、何十年という年月の間、ずっと腹の底を隠し通せる理性の持ち主というのは希少だし、かといって本心から南大陸人を見下していない第一夫人候補というのも、やはり希少だ。

「いっそ、グラーツ王国も視野に入れますか？」

グラーツ王国は『教会』勢力圏でありながら、精霊信仰の北方五か国とも積極的に婚姻政策を取っている国だ。

ユングヴィ王子の言葉に、グスタフ王は低く抑えた声で息子を叱責する。

「冗談でもやめよ。我が国までオフス王国の二の舞になるぞ」

元から国民の二割弱が竜信仰であったオフス王国はともかく、ほぼ全国民が精霊信仰であるウップサーラ王国にとって、王族に竜信仰者を迎えるというのは、国内からの反発が大きい。

次期国王であるユングヴィ王子の第一夫人は竜信仰者、第二夫人は南大陸人。いくらなんでも御しきれるはずもない。

それは、ユングヴィ王子自身もわかっているのだろう。大きくため息をつきながらも、素直に首肯《しゅこう》する。

「やっぱり、無理ですか。できれば欲しかったんですけどねえ。よそに血統魔法を流してくれる王家なんてあそこだけだし」

グラーツ王国の王家は、『血統魔法』を有している。そのくせ、『血統魔法』の流出に全く頓着せず、積極的に婚姻政策を取っているのだ。

「あれもこれもと、欲しがりすぎるのはお前の悪い癖だ。お前は自己評価が高すぎる。自分ができることと、自分が『確実に』できることの区別をつけよ。失敗のツケが取り返しがつかない可能性がある場合、原則挑んでよいのは後者だけだ」

「……はい、父上」

父王の厳しい言葉に、ユングヴィ王子は小さく首をすくめて、自省した。叱責の言葉に反感を覚えないでもないが、同時に、父親の苦言が当たっていた過去の事例が多数記憶にあるため、反感を抑えてその苦言を受け入れる。

「では、ターゲットはカープァ王国に絞りますね。いや、場合によってはゼンジロウ義兄《あに》上《うえ》に絞ってもいいかな」

「うむ。カープァ王国を重視するのは分かる。エリクとフレアの話を半分程度にしても、相当の大国であることは疑いないし、此度《こたび》のウトガルズの一件からしても、今後我ら北方五か国にも強い影響力を持つことは間違いない。何より『瞬間移動』の存在が反則的だ。

そういう意味では、事実上唯一実用的に『瞬間移動』を行使するゼンジロウ殿を重要視するというのは、分かる。だが、お前が言っているのはそれだけではないな？」

父王の言葉に、ユングヴィ王子は口元を三日月形に歪《ゆが》めて笑う。

「ええ。あの人の価値はそれだけではありません。先ほどもお伝えした通り、私とゼンジロウ義兄上は、ウトガルズの手配した空飛ぶソリに乗ったのですが、その時あの人は空戦について語ってくださいました。

空戦で重要なのは、高度、速度、センカイハンケイだと。そして、それは『ただの一般論』だそうです」


そう言って、ユングヴィ王子はクックックッと笑う。

「空戦の『一般論』を語る、か」

グスタフ王がすっと目を細める。

「そうです。それから、これは僕もずいぶん後になってから気づいたのですが、それも多分机上の論理だけじゃないですよ。あの人、今回のウトガルズのソリ以前にも、空を飛んだ経験があるはずです」


そうでなければ、あの時の反応はおかしい。当初箱ソリの中は、全面が灰色の壁で、内側から一切操作ができなかった。その状態で、善治郎は「このソリは今空を飛んでいる」と断言したのだ。

後知恵《あとぢえ》で言えば、ユングヴィ王子にも善治郎の主張は理解できる。確かに箱ソリが動き出すとき、体が斜め下に押し付けられるような力を感じた。平地を前に進むとき、後方へと感じる圧力が、斜め下に感じたのだから、なるほどこれは前進したのではなく、斜め上に進んだ――すなわち飛び立ったのだと推測できる。

だが、それは、あくまで後知恵《あとぢえ》だ。

「ソリの離陸も着陸も、そして飛行中もあまりにスムーズでした。僕は正直、ゼンジロウ義兄上《あにうえ》に言われるまで、飛んでいるどころか移動していることすら自覚できなかったほどです。しかもゼンジロウ兄上は、その後ソリの内部に表示される『魔法文字』を操作して、壁を透明にしたり、中の明かりの強弱を変えたりしたのですよ。

あれは、間違いなく『魔法文字』そのものか、最低でもそれに類似した何かの操作に慣れている手つきでしたね」

「飛行移動手段に慣れている、か。まさかお前はゼンジロウ殿の知識から、飛行移動手段を入手できると考えているのか？」

父王の言葉に、銀髪の王子は驚いたように首を横に振る。

「まさか。さすがにそこまで虫の良いことは考えていませんよ。そもそもゼンジロウ義兄上の知識に、それを可能とするほどのものがあるとは思いません。というか、ゼンジロウ義兄上の知識だけで飛行移動手段が製造可能なら、カープァ王国がとっくに始めてます」

少し考えてみれば分かることだ。ユングヴィ王子自身、ウップサーラ王国の王族の嗜《たしな》みとして、馬車や船の操作や、簡単な修繕程度の知識と技量は身に付けているが、馬車や船を一から作り上げろと言われれば、両手を上げるしかない。

飛行用の乗り物は最低でもそれと同程度、まず間違いなくそれ以上に専門家でなければ手に負えない代物だろう、とユングヴィ王子は推測する。

「僕がゼンジロウ義兄上に期待しているのは、そんな直接的なことじゃないですよ。もっと漠然とした、なにかです。北大陸の技術とも、南大陸の魔法とも違う、全く異なる異文化圏で身に付けたであろう知識、技術、常識の集合体。その大半は、即座には利用不可能でしょうが、中にはこちらの技術を進ませるカギとなるものがあるのではないか。僕はそう考えているのですよ」

ユングヴィ王子は良くも悪くも即物的だ。どれほど偉大な未知の知識でも、それが直接国力の増強に結びつかないのであれば、興味を示さない。逆に、国力増強に役立つ有益な知識に対しては、恐ろしく貪欲であり、柔軟である。

その辺りが英邁《えいまい》な王であるグスタフ王の目には、頼もしく映り、同時に危うくも映る。

国力増強のためならば、偏見や過去の慣習を振り切る精神は、今後の激動が予想される北大陸でかじ取りを任せるのに、頼もしい要素だ。

しかし、直接的な国力増強を重視しすぎるあまり、国力増強に寄与しない要素を軽視、場合によっては完全に無視しているところが怖い。

戦士たちの尚武《しょうぶ》の気風を軽視する。大学の研究にも「その学問はどのような成果が期待できるのか？」と追求してしまう。

それは、国の運営者として、未熟というしかない。一見すると無意味に見えるところが土台として必要であり、その部分を軽視すると超長期において国が袋小路に迷い込むという感覚が、まだ身に付いていないのだろう。

だからこそ、そんな近視眼的に国益を考えるユングヴィ王子が、カープァ王国と善治郎に執着していることは見逃せない。

「そういえば、ゼンジロウ殿は、ウトガルズと独占的な貿易契約を結んだのだそうだな。我が国をはじめとする、ウトガルズ以外の北方五か国はその枠の外だとしても、お前はそれを良しとしたのか」

そこまで、カープァ王国、善治郎に譲る必要はあったのか？　そう鋭く問いかける父王に、ユングヴィ王子は小さく肩をすくめると、

「それは、良しとするというか、良しとするしかなかった、というのが正直なところですね。横から口を挟むことは可能だったと思いますが、その場合、僕はゼンジロウ義兄上《あにうえ》の強い不興を買うことになります。その不利益を許容してまで、口を挟む話ではないと判断

しました」

「強い不興か。お前は、ゼンジロウ殿を王侯貴族では類を見ないくらいに、温厚で許容範囲の広い人間と評価していなかったか？　私も同感なのだが」

父王の言葉に、ユングヴィ王子はその氷碧色《ひょうへきいろ》の双眼を細めると、小さく首を縦に振る。

「ええ。その評価は今でも変わりません。むしろ、今回のウトガルズ行きに同行させていただいたことで確信に変わったくらいです。その上で強い不興を買うと思ったんですよ。それこそ、今後の外交に支障をきたすくらいの不興をね」

「それほど、ゼンジロウ殿は、ウトガルズとの交易独占に大きな利益を見出《みいだ》している、と？」

グスタフ王の言葉に、ユングヴィ王子は今度は少し考えて、首を横に振る。

「……いいえ。あくまで僕の印象では、大きな利益を見出したというより、大きな不利益を回避した、という印象を受けました。僕たち北方五か国を例外としている時点で、貿易独占による利益拡大には、穴が開いていますからね。それを良しとしたうえで、なおあの場で拙速《せっそく》ともいえる形で独占貿易契約を結んだのは、ウトガルズと直接取引をさせたくない第三国があるのではないでしょうか」

「ふむ、第三国か」

グスタフ王は、ユングヴィ王子に不安も抱いているが、後継者として認めてもいる。何より、相手の人となりを極めて短期間で見抜く目については、幼少のころから卓越していたユングヴィ王子だ。

そのユングヴィ王子がここまで言うのだから、一切の証拠がなくても、グスタフ王もある程度は、重きを置かざるを得ない。

「決めつけは危険だが、その線で探ってみた方がよいかもしれんな」

「はい、僕もそのつもりです」

父王の言葉に、ユングヴィ王子は我が意を得たりとばかりに笑顔で首肯《しゅこう》する。

もちろん、ユングヴィ王子の基本方針は、カープァ王国、善治郎との友好だ。だから、ユングヴィ王子の想像が当たっていて、善治郎がウトガルズと国交を持たせたくない第三国があったとしても、そこを突くつもりはない。

突くつもりはないが、「知った上で突かない」という状態になれば、多少の恩は売れるはずだ。善治郎という男の気性からすれば、そういう誠意を目に見える形で示せば、それだけで一定の利益が望める。

その程度の打算は、当然ユングヴィ王子の頭の中にはあるのだった。

第二章　策と暗躍

ウップサーラ王国の広輝宮《こうききゅう》で、ユングヴィ王子とグスタフ王が密談をしているとき、『瞬間移動』でカープァ王国に帰国を果たした善治郎もまた、女王アウラと会談の場を設けていた。

場所は後宮《こうきゅう》本棟のリビングルーム。座り位置は向かい合って。善治郎とアウラが難しい内容について真剣に話し合うときの、スタンスである。

善治郎の口から、ウトガルズであったことについて一通り聞き終えた女王アウラは、真剣な表情を崩さないまま、硬い口調で言う。

「……なるほどな。空飛ぶソリ。巨人用の神殿。それらを可能とする『魔法文字』か。こちらとは文明が違いすぎて、想像するのも難しいというのが、正直なところなのだが」

女王アウラはそこまで言ったところで、しばし考え込むように沈黙を保つ。

「問題は、そのウトガルズとの独占貿易契約をゼンジロウ、其方《そなた》が独断で結んできたことだ。これについては、しっかりと説明してもらう」

妻ではなく純粋に王としての視線を向けるアウラに、善治郎がたじろぎながらもどうにかその視線を正面から受け止められたのは、こうなることを最初から覚悟していたからだ。

座る姿勢を正し、背筋を伸ばした善治郎は、口調以外は他国の王と交渉を持つときと同じ心構えで、自国の王に対して口を開く。

「うん。俺がその場で独占貿易契約を結んだ理由はただ一つ。シャロワ・ジルベール双王国に、ウトガルズと直接の伝手《つて》を持たせたくなかったからだよ」

口調だけはいつも通りにしたのは、そこまで王宮通りにしたら、逆に腹を割った話をするのに支障が出るという判断からだ。

「双王国……詳しく話せ」

厳しい表情のまま先を促す女王アウラに、善治郎は小さく頷《うなず》いて説明を続ける。

「まず第一にウトガルズにはガラスが存在していた。これは、この目で見たから間違いない。案内された神殿で使われていたよ。その上、さっきも説明した通り、ウトガルズは『魔堆岩《またいがん》』という物質に『魔法文字』を刻むことで、文明を維持しているんだ。

多分その影響なんだろうけど、俺の通された神殿の彫刻の類は、南大陸、北大陸全ての国で見たそれより、緻密《ちみつ》で細やかなものだった。窓ガラスも共和国で見たものより歪《ゆが》みや曇りが少なかったと思う。

で、ここから先は俺の推測だけど、多分ウトガルズは、実用に耐えられるだけのビー玉を作れる。あくまで職人の手作業になるから、量産性は最終的にはこっちが上になると思うけど、職人の人数次第では、スタートダッシュでは負けるかもしれない」

「………」

善治郎の弁明、もしくは説明を聞いた女王は、より一層厳しい表情になっていた。ただし、その表情を作っている感情の向けられている先は、善治郎から国際情勢そのものへと移っている。

アウラから見ても、善治郎の判断は正しかったからだ。無論、それは善治郎の推測が、全て当たっているという前提の話だが。

現在、カープァ王国とシャロワ・ジルベール双王国は、いずれ訪れるであろう北大陸列強に対抗するため、同盟を結んでいる。そういう意味では、双王国の国力、軍事力を増大させるであろう、ビー玉の輸入先を制限するというのは、背信行為ともいえる。

しかし、だからといって、双王国とウトガルズが取引するのを黙認できるかといえば、それはない。現状、戦闘用魔道具の量産化は、『付与魔法』を双王国が使い、魔導具の媒体となるビー玉をカープァ王国が提供することで、成立する目算となっている。

人は双王国、物資はカープァ王国という対等な関係だ。ここで、物資をカープァ王国以外から購入可能となると、両国の力関係を対等に保つのが難しくなる。

カープァ王国が双王国の風下に立たざるを得ないような同盟は、ゴメンこうむりたい。無論、だからと言って、そんなことをしてカープァ王国と双王国がそろって北大陸列強に席巻されるようでは、馬鹿の極みだ。

それくらいならば、双王国の風下に立ちながらでも、北大陸列強を押し返した方がはるかにマシな未来である。

最善に固執して最悪を迎えるくらいならば、妥協も必要。その決断を下すためにも、正確な情報が欠かせない。

カープァ王国で、もっとも北大陸を見てきたのが善治郎で、もっとも北大陸の脅威を唱えていたのも善治郎だ。その善治郎が、あえてウトガルズと双王国との直接取引を妨げると言っているのだから、大きな問題はないのでは？

一瞬そんな楽観論が女王の脳裏をかすめるが、すぐにその考えを否定する。

女王アウラは、夫善治郎の人格には全幅の信頼を置いているが、その能力や眼力は人格ほど信頼していない。とはいえ、善治郎が独断で独占貿易契約を結んでしまったという事実は、簡単には変えられない。詳細の詰めと正式な調印は保留しているが、道筋をしっかり作ってしまった以上、この契約を結んだのは善治郎だと言われても反論はできないだろう。

女王アウラは、自分の考えを纏《まと》めながら、同時に知識を共有するために、あえて言葉にしながら思考する。

「ガラス自体は北大陸でも見た、と言っていたな。だが、北大陸諸国にガラスがあってもある意味問題はない」

「うん。北大陸諸国から、双王国がガラスを輸入できるくらいなら、万事解決だから」

いくら双王国が強《したた》かでも、対北大陸列強相手の戦略物資を、当の北大陸諸国から輸入し続けられるほど、化け物ではないだろう。善治郎の言う通り、それが可能なほどの外交力があるのなら、そもそも侵略を心配する必要がない。

だが、多少の懸念は残る。

「そういえば、ヤン司祭からガラス職人の紹介状を貰《もら》ってるんだよね。ガラス職人を引き抜いて連れてくることができないか、以前話し合ってたでしょ？　同じことを、双王国がやった場合だけはちょっと怖いかも」

貿易ではなく、職人を直接引っ張ってくる。それをやられたら、双王国が国内だけで魔道具量産化計画を回せるようになってしまう。確かにそれは脅威だ。

善治郎がこのような心配をしているのは、カープァ王国のガラス職人誘致は、今のところ予想外にも上手くいきそうな流れになっているからだ。

ヤン司祭が紹介状を書いてくれたボヘビア王国には、『瞬間移動』で飛ぶことができないため、現地の商人を通しての話なのだが、南大陸移住に前向きな職人はいるのだという。

だがしかし、善治郎の懸念を、女王アウラは少し考えてすぐに否定する。

「……確かにそれは危険だが、さすがにそこまで考える必要はないだろう。

まず第一に、双王国には其方《そなた》と違って、『紹介状』がない。

第二に、これは我が国も同様だが、双王国には、職人がわざわざ移り住むほどの利点がない。生まれ故郷を離れて異国に骨をうずめるというのは、とてつもない大きな決断なのだ。……私が其方に言うのも面《つら》の皮が厚い話だがな。

第三に、双王国には、我らと違って『瞬間移動』の使い手がいない。その上、大陸間航行船も所有していなければ、港すらない。

この状態で、双王国が北大陸から職人を招く心配をするというのは、意識をそちらに割《さ》く弊害の方が大きいな」

国のリソースは有限だ。対して、懸念事項は無数にある。そのため優先順位を付けて、起こる可能性の低い懸念事項や、起こっても比較的被害が小さいと予想される懸念事項は、事実上無策にならざるを得ない。

女王アウラの判断では、今善治郎が言った「北大陸のガラス職人を、双王国が招へいする可能性」というのは、まさにそれだった。

ちなみに、カープァ王国のガラス職人招へいが、予想外にうまくいきそうになっている理由は、職にあぶれたガラス職人がいるかららしい。現状、北大陸はあらゆる方面において技術の進歩が著《いちじる》しい。

新しい技術が生まれたとしても、全ての職人がそれに対応できるとは限らない。新しい技術が生まれ、古い技術が陳腐になり、古い技術の需要がなくなる。そのサイクルが早い時、振り落とされる職人が現れる。需要がなくなった、もしくはそれだけでは食べていけないくらい需要が少なくなった古い技術しか持ち合わせていない職人だ。

本人にとっては不幸この上ないが、ちょうどこのタイミングで技術革新に乗り遅れたガラス職人がいるというのは、カープァ王国にとっては僥倖《ぎょうこう》以外の何物でもない。

ともあれ、女王アウラの説明にひとまず納得した善治郎は、

「それなら、とりあえず問題ないと思っていいのか。となるとやっぱり、問題はウトガルズだと思う。あれ？　双王国が直接取引をすることが難しい、という点ではウトガルズも同じ、かな？」

そう言って自信なさげに首を傾げる。

話しながら、自分のやったことへの正当性に途中から疑問を感じ始める夫に、女王は少

し困った表情を浮かべながら、肯定する。

「いや、現状、情報を聞いた範囲では、判断そのものは正しかったと私も思う。双王国から見れば、他の北大陸諸国と違い、ウトガルズは政治的な問題はなく、ただ移動手段の欠如が問題なだけだからな。ビー玉の入手ルートを我が国が独占するのは、正しい。

私が懸念しているのは、其方《そなた》がその場で即決して、仮とはいえ国家間の契約を結んでしまったという事実そのものなのだ」

「越権行為だった？」

恐る恐るそう言いながら、脳裏で自分に与えられているはずの権限を思い返す善治郎は、首を傾げる。それはそうだろう。王配であり、事実上唯一『瞬間移動』で飛び回れる王族である善治郎の権限は、その実非常に大きいのだ。

常々善治郎が言っている「私が即決できる話ではないので、本国のアウラ陛下に話を持ち帰る」というのは、実際には虚言《きょげん》に近い。善治郎にないのは、能力と胆力であり、権限そのものはあるのだ。

だから、女王アウラは渋い表情のまま首を横に振る。

「いや、権限上は全く問題ない。問題ないことが、最大の懸念事項なのだ」

「どういうこと？」

首を傾げる夫に、妻の顔に戻った女王は丁寧に説明する。

「今回の交渉を直接知っているのは、ウトガルズのロック代表とウップサーラ王国のユングヴィ王子だけだが、人の口に戸は立てられぬ。なにより、交渉結果はやがて公表せねばならぬし、敏《さと》い者が此度《こたび》の一件の時系列を調べれば、其方が単独で結んだ契約だと簡単に気づく。

それが何より怖い。其方がその場で即決して契約を結んだという事実が諸国に広まれば、外交の場における其方に対する圧力は、今までよりずっと増すぞ」

王配善治郎が、独断で外交交渉をまとめた。それを知った諸外国は、同じことを狙うようになる、と女王アウラは言っているのだ。確かに、交渉相手として手ごわいうえに遠くにいる女王アウラと、与《くみ》しやすいうえに『瞬間移動』で自国まで来てくれる善治郎ならば、後者を口説き落とそうとする者が続出するのは、必然の流れと言えるだろう。

「ああ、それは確かに」

女王アウラの懸念することを理解した善治郎は、自分の考えの浅さを自覚する。同時に、女王の思慮の深さと、妻の愛情の深さも思い知り、不謹慎にも口元が綻びかける。

どうにか、真面目な表情を崩さないまま善治郎は、

「分かった。具体的な対策はちょっと思いつかないけど、心構えだけでもしておく」

「それがよかろう。外交というのは言葉のやり取りだ。自覚して、事前に心構えを決めておくだけでも全く違うからな」

ひとまず、善治郎が先走る形で独占貿易契約を結んだという一件に関しては、これで終わった。

頭を切り替えて、善治郎は結んだ契約の内容そのものについて、話し合いを始める。

「それで、向こうの要望である、異世界『ウートガルザ』への転移の可能性についてだけど」

「うむ。正直、私では皆目見当もつかん」

あっさり白旗を上げる女王の言葉に、善治郎はソファーに座ったまま、小さくずっこける。

「え？　アウラも？　それだと話が終わっちゃうんだけど。将来の子孫に期待、で。アウラは『異世界召喚』と『異世界転移』を使えるよね？」

自分を引き寄せ、一度は向こうに送り返してくれた実績を指摘する夫に、妻は悪びれずあっさり答える。

「完成した魔法を習得して行使するのと、魔法語を解明して新たなる魔法を開発するのは全く別の能力だからな。前者の能力はそれなりにあるが、後者はさっぱりだ。『異世界転移』を改良して、『異世界召喚』を開発したのは、ほぼカルロス叔父上だからな。私は、最後の微調整をやっただけだ」

その微調整というのは、捧げる魔力量を変えたり、南大陸西方語では同じ意味にしかならない複数ある魔法語を順番に試したりする程度のこと。ようは、大した知識はなくてもできる、しらみつぶしのトライアンドエラーの部分をやっただけなのだ。

「ということは、カルロス先生の記した、『異世界召喚』の魔法に関する資料は残ってるってことだよね？　それらについて、俺が纏《まと》めることは問題ない？　ないなら、一度全部パソコンに入力しちゃいたいんだけど」

善治郎は、パソコンのワープロソフトに、南大陸西方語で使う文字をすべて外字登録しているため、こちらの世界の文章をパソコンに打ち込むことは可能だ。

幸い、地道な努力の結果、善治郎の南大陸西方語の読み書き能力は、日本で高校までの英語教育を終えた人間の英語能力程度には、高まっている。

さすがに、高度で専門的な魔法研究の文書となると、知らない単語だらけになるだろうが、単語の意味を分からないまま、ただパソコンに打ち込むだけならば、問題はない。

善治郎の言葉に、女王は顎に手を当てて少し考える。

「確かに、乱雑になっている情報をまとめるのには役に立つな。問題は二つ。南大陸西方語の文字では、魔法語の発音を正確に表すことは不可能であること。纏められたデータを扱うには、そのパソコンという道具の使用に熟達する必要があるということか」

一応、二つの問題点を上げる女王アウラだが、どちらもそこまで大した問題ではない。

前者は、パソコンに打ち込む今回の一件に限らず、魔法の研究を書き記す全ての問題に共通する問題だし、後者はどのみち『時空魔法』の研究をするのは、カープァ王家の王族に限られる。同時に、パソコンの使い方もじっくり仕込めばいいだけの話だ。

「ファイル化して整理すれば、パソコンのデータは、紙のデータよりずっと調べやすいんだけど、問題は保存なんだよね。今更だけど、保存用の大容量ハードディスクを購入してくればよかったなあ。まあ、何年も先の心配だけど」

思わずそんな無意味な愚痴が、善治郎の口から漏れる。

カープァ王家の秘匿魔法に『時間遡行《そこう》』があったおかげで、発電機やパソコンといった王家の武器となりうる電化製品は、半永久的に継承することが可能になっているが、その場合問題となるのが、パソコンの中身である。

『時間遡行』の魔法はあくまで『時間遡行』にすぎず、物体修復ではない。破損したパソコンを何もしないで一年分『時間遡行』を施せば、パソコンは直る代わりに内部のデータも一年前の状態になってしまう。

それを避けるためには、消したくないデータを、事前に外に逃がしておくしかない。一応善治郎は、ＳＤカードやＵＳＢメモリなどを複数持ち込んではいるが、全部合わせてもさほどの容量はない。

ワープロソフトや表計算ソフトのデータというのは、個々のデータ量は微々たるものだが、塵《ちり》も積もればなんとやら、だ。予定通り、異世界移動用の魔法研究を百年単位で続けて、その全てをパソコンに入力し続ければ、いずれは容量が足りなくなる。

パソコンの容量限界はそこまで気にする必要はないだろうが、外に逃がすSDカード、USBメモリの限界は、気にしておいた方がいいだろう。

「将来的に心配ならば、新たに買い足したらどうだ？　星の並びが揃《そろ》う三十年先ならば、『異世界送還』で其方《そなた》を元の世界と行き来させることはできるぞ。向こうの通貨を使い切ったわけではあるまい？」

女王の言葉に、一瞬喜色を浮かべた善治郎だが、少し考えて首を横に振る。

「一つの手ではあるけど、正直あんまり期待しない方がいいと思う。向こうの世界の技術は日進月歩で、特にこういう電子機器はそれが顕著なんだ。三十年後に、このパソコンと規格の合う、補助記憶装置が生き残ってるとは限らない」

十年一昔という世界で、三十年というのは大昔だ。

ましてや、日進月歩を超えて「秒進分歩」と言われる電子機器の世界だ。三十年後に、一般的に販売している機器が、善治郎のパソコンと規格が合わなくなっていたとしても、不思議はない。

現に、善治郎は、データバックアップの手段として、クラウドストレージという存在を知らないでいるくらいだ。十年たたなくても、これくらいの齟齬《そご》が出る世界なのである。

もちろん、そんな速度の世界観を女王アウラが理解できるはずもない。それでも、解決策を考える。

「ならば、パソコンとやらも買ってきたらどうだ？」

「残ってるお金だと、それは買えるかどうか分からないな。俺の価値観でなら余裕で買えるはずだけど、物価も変わってるだろうし。そもそも、三十年たてば紙幣も変わっている可能性が高いし、その場合旧紙幣だけでパソコン買おうとしたら、悪目立ちしそう。

三十年間一切出し入れしていない口座なんてどんな扱いになってるか分からないし、現金で店頭でパソコンを買うということ自体、難しくなっているかも？」

三十年後、日本に戻った時に善治郎の立場は、どうなっているだろうか？　すでに死亡届が出されているか、行方不明のままになっているか。いずれにせよ、万が一にでも不審がられて、警察のお世話になり、身元確認となれば、恐ろしく面倒なことになるのは間違いない。

「うむ。詳しくは分からないが、大きな懸念事項が多すぎて、当てにしないほうがいいということは分かった」

「うん。ただ、アウラが言う通り、どのみちワープロデータだけなら、しばらくは手持ちのＳＤカードとＵＳＢメモリでバックアップは問題ないはずだから」

「分かった。では、ウトガルズと結んだ、『ウートガルザ』への転移手段の模索は、ゼンジロウ、今代は、その方に正式に任せる」

国王陛下からの正式な命令に、さしもの善治郎も背筋を伸ばして畏《かしこ》まった返事をする。

「承知いたしました」

「今代は任せるという意味は、分かるな？　まず私は手助けできない、ということだ。時間がないからな。そして、次代への引き継ぎも、其方《そなた》が対応するのだぞ」

「はい」

カープァ王家の今代というのは、善治郎、女王アウラの二人しかいない。そのため、今代においては善治郎が責任者というか、唯一の従事者となることは、必然と言える。

問題は、次代への引き継ぎ作業も、善治郎が担当しなければならないという点だ。次代の担当者（善治郎とアウラの子の誰か）が、成人して引き継ぎが可能な年齢になるまでに、善治郎はある程度、引き継ぎができるだけの体裁を整えておかなければならない。

次代に引き継ぐたびに、また最初からのスタートになれば、途中で魔法研究の天才が登場しない限り、いつまでたっても目標は達成されない。

そのスタートを整える善治郎の役割は、それなりに重いと言ってもいいだろう。

「久しぶりにちょっと本格的な勉強が必要だな、これは。正直、独学だと早晩越えられない壁にぶつかると思うんだけど、アドバイスを頼んでいい人は誰？　アウラ？　オクタビア夫人？　エスピリディオン？」

少し砕けた善治郎の言葉を受けて、女王アウラも佇《たたず》まいを少しだけ崩しながら答える。

「私はもちろん一切問題なしだ。場所はここ、後宮《こうきゅう》に限るし、知識も、自由になる時間もあまりないがな」

それでも、現時点の善治郎よりはずっと知識がある。魔法全般ではなく、こと『時空魔法』だけに限るのならば、生者では第一人者と言える。第二位と最下位が同じというランキングに意味があるかどうかは疑問だが。

「オクタビア夫人は駄目だ。『血統魔法』に関してもウトガルズとの取引に関しても、外に漏らせない情報が多すぎる」

オクタビア夫人は、人格的にはカープァ王国内でも指折りの信頼のおける人物だが、王家に忠誠を誓っているわけではない。独立性の高い大貴族であるマルケス伯爵の妻である。その立場上、漏らせないことは多い。

「最後に爺《じい》——エスピリディオンだが、こっちは限定的に許可する。場所は王宮の一室に限定。会うときは他者を一切交えず——例外として侍女イネスのみ帯同を許す——二人だけで会うこと。全てのやり取りは口頭で行え。後宮の外でメモを書き、万が一にでも紛失したらことだ」

「録音は？」

善治郎が日本から持ち込んだ録音媒体の存在と、その能力については女王アウラもすでに承知している。女王は少し考えた後、小さく首肯《しゅこう》する。

「そちらも限定的に許可、だな。持ち出すときには必ずその日の朝のうちに私にその旨を報告し、夜に無事持ち帰ったことを報告してくれ」

善治郎が録音媒体をどこかに忘れて、それを不届き者が手にして、試行錯誤の末に媒体の正しい使い方を理解して、再生してしまう。その可能性は相当低い。

しかも、再生されるのは、言霊《ことだま》の働かないただの音だ。その不届き者がよほど魔法語に熟練していない限り、その魔法語を理解することはできないだろう。そこまで極小の危険まで避けていたら、いくらなんでも効率が悪すぎる。

「了解。限定的とはいえ、エスピリディオンの助けが借りられるなら、意外と進むかも」

「そう願いたいな」

善治郎の希望的観測に、女王も同意する。

時間的猶予は百年単位であるが、目指すものは雲をつかむような話だ。善治郎の代でも、進捗《しんちょく》があればそれに越したことはないのだった。

◇◆◇◆◇◆◇◆

それから一か月後。カープァ王宮の一室では、ウップサーラ王国の双子の王子、王女が久しぶりの対面を果たしていた。

「ようこそお越しくださいました、ユングヴィ殿下。カープァ王国を代表し、歓迎させていただきます」

「丁寧なごあいさつありがとうございます、フレア様」

外の光が一切差し込まない石室で、銀髪の双子はそう挨拶を交わす。

その言葉、仕草はどこまでも他人行儀な他国の者同士のそれだが、両者の全く同色なその氷碧色《ひょうへきいろ》の双眼に滲《にじ》む感情が、裏切っている。

わざと仰々しく振る舞って、ふざけ合っている子供。そんなイメージを抱かせる。

現に、石室の守護についているカープァ王国の兵士も、前日にカープァ王国入りしている、ユングヴィ王子付きのウップサーラ王国騎士も、双子のやり取りに、口元をほころばせている。

ただ一人。フレア姫の後ろに立つ、長身の女戦士——スカジだけが、生来の真面目さのせいか、「困ったものだ」と言わんばかりに、小さくため息をついていたが。

「それでは、ご案内いたします」

「はい、よろしくお願いします」

銀髪の双子は、それぞれ背後に腹心の騎士を従え、石室を後にした。

王宮の別棟、来客用に整えられた一室。しばしの間、自室となるその部屋で、ユングヴィ王子は、早速ソファーに腰を下ろし、くつろいでいた。

くつろいでいるように装っているのではない。本当にくつろいでいる。

初めての部屋どころか、初めての国、初めての南大陸のはずなのだが、その胆の太さはなるほど、フレア姫とよく似ている。

現状、部屋の中にいるのは、ユングヴィ王子とフレア姫、そしてそれぞれの腹心の部下である若い騎士と女戦士スカジだけ。ある意味『身内』だけの空間となったことで、二人の態度と口調は、慣れ親しんだものへと回帰する。

「ふう、ここは暑いね。最初は密閉された石室で篝火《かがりび》を焚《た》いてるからかと思ったけど、外に出ても全く変わらないから、驚いたよ」

そう言って、ユングヴィ王子は、ソファーにゆったりと座ったまま、パタパタと手のひらで自分の顔を扇《あお》ぐ。

「かなりマシになったほうよ、今の気温は。酷暑期――向こうで言う夏の時期は、冗談抜きで死人が出るわ」

ユングヴィ王子に比べると、遥《はる》かに南大陸の洗礼を長く浴びているフレア姫は、少し胸を張ってそう答える。

常日頃、南大陸の気候に適応できず、周りに心配されてばかりのフレア姫としては、上から目線でそう言える相手が現れたことが少し楽しい。

そんなフレア姫の言葉に、ユングヴィ王子は大げさに天井を仰《あお》ぎ見ると、

「うわあ、それはきつい。うちとは大違いだ。ゼンジロウ義兄上《あにうえ》が珍しく、何度も何度も念を押すはずだ」

『瞬間移動』の使い手である善治郎は、誰よりも多くカープァ王国とウップサーラ王国を往復している。

そこで善治郎は、ウップサーラ王国サイド——より正確に言えば、グスタフ王とユングヴィ王子に、何度も念押しをしていた。

「カープァ王国に滞在するウップサーラ王国の外交官たちには、こちらで可能な限りの暑さ対策をする。その対価として、ウップサーラ王国に滞在するカープァ王国の外交官たちには、同等の防寒対策を求める」

そう言って、ウップサーラ王国の外交官のために買いそろえた、霧を発生させる魔道具の購入金額を記した竜皮紙を、提出したのだ。カープァ王国に滞在するウップサーラ外交官が記した『カープァ王国の配慮に対する感謝』を記した感謝状と一緒に。

結果、ウップサーラ王国のカープァ王国大使館は、全ての部屋に暖炉が取り付けられ、いついかなる時でも薪《まき》、炭は使いたい放題という待遇が保障されていた。

夫の名前が弟の口から漏れたことで、フレア姫はその存在を思い出したように問う。

「ゼンジロウ様は元気にしてる？」

今日、ユングヴィ王子がウップサーラ王国からカープァ王国へと『瞬間移動』で飛ばされてきたという事実から分かる通り、現在善治郎はウップサーラ王国に滞在している。

「元気だよ。元気に大活躍してる。しばらくは、こっちに戻らないよ」

「…………何があったの？」

ユングヴィ王子の返答に、フレア姫は一瞬で剣呑《けんのん》な表情となる。

元々の予定では、善治郎は明日『瞬間移動』で帰国することになっていた。今回の『瞬間移動』はユングヴィ王子を迎えに行くだけだったのだから、当たり前である。

それが、今日になって突然、しばらく戻らないという報告。

元気だと言い、実際こうしてユングヴィ王子を『瞬間移動』で、カープァ王国に飛ばすことができている。ユングヴィ王子の表情から見ても、善治郎が心身に傷を負ったということはないのだろうが、何かあったことは間違いなさそうだ。

フレア姫の問いに、ユングヴィ王子は笑顔の輪郭は崩さないまま、眼の色だけ真剣なそれに変えると、

「今朝、大陸に忍ばせている間諜《かんちょう》から連絡が入った。ヤン司祭が『教会』に拘束されたらしい。できるだけ素早く対応したいと言ったら、ゼンジロウ義兄上《あにうえ》が、王宮から人をログフォートまで『瞬間移動』させてくれることになったんだ」


王宮があるウップサーラ王国の首都は、メーター湖という巨大湖の北に位置している。ログフォートというのは、そのメーター湖の東にある軍港だ。

メーター湖の東岸からは、元々複数の河川が海へと流れ出ていたのだが、歴代のウップサーラ王が、何代にもわたる大規模な河川工事を行った結果、『黄金の木の葉号』クラスの大型船でもギリギリ行き来可能な、太くて深い運河が形成されている。

王都とはメーター湖の水運で繋《つな》がり、諸外国とは運河を経由する海運で繋がる。

そのため、本来ならば、国外から王都へ戻ってきた人間が、再び外国へと戻るためには、メーター湖の水路を使ってログフォートへと戻り、そこから外洋船に乗り換えるのが最短、最速だ。

乗り換えの必要があるとはいえ、移動の大半に水路が使えるため、この世界の基準では極めて迅速《じんそく》な移動が可能と言える。しかし、言うまでもなく『瞬間移動』は、その比ではない。

事態の深刻さを理解したフレア姫は、真剣な面持ちのまま確認する。

「ログフォートまで？　直接、外国に『飛ばす』ことはできなかったの？　ゼンジロウ様は共和国に滞在していたんだけど」

カープァ王家の一員となったフレア姫だが、さすがにカープァ王家の『血統魔法』である『時空魔法』について詳しく開示されたわけではない。それでも、『瞬間移動』という魔法が、一度行ったことのあるところに飛べる、くらいの知識はある。

「ゼンジロウ義兄上が言うには、それは無理、だそうだよ」

魔法の発動に必要なのは、正確な発音、正確な魔力量、そして正確な認識だ。善治郎の拙《つたな》い魔法は、少しでも雑念が混ざると失敗するレベルである。

そのため、正式に許可された場所以外では、「違法行為をしている」という認識が脳裏から消せないため、禁止された場所からの『瞬間移動』、禁止された場所への『瞬間移動』の成功率は、限りなくゼロに近いのである。

「そうなんだ。でも、確かに王都からログフォートまで『瞬間移動』してもらうだけでも、大幅な時間短縮になるわね」

「父上は、可能ならゼンジロウ義兄上に、ログフォートに飛んでもらって、ログフォートの司令官を一度王都に呼んで、司令官と直接話をしたいと言ってたよ」

「さすがにそれはゼンジロウ様をいいように使いすぎじゃない？　まあ、そうしたくなる気持ちは凄《すご》く分かるけど」

　フレア姫はため息をつきながら、一部理解も示す。『瞬間移動』の使い手がどれほど便利な存在かは、フレア姫も身に染みて理解しているからだ。特に今回のように、緊急時に遠方と情報のやり取りをするときには、驚異的な効力を発揮する。

　書面でのやり取りや、伝令を使うのと違い、当事者や責任者が直接情報交換できるというのは、速度だけでなく情報の濃度においても桁違いとなる。

「そういえば、そんな緊急事態が起きたのに、ユングヴィはこっちに来てよかったの？　エリク兄様ももういないのに」

　正式に王太子となったユングヴィ王子が、予定通りとはいえ南大陸に来たことに、今更ながらフレア姫は疑問の声を上げる。

　だが、ユングヴィ王子は小さく肩をすくめると、

「単純に優先順位の問題。ヤン司祭の拘束は大きな動きの前兆だろうから、注視が必要だけど、こっちが行動を起こせる余地が生まれるまで時間があるしね。むしろ、今は僕の結婚の方が優先さ」

　そう言って、ギラギラとした向上心を隠さない。

「急ぐ必要があるってことは、やっぱり反発は大きいのね」

「まあね。同時に、急いででも成立させようとしているところに、僕と父上の本気を感じ取ってほしいな」

　ヤン司祭を『教会』が拘束したというのは、将来高確率で北大陸に動乱の嵐が吹き荒れる前兆である。

　幸い、ウップサーラ王国は『教会』の勢力圏とは地理的にも政治的にも距離があるので、影響を受けない可能性も高いのだが、当然受ける可能性もある。

　そんな時に、南大陸から次期王の第二夫人（将来の第二王妃）を娶《めと》るとどうなるか？国内に大きな波紋を投じることが容易に予想される。

　当然、今は時期ではない。やめるべきだ、という意見が出るだろう。だから、ユングヴィ王子は、ヤン司祭拘束の情報が国内に広まる前に、先んじてカープァ王国入りして「もう決まったことだ」と言える状況を作ろうとしているのだ。

　それは、ユングヴィ王子が言う通り、ユングヴィ王子とグスタフ王が、この婚姻を重要視しているあかしとも言えた。

　ユングヴィ王子の言葉に、フレア姫はひとまず北大陸情勢については、後回しにする。

「その辺りは、私じゃなくてアウラ陛下にアピールするべきね。ゼンジロウ様が予定を変更して、ウップサーラ王国での滞在期間を延ばすこともご報告しないといけないし、その時一緒に訴えたらどう？　って、どうしたの？　その顔？」

途中から渋い顔をするユングヴィ王子に、フレア姫は怪訝《けげん》そうに問う。

「いや、その予定変更さ、ゼンジロウ義兄上《あにうえ》から言われてるんだよね。『自分が協力することに対する対価については、アウラ陛下と話し合ってくれ』ってさ」

ユングヴィ王子の言葉に、フレア姫はクスクスと笑う。

「ご愁傷さま、アウラ陛下は手ごわいわよ。ゼンジロウ様と違って」

「勘弁してほしいなあ、ウップサーラ王国は貧乏なんだからさあ」

ユングヴィ王子は、芝居がかった大げさな仕草で天井を仰《あお》ぎ見る。だが、その顔と声に宿る感情は、明らかに本心からのものだった。

◇◆◇◆◇◆◇◆

数日後。予定より遅れたが、無事カープァ王国に帰国を果たした善治郎は、後宮《こうきゅう》のリビングルームで、女王アウラと対談の場を設けていた。

予定が狂ったことで、善治郎がいつ帰国することになるかは全く不明となっていたのだが、善治郎無事帰国の一報が入ると、女王アウラは全ての公務を停止して、後宮に戻ってきたのである。

愛する伴侶を心配する感情に従った行動であるが、同時に王として正しい行動でもある。遠い北大陸の話とはいえ、これほど大きな出来事の情報は、早く正確に仕入れておく必要がある。

対面のソファーに女王アウラが腰を下ろしたところで、善治郎は前置きもなく話を始める。

「正直、こっちから出せる正確な情報は、ユングヴィ殿下が聞いた時とほとんど変わらないんだ。ユングヴィ殿下を飛ばした日から、今日まで新しい情報は入ってきてないから」

当たり前だがこちらの世界は、いくつかの例外を除き、情報の伝達速度が恐ろしく遅い。

結局、グスタフ王の要請を受けて、ログフォートの責任者である司令官を王都に飛ばすため、善治郎は単身ログフォートに『瞬間移動』したのだが、ログフォートでも特に新しい情報は入らなかった。

当然である。情報源は北大陸の本土にあるのだ。その程度の日数では、北大陸本土とログフォートを行き来することは難しい。

「だが、その様子だと報告することはあるようだな？」

目ざとくそう言ってくる妻に、善治郎はこわばった表情のまま、小さく一つ頷《うなず》くと、

「うん。外国から情報を入手するには短すぎる時間でも、国内で話し合うには十分な時間だったからね。ウップサーラ王国の首脳陣は、『ヤン司祭拘束』の情報から、先の展開を予測した。

ヤン司祭と『教会』――この教会とはヤン司祭を拘束した『爪派』のことだけど――が、それぞれ自分の主張を譲らず、最終的にはヤン司祭が処刑されるところまでは、既定路線だと考えているみたい」

言いながら、善治郎の語尾は情けないくらいに震えていた。こちらの世界に来てもう何年にもなる善治郎だが、その死生観は未《いま》だに現代日本のそれのままだ。知人が拘束されていて、処刑される可能性が高いと言われて、平静を装えるほどの胆力はない。

もっとも今は、そもそも平静を装おうともしていない。

ここには自分と女王アウラしかいないのだ。この場での強がり、やせ我慢は、無意味なだけでなく有害ですらある。女王アウラに、善治郎という男の本性を誤解されてはかなわない。

「ふむ、処刑とは穏やかではないな。処刑する『教会』側が譲らないというのは分かるが、処刑されるヤン司祭とやらも譲らないというのは、ちと理解が難しい。ヤン司祭が譲りようがない、つまり無理難題を『教会』が言って、処刑に持っていこうとしているということか？」

対話をした、というアリバイ作りをしただけで、実際には最初から相手が受け入れられるはずのない提案をして、処刑することが既定路線だった。そのような話は、女王アウラが今日まで生きてきた政治の世界では、それほど珍しくはない。

今回もそうしたケースか、と推測した女王アウラだが、善治郎は少し考えた後、首を横に振った。

「…………いや、あくまでウップサーラ王国首脳陣の予測が全面的に正しければ、の話だけど『教会』側は、どっちでも良い、ってスタンスみたいだね。しいて言えば『教会』は、説得が成功してほしいはずだ」

善治郎はそう言って少し丁寧に説明する。

ヤン司祭が、曲がりなりにも籍を置く『教会』と反目しているのは、今の『教会』のあり方を非難し、その根底である竜信仰のあり方が間違っていると公言しているからだ。

『教会』はこれまでも、そんなヤン司祭の行動を非難し、「口を慎み、『教会』の総意に従え」と命じていたのだが、ヤン司祭は司祭位と、大学の竜学部学部長という立場を巧みに使い分けて、その非難をかわしてきたのである（学問としての研究ならば、現状に批判的、懐疑的であることも許容される）。

今回の拘束は、業を煮やした『教会』が強硬手段に出た結果だ。

『教会』としても苦渋の決断だろう。司祭であり、大学の竜学部学部長でもあるヤン司祭を慕う者は多い。処刑などすれば、相当の反発が予想できる。

だから、『教会』の理想は、処刑ではなくヤン司祭が折れて「私が間違っていた。今日まで私が説いていた話は過ちである」と宣言してくれることだ。

無論その場合でも、「『教会』はヤン司祭に、命を盾に変説を強いた」という反発は起こるだろう。しかし、たとえ命を脅かされたとはいえ、一度折れてしまったヤン司祭の求心力は、その時点で大幅に低下するので、反発がまとまって大火となることはない。

そうした善治郎の説明は、女王アウラとしても納得のいくものだった。


「なるほどな。つまり、ヤン司祭という男は、処刑か変説かの二択で、処刑を選ぶほどの頑固者、ということか」


「少なくとも、ウップサーラ王国の首脳陣はそう思っているみたいだね」

「ゼンジロウ、其方《そなた》の感想は？」

問われて善治郎は、ヤン司祭と会ったときの記憶を呼び起こし、しばらく考えて首を横に振る。

「……分からない。俺は、理性的で穏やかで包容力のある人、って印象を受けた。自説を曲げるくらいなら死を選ぶほどの人かと言われると、分からない。本当に分からないな。そこまで人となりを知り得なかったから。

でも、共和国のポモージェ侯爵は、ヤン司祭のことを『良くも悪くも、山のような、同時に嵐のような御仁《ごじん》』と評価してたよ」

その評価のうち、「山のよう」という部分は、善治郎にも即座に納得がいった。大きく、おおらかで不動。そうした、良い意味で山に例えられる人格が、ヤン司祭からは容易に感じ取れたからだ。

半面、「嵐のよう」という部分は、全く感じられなかった。

だが、ヤン司祭とそれなりの付き合いがあるポモージエ侯爵の言葉であること。『教会』がここまでの強硬手段に出たこと。そして、ウップサーラ王国首脳部が、たとえ処刑されても自絶を曲げないだろう、と予想していることを合わせて考えれば、恐らくは「嵐のよう」と称される一面も持ち合わせているのだろう。

「そうか。いずれにせよ、距離がありすぎるからな。こちらができることは情報収集に徹するか、さもなくば『決め打ち』をするしかないのだが」

後半は独り言のようにそう言うと、女王アウラはしばし考え込む。

人、物、情報。全ての移動、伝達速度が遅いこの世界では、遠方の国に対して、何かを仕掛けるというのは、非常に難しい。そういう意味でも、カープァ王国の持つ『瞬間移動』というカードは反則と言えるほどの力を持っているのだが、そのカードにも回数制限、人数制限、転移場所制限があるので、そこまで絶対的ではない。

そうなると、今アウラが言った通り、遠方の国の動乱、騒乱にちょっかいをかけたければ、ある程度自分の先読みが正しいことを前提に、『決め打ち』をするしかなくなる。

それはそうだろう。善治郎か、女王アウラか、『瞬間移動』の使える当人が現地に行くのならば情報の伝達にかかる時間は一日二日ですむが、それ以外の人間を送り込む『瞬間移動』は片道切符なのだ。

「…………」

アウラが独り言のようにそう言っているのは、考えをまとめようとしているからだと理解している善治郎は、静かにアウラの次の言葉を待つ。

「…………」

「…………」

黙考の後、女王アウラはゆっくりと口を開く。

「そういえば、同じ名前の傭兵《ようへい》隊長がいると言っていたな。以前の報告では、極めて優れた指揮官であり、ヤン司祭に心酔していると言っていたが、そいつの動向はどう予測されている?」

すでに拘束されている司祭より、現状自由に動ける強い武力を持つ人間の動向を気にかけるのは、当然の話である。

　実際、ウップサーラ王国でもヤン隊長の動向については、ヤン司祭のそれよりも長い時間をかけて、予測されていた。

「『教会』も細心の注意を払ったみたいだね。ヤン司祭の拘束は、共和国のアンナ王女との契約が切れたヤン隊長が、ヤン司祭の元へ向かっている最中に起こしたみたい」

「なるほどな。それならば、被害は最小ですむ、か」

　ヤン隊長は、ズウォタ・ヴォルノシチ貴族制共和国のアンナ王女にやとわれ、事実上の全軍司令として、『タンネンヴァルトの戦い』の指揮を執っていた。

　戦いは無事共和国の勝利に終わり、事後処理を終えたヤン隊長の契約が切れて、アンナ王女の下《もと》から離れたところを見計らい、『教会』はヤン司祭を拘束したのである。

　善治郎が言った通り、そこには『教会』のヤン隊長に対する警戒の強さが見て取れる。

　これが、ヤン隊長がヤン司祭の下へ戻った後ならば、これほど容易にヤン司祭を拘束することはできなかった。

　そして、ヤン隊長がアンナ王女の下で万単位の兵を指揮しているときに、同じことをやれば、ヤン隊長は、その兵力をもって『教会』からヤン司祭を救出する恐れがあった。

　もちろん、ヤン隊長はあくまで雇われ指揮官にすぎず、その兵力を私情で動かすなど、筋としてはできることではない。しかし、現場の現実で言えば、十分に起こりえる懸念事項である。

契約上はただの雇われ指揮官にすぎなくても、現場で勝利を重ね、信頼を勝ち得た指揮官が「予定変更、こっちを攻めるぞ」と言えば、結構な確率で部隊はその指揮に従う。もちろん、ヤン隊長がそんなことをするには、これまで積み上げた傭兵《ようへい》としての信用、実績の全てをなげうつ覚悟が必要なのだが、ヤン隊長はヤン司祭のためならば、それをやりかねないと見られていた。

「ヤン隊長の動向が気になるな。話で聞いているだけでも、どう考えても手持ちの兵が足りないという理由で、ヤン司祭の救出を諦めるタマではなさそうだ」

女王アウラの感想に、善治郎も同意を示す。

「それは、ウップサーラ王国首脳陣も言ってた。ヤン隊長の足取りが追えなくなっているから、何かやろうとしていることは確かだ、って。ただし、子飼いの傭兵たちの大部分は居場所が判明しているから、単独か、多くても腹心数名だけで行動しているらしいから、完全に理性を振り切ったわけじゃない、と予想されてるけど」

ヤン隊長は、自前の傭兵隊を率いているが、その大部分は、今回の『タンネンヴァルトの戦い』に勝利した報酬として、一時金と休暇を貰《もら》い、ゆっくり過ごしていることが確認されているらしい。

「姿をくらませているということは、何かをやろうとしてることは間違いない。しかし、子飼いの兵力の大半をおいていったということは、直接的な戦闘での解決手段を取らないだけの理性はある、ということか」

女王アウラの分析に、善治郎は首肯《しゅこう》する。

「うん。ヤン隊長は、自分で武器を持って戦ってもなかなかの腕で、大群の指揮を執れば北大陸有数らしいけど、さすがに何百何千という敵を少数で蹴散らせるような超人じゃないからね。少数で行動する以上、なんとかヤン司祭が捕らわれているところに潜入して、解放しようと考えているんだと思う」

「だが、そのヤン隊長の動向を計算に入れたうえで、ウップサーラ王国首脳陣は、なおヤン司祭の刑死の可能性が高いと判断しているのだな？　それは、ヤン隊長の力量をもってしても救出の可能性は低い、もしくはないと見なしているのか？」

「半分はそうだね。もう半分は、たとえヤン傭兵隊長が潜入に成功しても、ヤン司祭は救出の手を拒むだろう、という予想」

「そこまでの頑固者なのか？」

さすがに驚きで片方の眉を跳ね上げる女王アウラに、善治郎はため息をつきながら答える。

「どうもそうみたいだね。少なくとも、ウップサーラ王国の首脳陣はそう見ている」

グスタフ王をはじめとしたウップサーラ王国首脳陣に、ヤン司祭と直接面識のある者はいない。そのため、ヤン司祭に対する評価はあくまで又聞きの情報や、公表されている言動を元に予測したものにすぎない。

そのため、決めつけるのは危険だが、世に知られているヤン司祭の人間性から判断するに、ヤン司祭は脱獄という違法行為に手を染めず、あくまで真っ向から自分の正当性を訴え続けるだろうと見なされている。処刑されるその瞬間まで。

「ヤン司祭という男が、南大陸にいなくてよかった」

思わず女王の口からそんな言葉が漏れる。

実際、為政者《いせいしゃ》としてはたまらないだろう。人を集めるカリスマがあり、人を率いて世界を変えうる行動力を持ち、脅しや裏取引で自説を曲げない精神的な強靭《きょうじん》さを持つ人間。為政者としては、これほど自国にいてほしくない人間はいない。

「それだけに惜しいな。生きていてくれれば、良い『時間稼ぎ』になってくれただろうに
……………ゼンジロウ」

「なに？」

より一層表情を険しくした女王アウラに名前を呼ばれた善治郎は、反射的に背筋を伸ばす。

「確か、ヤン司祭は『魔力が全くない』のだったな？」

「うん、そうだよ。本人がそう言っていたし、事実俺は魔力を全く視認できなかった。なぜか言霊《ことだま》は働いていたけど、それはなんか仕掛けがあるっぽいことも言ってたし。アウラ？」

この時点で、女王アウラの口からヤン司祭の特異体質について言及されたことで、善治郎はある程度、アウラの言いたいことを理解する。

ごくりとつばを飲み込みながら、善治郎は恐る恐る問いかける。

「ヤン司祭に……ヤン司祭の遺体に『時間遡行《そこう》』を試すつもり？」

カープァ王家に伝わる秘匿魔法『時間遡行』。それは、その名の通り対象の時間を巻き戻す魔法である。ただし、『時間遡行』の対象となるのは魔力を保有していないものに限られる。そのため、通常は折れた宝剣や、焼失した美術品といった魔道具以外の貴重品の修復にしか使えないのだが、例外的に魔力を持たない生き物――虫や小魚など――を対象とした場合、蘇生手段となりうることが、確認されている。

そしてヤン司祭は、極めて稀《まれ》な（現状知られている限りは唯一の）魔力を持たない人間である。

首肯《しゅこう》する女王に、善治郎は厳しい目と言葉を向ける。無論、わざとだ。なにせ、この場には提案者であるアウラ本人を除けば、善治郎しかいないのだ。アウラの計画の穴、危険性について、指摘できる人間は善治郎しかいない。

「危険を冒すほどの価値はあるかな？　処刑された罪人だよ。現地で死体を回収するのは、相当なリスクだと思うんだけど」

「ああ。試す価値はある」

策略、謀略に関して、善治郎とアウラでは圧倒的にアウラが上だ。だが、それが善治郎の指摘が全く無意味ということとイコールではない。新米職人でもやらないような失敗を熟練職人がやらかすことがある。素人《しろうと》でも指摘できる欠点にプロが気づいていないこともある。

だから作戦、計画という代物は、立案者以外の人間が、目を通す必要があるのだ。それも理想を言えば、多ければ多いほど良い。しかし、目を通す人間を増やすということは、それだけ機密性を下げることを意味する。完全性と機密性。相反する二つの条件の最善を取るのは難しい。

ともあれ、今アウラの計画に口をはさむことができるのは、善治郎だけである。となると、能力が低いなどと言って遠慮はしていられない。当たり前の質問も、意味のないように思える質問も、荒唐無稽《こうとうむけい》で想定する必要がなさそうな質問でも、とにかく数を重ねて、アウラの計画の盲点を洗い出さなければならない。

それを理解しているから、女王アウラは善治郎の当たり前すぎる指摘にも、懇切丁寧に答える。

「危険を冒す価値はない。その通りだ。だから危険は冒さぬ。ある程度信頼のおける現地の人間を見繕い、そやつを接触させる。ヤン隊長が無事にヤン司祭の遺体を回収できれば、復活させるだけだ。もし、こちらが接触する前にヤン傭兵《ようへい》隊長が行動を起こし、『教会』から指名手配されるようなことがあれば、その時点で諦めてこの計画はなし、だ」

リスクは可能な限り、ヤン隊長になすりつける。実際、ヤン隊長のヤン司祭への心酔ぶりを思えば、どれほどのリスクがあっても、ヤン司祭復活のためならば、飲む公算が大きい。

「つまり、リスクなくできるなら、やる。リスクが生じるようなら、即座に破棄するということだね？　うん、その方針は良いと思う。でも、どれだけヤン隊長にリスクを被《かぶ》せるとしても、こちらの事情をヤン隊長に知られる、というリスクだけは残ると思うんだけど」

ヤン隊長は、歴戦の傭兵、知勇に優れた人物だ。そんな人間にカープァ王家の秘匿魔法である『時間遡行《そこう》』の存在や、そもそもヤン隊長を使ってヤン司祭復活を企んでいることを知られること自体が一つのリスクである。そんな善治郎の指摘は確かに、一面正しい。

無論、それについても女王は考えている。

「その辺りは、ヤン隊長という男の情報をもっと集めてから判断したい。最終的には、私が直接会って、懸念を感じたら、そこで計画を打ち切ることもありだ。『時間遡行《そこう》』については、ぬか喜びをさせないために、現時点で確実に分かっている本当のことだけを言う。それで、向こうが受け入れないのならば、その時点でやはり、この話はなしだ」

「現時点で、確実にわかっていること？」

聞き返す善治郎に、女王は一段低く小さい声で言う。

「『時間遡行』が効果を発揮するのは、魔力を有さない物だけ、というのは以前に説明したな。つまり、死体に『時間遡行』は効果を発揮するのだ。死体には魔力は残っていないからな」

「あ、そうか。できないのはあくまで『時間遡行』による『死者蘇生』であって、死体に『時間遡行』をかけること自体はできるのか。じゃあ、ひょっとして魔道具も？」

善治郎の問いに、女王は小さく首肯《しゅこう》する。

「ああ、形だけは直るぞ。魔道具としての能力は消失したままだがな。っと、話がそれたな。ともあれ、そうしてヤン傭兵《ようへい》隊長には、あくまでヤン司祭の死体を回収すれば、その死体を修復することができる、と話を持ちかけるのだ」

死体を綺麗《きれい》に整え、しっかりと埋葬することに、意味を見出《みいだ》す人間は多い。死体を回収する難易度にもよるだろうが、取り戻せば死体を綺麗にできる、という条件だけでも、ヤン隊長が独自に死体回収に向かう可能性は高いのではないか、そんな女王の推測に善治郎は同意を示す。

「ああ、その可能性は高いね。ヤン司祭が背教者として処刑される場合、火刑に処される可能性が高いんだ。その場合、火葬された死体を元に戻せるなら、それこそヤン隊長は命を懸けることも厭《いと》わないよ、多分。ヤン隊長も『竜信仰』者ではあるんだし」

「む？　それはどういう意味だ？」

首を傾げる女王に、善治郎は自分も北大陸で聴いたばかりの知識を披露する。

「うん。『教会』というか『竜信仰』の人間にとって、正しい埋葬は土葬なんだ。火刑という行為は、魂への『裁き』に繋《つな》がる。真竜の吐息で、罪人が魂も残さず焼き尽くされた、という故事から来る価値観らしいけど」

『教会』における正しい埋葬とは、綺麗に清めた遺体に、同じく綺麗に整えた衣服を着せ、人間大の棺《ひつぎ》に入れたまま、土に埋めるというものである。遺体が大きく破損している、遺体が紛失してそもそも埋葬できていない、という状態は、死者が迷う、死者が苦痛に苛《さいな》まされるとされているのだ。火刑はその中でも特に、魂を傷つける行為と定めているらしい。

当然、『教会』に火葬という概念は存在しない。

善治郎の情報に、女王は口元に小さく笑みを浮かべる。

「ほう、火葬を厭《いと》うか。こちらとはずいぶん価値観が違うな。しかし、こう言ってはなんだが、こちらにとっては朗報だな。それならば確かに、ヤン隊長はこちらの誘いに乗る可能性が高い」

カープァ王国のような精霊信仰国では、火葬はごく一般的だ。主だった精霊は地水火風の四種類。そのため、土葬、水葬、火葬、風葬、いずれも精霊の元に帰るという意味になるため、精霊信仰では特に忌避感はない。風葬だけは、衛生上の問題や、下手をすると肉食の竜種を呼び寄せるという問題から、許可されている国は少ないが。

本人たちの心情を無視して、物理的な現象だけを言えば、火刑に処された死体は、土葬された死体よりも、小さく、軽い。原形をとどめたまま、棺に収まっている死体を盗み出すより、幾分かは簡単になりそうだ。

「うん、ヤン隊長を引き込むのは難しくなさそうだね。でも、たとえ火葬状態の死体でも、『教会』から盗み出すのはやっぱり難しそうに思えるんだけど。ヤン隊長が『教会』に捕まった時、ヤン隊長の口から、黒幕としてカープァ王国の名前が出る懸念は払拭《ふっしょく》できないよ」

リスクから目をそらさないのは善治郎の長所だが、リスクばかりに目がいくのは善治郎の短所でもある。

「うむ、そのリスクを避ける方法もないではない。例えば、私たちが直接ヤン隊長とは合わずに信頼のできる代理人を立て、その代理人にもこちらの素性《すじょう》を伝えるな、と厳命するなどな。

しかし、それではヤン隊長や、目論見《もくろみ》が当たった場合のヤン司祭からの信頼が得られぬ。故に、私はこの点に関しては飲むべきリスクと考える。無論、ヤン隊長が捕まった場合のリスクを飲む以上、ヤン隊長が捕まる可能性を少しでも下げるための手も打つべきだがな」

「それは?」

「簡単だ。ヤン隊長を説得して、ほとぼりが冷めるまで待つ。『教会』の人間たちとて無限の集中力を有する怪物ではあるまい。『教会』にとってヤン司祭がどれほど危険な男だとしても、処刑してしまえば所詮はモノ言わぬ死体だ。処刑直後ならばともかく、一か月後、半年後、一年後も変わらぬ警備体制とはなるまい」

女王アウラの提案は、非常に単純で、だからこそ絶対的に効果のある手段だった。どんな組織でも人材という資源は有限であり、不必要と思われたところから削られる運命にある。

生きたまま拘束されている間ならばともかく、無事処刑された後の死体を、いつまでも厳重に警備しているとは考え難い。

とはいえ、そんな女王アウラの意見にも、善治郎は懸念を見つける。

「『時間遡行《そこう》』は確か、巻き戻す時間が長くなればなるほど、莫大な魔力が必要なんじゃなかったっけ？　その辺は大丈夫なの？」

あまり魔法に詳しくない善治郎だが、秘匿魔法である『時間遡行』については、さすがに覚えている。もっとも善治郎に教えてくれた張本人であるアウラが、その問題点について気づいていないはずはなかった。

「ああ。『未来代償』の魔道具を使う。私は、其方《そなた》ほど魔法を使う機会がないからな。かなり溜まっているぞ。人体ぐらいの大きさならば、最大一年以上巻き戻せるはずだ」

『未来代償』の魔道具。それは、以前フランチェスコ王子と女王アウラが共同で作った魔道具である。

『未来代償』はカープァ王家の血統魔法である『時空魔法』の一種で、その名の通り未来の自分の魔力を、使用できるようになる魔法である。

カープァ王家の『時空魔法』は、強力なものが多数存在するのだが、その分要求される魔力量もうなぎ上りになる。いくら王族が常人離れした魔力量を有するとはいっても、限度はある。そんな最大魔力量という壁を超える手段が、『未来代償』という魔法である。

『未来代償』で三日分の魔力量を使えば、本日分と合わせて、自分本来の四倍の魔力が一度に使える。その代わり、その日から三日後まで、全く魔力が回復しない状態が続く。

強力だが使い勝手のよくないその魔法を、女王アウラはフランチェスコ王子に魔道具としてもらうことで、劇的に使い勝手を改善した。

フランチェスコ王子の作製したその『未来代償』の魔道具の特に優れている点は、「継ぎ足し」の魔力補充ができる点だ。良くも悪くも玉座《ぎょくざ》に縛られている女王アウラは、確実に魔法を使うことがない日、というのが存在する。そういう時の魔力を『未来代償』の魔道具に少しずつ貯めていき、今では結構な魔力が貯まっているのだという。

「確か、『未来代償』の魔道具は、継ぎ足しで貯めることはできるけど、使うときは全部纏《まと》めて放出しちゃうんだっけ。それなら、どのみち一緒だし、そう考えると一年なら猶予はあるってことか。なら、大丈夫かな？」

さすがに、処刑が終わった後、埋葬（もしくは遺棄）した死体を、いつまでも厳重に警護し続けることはないという理屈は、善治郎も納得できる。

それでもなお、善治郎は女王アウラの提案に肯定的にはなれない。

「それでも失敗の可能性が怖いな。ヤン隊長に『教会』に正面から交渉させるのは、駄目なのかな？　死体だけでも返せって」

「それは私も考えた。問題は成功率とその後の悪影響がどの程度か、なのだ。ヤン司祭を慕っていたヤン隊長が死体の返還を求めるのは自然だ。だから、交渉を試みること自体は問題ない。それで死体を返してもらえるのならば、それに越したことはない。

しかし、交渉が決裂した場合、しばらくの間、死体の警備が厚くなるのは避けられないだろう。その場合、強硬手段の失敗の確率を上げてしまうことになる」

女王は、すらすらと答えた。「交渉」は成功すれば最善だが、失敗すれば次の一手である「力ずくで奪取」の成功率を下げてしまう。ならば、相手には悟らせず、じっくり時間をかけて、一瞬の好機に「力ずくで奪取」した方が良い。

女王アウラの言わんとしていることは、善治郎にも理解できた。

「ああ、成功すれば最善だけど、成功の確率はそこまで高くないし、失敗した場合は次の手の成功率を下げちゃうのか」

「ああ。そもそも、私はたとえヤン隊長が失敗して、『教会』に拘束されたとしても、こちらに被害が及ぶ可能性は低いとみている。そもそもヤン隊長は、ヤン司祭の信奉者として知られているのだろう？　それならば、死体の奪取を試みて失敗したとしても、後ろに誰かがいるとは考えづらいはずだ」

ヤン隊長には、ヤン司祭を救う、もしくは処刑された後のヤン司祭の死体を奪取するだけの動機があり、能力もある。ならば、単純に本人の意思による行動だと思われるだろうという女王アウラの言葉には、それなりの説得力はある。

「それは確かにそうか。そうなると、交渉はしないで強奪に走るほうが、総合的に見てリスクは少ないのか」

言葉では納得しつつも、表情が納得していない。そんな善治郎の顔色を敏感に読み取った女王は、確認のために言葉をかける。

「どうした？　まだ、気になることがあるのか？」

追及された善治郎は、しばし困ったように視線をさ迷わせるが、この問題に関しては思っていること、感じていることを素直に伝えるべきだと思い直し、口を開く。

「あー。この作戦を決行するということは、カープァ王国が明確に『教会』と敵対することになるからさ。その辺のリスクがどうしても、ね。踏ん切りがつかない」

「…………!?」

善治郎の返答に、女王アウラは無言のまま、今日一番の驚きの表情を見せた。

「アウラ？」

怪訝《けげん》そうに善治郎が名前を呼ぶが、驚きの強かった女王アウラは、すぐさま返事を返せない。それくらい、今の善治郎の態度は、女王アウラにとって、この世界の為政者《いせいしゃ》にとって衝撃が強い。

善治郎は、異世界人なのだ。根本的に価値観が違う人間なのだ。その違いを、善治郎が勤勉に学び、理性で言動を取り繕うことで、どうにか合わせてきてくれたにすぎない。その事実を久しぶりに、女王アウラは痛感していた。

「ふう…………」

大きく息を吐き、精神状態を強制的に戻した女王は、淡々と事実を告げる。

「ゼンジロウ、『教会』はとっくに我が国の敵だぞ?」

「うん、潜在的に敵なことは分かっているけれど」

分かっているようで、全く分かっていない王配に、女王は懇切寧寧に説明を重ねる。

「そうではない。其方《そなた》が思っているより、もっとはっきりと敵だ。其方をはじめとした、北大陸に行った人員から集めた『教会』の情報。そこから割り出される『教会』という組織の信条、あり方、今後の活動の予想は、明確に我が国をはじめとした、南大陸諸国とぶつかり合う。

現状、『教会』が我が国を敵とみなしていないのは、視界に入っていないだけの話だ。そして、北大陸の造船、航海技術が急速に発達している今、我ら南大陸が奴らの視界に入るのは、時間の問題だ。それも、猶予時間はさほど残っていない。だから、ゼンジロウ。『教会』を怒らせるとか、敵意を買うとかを避けようとするのは、全く無意味だぞ。少なくとも、こちらの行動を縛るほどの価値はない」

きっぱりと言い切る女王に、今度は善治郎が、言葉と顔色を失った。

善治郎も、分かっていたつもりだった。その覚悟は決めたつもりでいた。だが、今指摘されて否応なく理解してしまう。

自分は『敵国』という存在から、無意識に目を背けているのだ、と。

『教会』および北大陸の『教会』勢力圏の国々は、カープァ王国の潜在的な敵。そこまでは、善治郎とアウラの認識は共通している。だが、そこからが決定的に違う。

善治郎は「潜在的な敵」は、「完全な敵」にならないように注意を払うべき存在と認識している。そうすることで最低でも、「完全な敵」になるまでの時間が稼げるし、上手くいけば、最後まで敵対せずに済むようになるかもしれない。

一方女王アウラにとって「潜在的な敵」とは、もうすでに敵だ。大事なことは「完全な敵」となるまでの間に、こちらが少しでも優位な立ち位置を築くことであり、敵国の心情を慮《おもんぱか》るなど思考の外にある。そもそも、国と国の関係など、書面に残した約定《やくじょう》すら踏みにじる者も珍しくないのに、一方的にこちらが相手を慮ることなど、利よりも害の方が多いとすら考えている。

　思想としてどちらが正しくどちらが間違っているという話ではないが、この世界の為政《いせい》者《しゃ》としては、女王アウラの考え方が多数派である。そして、大多数がアウラの考え方であるのならば、善治郎の考え方は通用しづらいというのもまた、動かしがたい事実である。

　それが理解できないほど、善治郎も愚鈍ではなかった。

「…………分かった。俺も意識を切り替える。でも、そうなると、ヤン司祭の復活は俺が思っていたよりずっと重要なんじゃない？　要は敵である『教会』の活動を、阻害する一手ということでしょ？」

「それは、間違っていないが、正しくもないな。北大陸の奴らが南大陸に本格的に進出してくるのを少しでも遅らせたいことは確かだ。ヤン司祭の蘇生《そせい》は、そのための一手ではある。だが、こちらが何もしなくても、まだ十年単位の時間はあると、見ている。だから、最優先は向こうの足を引っ張ることではなく、こちらの強化だ」

　女王アウラが最優先で目指しているのが、大陸間航行船のカープァ王国単独での運営だ。これがなければ、南大陸は北大陸と同じ立場に立てない。一方的に殴ってくる立場を、殴り合いをする立場に引きずり下ろさなければ、外交としての戦争すら成立しない。

そのために必要なのは、自国の強化だ。『教会』勢力の足を引っ張る行為は、自国強化のための、時間を稼ぐ意味でしかない。

「なるほど。だから、やるとしたら費用対効果を考える必要があるのか」

善治郎は、納得したように少し表情を緩めた。

北大陸に工作を仕掛けることで猶予が数年伸びたが、そちらへ注力し過ぎたせいで国力は伸びなかった場合と、北大陸には一切手を出さず、猶予はそのままだったが国力は飛躍的に伸びた場合ならば、後者の方がカープァ王国にとっては良い未来と言える。

「そうだ。こちらとしては、成功すれば儲《もう》けもの、程度の話だ。その程度のリソースしかかけぬし、その程度のリスクしか負わぬ」

説明が終わったことで、話は最初に告げた結論に戻る。

「つまりどういうこと？」

「ヤン司祭の死刑執行までは様子見。それまでに、ヤン隊長が行動を起こすなら、こちらは不干渉。ヤン司祭の死刑執行後、ヤン隊長が行動を起こすまでの間に、なんとか接触できるように務める。死刑執行後、こちらが接触する前にヤン隊長が行動を起こした場合も不干渉だな。その場合の行動は恐らくは、こちらが思うような行動——死体の奪取にはなるまい」

恐らくは敵討《かたきう》ち。そこまで大きな行動を起こしてしまったヤン隊長と接触するのは、リスクが高すぎる。

つまり、ヤン隊長と接触を持つ機会は、ヤン司祭の死刑が執行されてから、ヤン隊長が具体的な行動を起こすまでの、僅かな期間ということになる。

「………それって、本当に接触できるの？　潜伏しているヤン隊長の元に人を送る必要があるってことになるけど」

地の利のない北大陸で、優れた傭兵《ようへい》とされているヤン隊長の潜伏先を、短い制限時間の中で突き止める。それが容易ではないことは、善治郎にだって理解できる。

善治郎の懐疑的な言葉を、女王はあっさりと肯定する。

「まあ、難しいだろうな。要は、その程度の策、駄目で元々の策、ということだ。こう言ってはなんだが、この程度のことは、いくつもやっていくことになるぞ。今後のご時世を考えればな」

成功すれば拾い物。失敗しても大勢に影響はなく、そもそも策を実行できない可能性が大。その程度の策だと、口元に笑みを浮かべる女王に、善治郎は改めて背筋に寒いものを感じる。

「なんか、すごいな。こういう策を、いくつも立てるんだ。策士って感じ」

失敗して元々、成功すれば幸運。その程度の感覚で、他人の人生を、場合によっては生死すら左右する。それは王族、為政者《いせいしゃ》としては正しいあり方なのだろうが、善治郎には真似できそうにない。

畏怖と感心の混ざった表情を浮かべる善治郎に、女王は苦笑して首を横に振る。

「この程度で策士は名乗れぬ。本物の策士は怖いぞ。策を仕掛けられた側は、策士の存在や、自分が策を仕掛けられていることに気づくことすら、できないからな」

「そんな怖い人いるの？」

と、善治郎は思わず問いかける。

女王の答えは、きっぱりとした肯定だ。

「いる。大国には必ず一人や二人はな。つまり、我が国にもいるということだから、其方《そなた》がそこまで恐れる必要はない」

そう言って、女王は王配を安心させるように、穏やかな笑みを浮かべるのだった。

◇◆◇◆◇◆◇◆

翌朝。

王宮の執務室に足を踏み入れた女王を待っていたのは、一通の書状だった。

差出人の名前はジョアン。封蝋《ふうろう》に押されている印章は、『目が生えた無数の珊瑚《さんご》』。それは南大陸西部の大国、トゥカーレ王国の紋章である。

「…………よりによってジョアンか。せめてジョアン八十七世だったら、まだよかったのだが」

女王アウラは、頭痛をこらえるような苦い表情で呟《つぶや》きながら、少々乱暴に椅子に腰を下ろす。

ジョアン。その名前は、南大陸ではありふれた一般的な名前だが、トゥカーレ王国の紋章と共に記されていた場合、特別な意味を持つ。

トゥカーレ王国は不思議な風習があり、原則王族は男は全員ジョアン、女は全員ジュリアの名前を持つ。そのため、歴代王だけがジョアン〇〇世と名乗り、それ以外の王族は本名以外のあだ名を持ち、一般的にはあだ名の方を名乗っている。

そして、今回の書状のように、ジョアンとだけ名乗る場合。これはトゥカーレ王国の男の王族全員の総意であることを意味する。国王一人の意志で発せられるジョアン八十七世の署名よりも重い。これより上は、王族全員の総意を意味する、ジョアン、ジュリアの連名しかない。

「嫌な予感がしますな」

「過去の例と照らし合わせれば、確実に起こり得ることを、『予感』とは言わぬ」

言葉とは裏腹に、全く表情を変えない腹心の中年男――ファビオ秘書官に八つ当たりをしながら、女王は封を開き、書状に目を通す。

「…………」

そして、無言で天を仰《あお》いだ。

「何が書かれていましたか？」

「…………」

無言のまま、差し出された書状に眼を通したファビオ秘書官が珍しく、厳しい表情を浮かべる。

「これは人の所在情報、ですか。『ヤン隊長の現在地と、以後移動する可能性が高い潜伏場所』？　ずいぶんと詳細な情報ですな。一応確認しますが、これは陛下にとって有益な情報ですか？」

「この上なく、な」

女王は吐き捨てるように言った。

ファビオ秘書官が言うように、それは非常に有益な情報だった。

書状にはヤン隊長の所在が、細かく記されていた。あいにく、アウラは北大陸の地名に明るくないため、これだけではわからないが、北大陸の地理に明るい人間に聞けば、すぐに判明することだろう。

「トゥカーレ王家の『解得魔法《かいとく》』ですか」

「ああ。相変わらず、鬱陶《うっとう》しい奴らだ」

執念の秘書官の言葉を、女王は心底うんざりとした表情で肯定する。

トゥカーレ王家の『血統魔法』である『解得魔法』。

その効果は、「正しい問いに、正しい答えが返ること」。いろいろ制約がある上に、一つ一つの質問に別の魔法を開発しなければならないという手間もあるため、そこまで絶大な力はないが、極めて有益な魔法であることは間違いない。

本来知られるはずのないことを知っているということは、大きな武器になる。相手は、どんな機密もトゥカーレ王国相手には、「ひょっとしたらばれているかもしれない」と想定しなければならないのだ。

トゥカーレ王国はその武器を有効利用するすべをよく知っていた。今回のように。

「それで、陛下にとってこの情報はどのように有益なのですかな?」

「この情報で、駄目で元々のつもりだった策が、高確率で成功する策になった」

さすがの自己制御を見せる女王は、落ち着きを取り戻した声でそう答える。

ヤン隊長が潜伏している場所の日付は三日前になっているが、移動する可能性の高い他の潜伏場所候補の詳細情報まで記されている。ここまでピンポイントで居場所が分かれば、人を送り込んで接触させることは、そこまで難しくない。

問題は、褐色の肌のカープァ王国人が北大陸に行けば、どうしても目立ってしまうため、送り込むのに良い人材が手持ちにいないという点だ。

「となると、フレアの手持ちの兵を借りるか。いや、それならば、現地の人間を雇ったほうがいいか。伝手《つて》はウップサーラ王国を頼ればよい。そういえば、ゼンジロウが『瞬間移動』で情報収集に協力したという貸しがあったな。どうせならば、『拠点』を強請《ねだ》るか。問題は、どこまでこちらの事情を打ち明けるか、だが……」

思考を固めるため、意図的に考えを言葉にしながら、女王アウラはコツコツと右手の人差し指でテーブルを叩《たた》く。

いずれにせよ、一つ確実なことがある。今回の策にトゥカーレ王国が、情報の提供という形で加わっていることは、一切表ざたにならないだろう、ということだ。

協力を要請するウップサーラ王国にせよ、策の実行者となるヤン隊長にせよ、策が成功した場合に復活するであろうヤン司祭にせよ、女王アウラには、わざわざ『情報源はトゥカーレ王国の『解得魔法《かいとく》』である』と伝える意味はない。

となると、この策が成功した場合、トゥカーレ王国は極めて大きな働きをしておきながら、トゥカーレ王国が暗躍していたことをヤン隊長側も、『教会』側も一切知らないということになる。

「本当の策士は、策を仕掛けたことや策士の存在すら、相手に気づかせない、か」

女王アウラは、昨晩自分が善治郎に言った言葉を思い出すのだった。

第三章　能力と嗜好《しこう》

善治郎がウップサーラ王国から帰国を果たしてから、数日後の夜。カープァ王国の王宮では、盛大な夜会が開かれていた。

夜会の目的は、他国の王族の歓待。

高い天井から吊り下げられたきらびやかなシャンデリアには、多くの蝋燭《ろうそく》が火を灯《とも》され、各テーブルの上でも、華麗な装飾を施された燭台《しょくだい》が赤々と周囲を照らしている。

さらに、今までとは少し違うのは、いくつかのテーブルの上には、自然に揺れる蝋燭の火ではなく、全く揺れない不自然な球形の火が灯っていることだ。『不動火球』の魔道具である。

シャロワ・ジルベール双王国では一般的な照明具であるそれは、当然というべきか双王国のフランチェスコ王子と、ボナ王女からの提供である。さすがに双王国でも貴重な『光魔法』の魔道具は持ってきていないようだが、『不動火球』の魔道具でも、自然の炎と比べれば、遥《はる》かに優れた照明器具だ。

そんな魔道具により、いつもより少しだけ明るくなった夜会場の中央では、男女一組の夜会主催者が、主賓《しゅひん》の男をもてなしていた。

「改めてユングヴィ殿下、カープァ王国へようこそ。今宵《こよい》は殿下を歓迎するため、このような場を設けさせてもらった。楽しんでもらえると幸いだ」

「はっ、恐悦至極に存じます、ゼンジロウ陛下」

主催者の男――善治郎の言葉に、主賓の男――ユングヴィ王子が畏《かしこ》まってそう答えた。

「楽しんでいってくださいね、ユングヴィ殿下」

続いて、善治郎の腕に手をかけているその側室――フレア姫が、他人行儀に双子の弟に笑いかける。

「ありがとうございます、フレア様」

笑い返すユングヴィ王子の笑顔は、今更ながら実にフレア姫とよく似ていた。言葉遣いと大まかな身のこなしは、他国の王族同士として礼儀をきっちり守りながらも、表情と声色だけで距離の近さを感じさせる。隣に立ってその二人の会話を聞く善治郎は、少し羨ましくなるくらいだ。

妻の兄弟に嫉妬するほど子供ではないが、自分よりフレア姫と通じ合っている人間を見れば、軽い羨望の思いくらいは抱いてしまう。

「ユングヴィ殿下は、新しい物好きだからな。あえて、飲食物はこちらのもので揃《そろ》えた。口に合うとよいのだが」

「お気遣いありがとうございます。この数日、頂いた感触では大丈夫だと思いますよ」

ユングヴィ王子がカープァ王国に来たのは、数日前のことだ。夜会という形ではないが、すでに南大陸の料理を何度も口にしている。

肉は山羊《やぎ》や豚ではなく、竜肉。味付けは塩であることは共通しているが、香草《ハーブ》はほとんど使われることなく、香辛料《スパイス》がたっぷり。物によっては、砂糖もふんだんに使う。さらに、野菜や果物も初めて見る物が目白押しだ。

そんな未知の料理だが、善治郎が言う通り新しい物好きなユングヴィ王子は、特に忌避感を示すことなく受け入れていた。

「飲食物もそうですけれど、服飾も興味深いですね。ゼンジロウ陛下の服装は見慣れたものですが、フレア様がそちらの衣装を纏《まと》うのは初めて拝見しました」

ユングヴィ王子がそう言う通り、善治郎はもはやお馴染《なじ》みとなったカープァ王国の民族衣装由来の第三正装。フレア姫もそれに合わせて、赤を基調としたカープァ王国の民族衣装を身に着けている。

ゼンジロウと結婚し、カープァ王家の一員となってからは、カープァ王家の赤を纏うことは多くなったが、その大半は北大陸風のドレスだった。公式の場で、カープァ王国の民族衣装を纏うのは、これが始めてだ。

「ええ。前から興味はあったのですが、やっと人前に出られるくらいに、着こなせる自信がつきました」

フレア姫はその言葉通り、自信ありげに笑う。

体に合わせて作られるドレスとは逆に、カープァ王国の民族衣装は、服に合わせて着こなす必要がある。体に巻き付け、布と布を折り合わせ、紐《ひも》で縛るその服は、慣れていない者が身に纏《まと》うと、無理な動きで着崩れてしまう恐れがある。

一般人の日常生活でならば、気にすることもない程度の着崩れでも、王族が王宮でやれば大きな失点となってしまう。そのため、フレア姫の民族衣装のお披露目は、今日まで持ち越しとなっていたのであった。

「いいですね。そのような衣装ですと、フレア様もお淑《しと》やかに見えます」

「あら、それはどういう意味かしら?」

「フレア様が思った通りの意味かと」

軽くにらみつけるフレア姫の表情も、小さく肩をすくめるユングヴィ王子の仕草も、見ている周囲が思わず苦笑を漏らすくらいに、和気あいあいとしたじゃれ合いの雰囲気を醸し出している。

「ははは。さすがは血を分けた家族だな。ユングヴィ殿下の前では、フレアが珍しい表情を、実に多く見せてくれる」

善治郎もそんなことを言いながら、わざと大きな声で笑い、フレア姫とユングヴィ王子のやり取りを、承認する。

　そうして、しばらくの間、善治郎はユングヴィ王子とたわいない会話に興じる。食べ物の話、衣類の話、竜種の話、気候の話。無意味とは言わないが、善治郎が本当に話したい話は、一切しない。

　ウトガルズの話、ヤン隊長とヤン司祭の動向、『教会』の反応、それに伴う北大陸主要国の動きなど、ユングヴィ王子と話し合いたいことは多々あるのだが、このような場でできる話は一つもない。

　なにより本日のこの夜会は、はっきりと明言はしていないが、ウップサーラ王国次期国王であるユングヴィ王子が、カープァ王国から娶《めと》る第二夫人候補たちと顔合わせをするための場なのである。そのため、特例として後宮侍女《こうきゅうじじょ》からも何人か、貴族令嬢としてこの場に参加している。

　その主目的を果たすためには、主催者とはいえ、善治郎とフレア姫がいつまでも、ユングヴィ王子の傍《そば》を独占しているのもまずい。

「では、ゆっくりと楽しんでくれ」

「私たちは失礼します、ユングヴィ殿下」

　善治郎とフレア姫はそう言い残し、腕を組んだままユングヴィ王子から離れた。

　途端に会場の人々が動き始める。ある者は、主催者である善治郎とフレア姫に挨拶せんと近くに寄ってくる。こちらの人の流れに、法則はない。

一方、主賓《しゅひん》であるユングヴィ王子の元へまっすぐ向かう人々もいる。こちらは、一定の法則がある。それは、親、もしくはそれに相当する保護者にエスコートされた、未婚の若い娘であることだ。

全て事前に話が通っている、『ユングヴィ王子の第二夫人候補』である。中には、年頃の未婚の娘を複数連れている者もいる。未婚の娘が複数いる親ももちろんいるが、そうではなく実の娘と一緒に、分家の娘や、部下の娘を連れて来ている者もいるからだ。

いずれにせよ、大事なのはこの場に連れてきて、ユングヴィ王子に紹介している人間の肩書だ。その人物が実の親である場合はもちろん、親戚やただの上司であっても、「保護者」もしくは「後見人」であることに変わりはない。

それは、さながら一対多のお見合いの様相を呈していた。

その様子を少し離れたところで見ていた善治郎は、隣に立つフレア姫にしか聞こえない小声でつぶやく。

「さすがに緊張しているな」

そう言う善治郎の視線の先にいるのは、ユングヴィ王子ではない。ユングヴィ王子に挨拶をしている、カープァ王国の少女たちである。

「無理もありません。彼女たちにとっては、あまりに大きな人生の岐路ですから」

隣で腕を取ったまま、フレア姫がこちらも善治郎にしか聞こえない小声でそう答える。

善治郎は無言のまま、小さく首肯《しゅこう》した。

ユングヴィ王子の「お見合い相手」は、全員女王アウラが事前に書類に目を通し、背後関係を洗い、本人と直接面談して許可した、いわば精鋭である。

それでも、この世界の結婚適齢期――十代の少女には違いない。

貴族の家に生まれ、自分の結婚は家の都合が最優先という価値観に染まって生き、自らも望んだ嫁ぎ先だとしても、その嫁ぎ先が全く未知の世界――北大陸であることに、平静でいられるはずもない。

極めて高い確率で、あの中の誰か一人が、ユングヴィ王子の第二夫人となって、残りの人生を異国で過ごすことになる。


「できるだけのことはしてやりたいな」


思わず善治郎の口から漏れたその言葉は、正真正銘の独り言であり、隣で腕を組むフレア姫の耳にも届かない。

異世界に単身婿《むこ》入りした善治郎は、ある意味この場にいる誰よりも彼女たちの心境が理解できる。次に理解できるのは、単身南大陸に側室入りしたフレア姫か。幸い、善治郎には『瞬間移動』という手段が、フレア姫にはウップサーラ王国の元王族という立場がある。

善治郎とフレア姫ならば、ユングヴィ王子の第二夫人となる少女の支えとなることができるだろう。もちろん、夫であるユングヴィ王子が誠実に支えてくれることが、大前提だが。

そうして、離れたところから、ユングヴィ王子と第二夫人候補の少女およびその親族たちを見守っていた善治郎たちは、彼女たちの装飾品に注視した。

指輪、腕輪、ネックレス、髪飾り等々。いずれも、黄金製。ピンと来た善治郎は会場に視線を這《は》わせ、ある人物を探す。

その人物はすぐに見つかる。濃い髪色と肌色の人間が多数をしめるこの会場で、ウェーブのかかった金髪は目立つからだ。

こちらが向こうを見つけるのとほぼ同時に、向こうもこちらを見つけたらしく、その人物は善治郎と視線が合うと、ニコリと笑みを浮かべる。

「フレア」

「はい、ゼンジロウ様」

善治郎は、隣に立つフレア姫に一言断ると、ゆっくりとした足取りでその人物の元へと向かった。

「タラーイェ。楽しんでいるか」

「はい、ゼンジロウ陛下。私なりに」

善治郎の言葉に、その金髪の女――タラーイェは笑みを深めて答える。

タラーイェ。

シャロワ・ジルベール双王国が誇る四公爵家の一つ、エレメンタカト公爵の令嬢である。

タラーイェは、北大陸からの移民であるシャロワ・ジルベールの貴族家と、土着の砂漠の放浪部族の族長家であったエレメンタカト家の血がユニークに混ざり合ったのか、豊かな金髪と琥珀《こはく》色の瞳、そして淡い褐色の肌を持つ。

領地の特産品である黄金をふんだんに使った装飾品を数多く身に着けているのは、自らを「生きたマネキン」として、商品をアピールするためだ。

善治郎は意味ありげに、ユングヴィ王子の周りにいる少女たちに視線を向けると、

「随分と世話になったようだな。礼を言う」

タラーイェにそう話しかける。

「いいえ。こちらこそ、良い商売をさせていただき、お礼申し上げます。これからも、よろしくお願いいたします」

善治郎の言葉に、タラーイェはまさに現金な笑顔で答える。

タラーイェという人間を一言で表せば、「商売人」だ。南大陸の貴族令嬢としては、異質な部類に入るだろう。ユングヴィ王子の周りに集まっている少女たちが身に着けている真新しい金細工は、タラーイェが言葉巧みに売りさばいた品々である。

エレメンタカト公爵領で作られる金細工は、金の含有量も高く、細工も見事だ。だから、決して不当な商売をしているわけではないのだが、カープァ王国の銀貨が音を立てて双王国に流れていくのを目《ま》の当たりにするのは、王族である善治郎にとっては、あまり嬉《うれ》しいことではない。

とはいえ、タラーイェの商売を誰よりもアシストしているのが善治郎であることも、動かしがたい事実である。

なにせ善治郎が双王国に『瞬間移動』で飛ぶたびに、正規の料金を払って『瞬間移動』をかけてもらい、双王国とカープァ王国を往復して、銀貨を持ち帰り、商品を補充しているタラーイェである。

いくら金細工の単価が高いとは言っても、所詮は人一人が背負って運べる量だ。今のところ、通貨の流出は目を瞑《つぶ》ってよい量に収まっているが、この調子で一方的な売り買いが続くようならば、こちらからも何かを双王国に売りつけて、均衡《きんこう》を保つ必要があるだろう。

と、そこまで考えたところで、善治郎は、こちらから売る特大の一品があることを思い出す。

「そう言えば、『空間遮断結界』の魔道具の進捗《しんちょく》については聞いているか？」

善治郎の問いに、タラーイェは笑顔で首肯《しゅこう》すると、

「はいっ。おかげさまで順調だと、ボナ殿下からお墨付きをいただいております」

と、大きな胸を張って答える。

カープァ王国の血統魔法の一種である『空間遮断結界』の魔道具。それを欲したタラーイェが注文し、現在女王アウラとボナ王女が共同で制作中だ。

女王アウラがやっていることは、一日に一度ボナ王女の工房に足を運んで、『空間遮断結界』の魔法を使うだけで、実際の作業の大半はボナ王女が行っている。

無論、ボナ王女も、毎日一つの魔道具の作成だけにかかりきりになれるほど暇な身ではないため、時には手が止まることもある。そのため、完成はまだまだ先の話だが、どうやら順調に進んでいるようだ。

「全ては順調、ということか」

「全て、というのはさすがに語弊がありますが、おおむね良い方向に進んでいることは確かです」

そう言うタラーイェの表情には非常に余裕がある。無論、高位貴族家の令嬢としても、商売人としても外面を取り繕うのは、必須技能だ。だが、状況はタラーイェにとって良い

方向に進んでいることは間違いないため、恐らくその表情は本心だろうと思われる。

「そろそろ商品を補充したいのですが、ゼンジロウ陛下は、双王国に『飛ぶ』ご予定はございませんか？」

善治郎が双王国に滞在している間だけ、カープァ王国の女王アウラ、双王国の善治郎という形で、『瞬間移動』での往復が可能になる。そのため、現在カープァ王国に滞在中の双王国の人間にとって、善治郎が双王国に『瞬間移動』で飛ぶ時だけが、一時帰国のチャンスなのである。

とはいえ、往復の『瞬間移動』の代金は、王侯貴族の金銭感覚でも大金である。毎回のように一時帰国するのは、一時帰国することにかかる往復の『瞬間移動』代金以上の利益が見込めるタラーイェの専用になりつつあった。

「さて。どうだったか。飛ぶときには、事前に知らせるとしよう。だから、私も二つばかり、エレメンタカト公爵領の名産品を購入したい。頼めるか？」

善治郎の言葉に、タラーイェは今夜一番の笑顔を見せる。同時に、善治郎の腕を抱くフレア姫も、ぎゅっと抱き付く力を強めた。

善治郎が頼む、二つの宝飾品。それが、誰と誰のためのものかは、今更言うまでもない。

「ええ、お任せくださいませ。なんでしたら、双王国王都のエレメンタカト公爵邸に足を運んでいただけませんか？　ゼンジロウ陛下でしたら、本来お客様にお出ししないとっておきもお出ししますよ。もちろん、お代も勉強させていただきます。王都の公爵邸ではなく、エレメンタカト領都まで足を運んでいただければ、さらに貴重な品がございます。そちらでしたら、お代はいりません。道中の安全については、命に代えても保償いたします。むしろ、お足代を払わせていただきます」

『瞬間移動』の使い手である善治郎を、自分の本拠地に招こうとするのは、国内外誰でも同じだが、熱意という点で言えば、このタラーイェに勝る人間はいない。善治郎が一度でも訪れれば――正確に言えば、そこの風景をデジタルカメラに収めれば――以後は、直接『瞬間移動』できるようになるのだ。

「王都のエレメンタカト公爵邸については、前向きに考えておこう。領都は無理だな」

善治郎は、タラーイェの勢いを苦笑で受け流しながら、そうきっぱりと答える。

タラーイェのような、行動力のある有能な人間を相手に、何かを断るときは理由をつけないほうがいい。下手に「〇〇だから、それは無理だ」、という言い方をすると、その無理な理由を潰すという、正面突破のやり方で対抗してくるからだ。

「残念です」

答えるタラーイェの表情は、獲物に逃げられた肉食獣を彷彿《ほうふつ》させるものだった。

今回の夜会の目的が、ユングヴィ王子とその第二夫人候補たちの顔合わせであっても、ユングヴィ王子がその娘たちとしか、社交の時間を持たないかと言えば、そうではない。

そもそも、事前に女王アウラの審査を通った少女だけが、この場でユングヴィ王子にアピールすることを許されているのだ。その人数は決して多くない。

そのさほど多くない人数をさばいた後も、夜会の時間はまだまだ残っている。残りの時間は、それ以外の人間との社交の時間だ。

「お目通り願う機会を得て恐悦至極に存じます、ユングヴィ殿下。私はカープァ王国元帥《げんすい》プジョル・ギジェンにございます。これは我が妻、ルシンダ」

「ルシンダにございます、ユングヴィ殿下」

カープァ王国元帥夫妻の挨拶に、ウップサーラ王国の王子は笑顔で応対する。

「兄からも貴公の話は、聞かされています。真に優れた武人である、と。こうして、お会いできて光栄です、プジョル元帥。ルシンダ夫人」

ユングヴィ王子の前に立つ巨漢の戦士が、野太《のぶと》い笑みを浮かべる。

プジョル・ギジェン元帥。カープァ王国が誇る最強の武人であり、全軍の最高指揮官である。

国力増強、権力補強を至上の価値とする、ある一面では価値観に共通項を見出《みいだ》せる銀髪の王子と、巨漢の元帥は、話を弾ませる。

「走竜の能力は本当に羨ましいですね。最高速度は馬と大差なく、持久力と積載能力は馬の数倍。さすがに水と飼い葉も馬より多く必要であるようですが、それでも能力比で考えれば馬よりもはるかに優秀だ。北大陸の気候と植生に適応できるのならば、是が非でも輸入したいところですよ」

「こちらとしては、馬の育成の早さが羨ましいですな。生まれて三、四年で戦力になるとは。騎乗動物としての現役寿命は、走竜の方が長いですが、軍としてはそれは必ずしも利点だけではありません。非情なようですが、軍にとって竜種は消耗品ですから」

成体同士で比べれば、重馬の倍以上の体躯《たいく》を誇る走竜だが、卵生のため生まれたての走竜は小さく、騎乗動物として使用可能になるまで、十年前後の飼育期間を要する。

これは、プジョル元帥《げんすい》の言う通り、軍事用の生き物としては歓迎できない性質だ。戦闘に投入した場合、走竜の頭数が激減することは十分にありうる。そのため、急に増産するのには、走竜は極めて不向きという弱点を持っている。

「何よりも、羨ましいのは貴国の製鉄技術です。このたび、ヴェルンド殿が私のために槍《やり》を作ってくださるとのことですが、正直に申し上げますと、寝る前にはそのことばかりを思い出すほどですよ。我ながら子供じみてますな」

そう言って笑うプジョル元帥に、ユングヴィ王子は軽い驚きの表情を見せる。

「それは、アウラ陛下が命じたのですか？　ヴェルンドに？」

「いいえ。ヴェルンド殿ご自身のご厚意ですよ」

「それは、凄《すご》い！　ヴェルンドに認められる戦士など、ウップサーラ王国にも何人もいませんでした。ましてヴェルンドから申し出るなど、初めて聞きました。プジョル元帥は、まことに卓越した戦士なのですね」

ユングヴィ王子は、第一印象で抱いていたプジョル元帥への評価が正しかったことを確信した。

鍛冶師《かじし》ヴェルンドが評価する戦士の基準は、純粋に前線で戦う戦士の能力である。指揮能力や統率力については一切考慮しない。その鍛冶師ヴェルンドが、手ずから武器を作ると言っているのだから、このプジョル元帥という男の武腕は、とてつもないものであるという証拠である。

「ええ、国軍の頂点として恥ずかしくないだけの武腕は維持しております」

立場的にも、実状的にも、そして本人の性格的にも、謙遜《けんそん》する理由はどこにもないプジョル元帥は、多少言葉を飾りながらも、はっきりとそう答えた。

「その武腕がカープァ王国の守りとして働く。それを考えれば、フレア様の血族である私も、頼もしい限りです」

「お任せください。しかし、主賓《しゅひん》である殿下をいつまでも私が独り占めしておくわけにいきませぬな。我々はこれで失礼します」

「失礼します」

「ええ、また後ほど」

元帥《げんすい》夫妻とユングヴィ王子は、にこやかにその場で別れた。


プジョル元帥夫妻が去った後、ユングヴィ王子の元に近づいて来たのは、夜会場では目立つ、金髪の王子と、栗色の髪に銀の輝きを塗した王女だった。

「やあ、ユングヴィ殿下。少し、よろしいでしょうか」

にこやかにユングヴィ王子に声をかけたのは、金髪の王子——フランチェスコ王子であり、

「ユングヴィ殿下、お会いできて光栄です」

その後ろで行儀よく頭を下げる栗色の髪の王女——ボナ王女である。

双王国の王子と王女という大物の接近に、ユングヴィ王子は、愛想笑い全開で歓待する。

「いえ、こちらこそ、お二方とはぜひ歓談の時間を設けたいと思っておりました、フランチェスコ殿下、ボナ殿下」

ウップサーラ王国にとって、フランチェスコ王子というかシャロワ・ジルベール双王国は、少し複雑な感情を抱く存在だ。

シャロワ・ジルベール双王国は、『教会』が歴史上の仇敵《きゅうてき》と定める、『白の帝国』の末裔《まつえい》が作った国だ。その双王国はだまし討ちの形で、「友好の証」として魔道具『凪《なぎ》の海《うみ》』――白の帝国の遺産――をフレア姫に受け取らせた。

必然的に、ウップサーラ王国の外交は、『教会』に敵対的、双王国に友好的にならざるを得ない。

その結果そのものは、悪くない。元々、ウップサーラ王国は北大陸では少数派の精霊信仰国であり、『教会』との仲はお世辞にも良いとは言えなかった。双王国との国交がウップサーラ王国にとって有益であることも間違いない。だから、ウップサーラ王国と双王国が友好国となること自体は、ウップサーラ王国にとっても異論はないのだ。その発端がだまし討ちで、強制的であったという点が問題なのである。

何らかの形で落とし前をつけなければ、ウップサーラ王国が舐《な》められる。言い方は悪いが、国家間の立ち位置において、メンツというのは無視できない要素だ。

とはいえ、この場にいる双王国の王族――フランチェスコ王子とボナ王女に、その不満、不服をぶつけても、ウップサーラ王国の国益にはならない。

それが分かっているユングヴィ王子は、フランチェスコ王子とボナ王女を、双王国の代表ではなく、それぞれ個人の王族として扱う。

「双王国は、魔道具はもちろんのこと、魔法そのものも非常に発達しているのですね。あの『不動火球』の魔道具は、素晴らしい。できれば、複数購入したいところです」

とユングヴィ王子がお世辞抜きで絶賛しているのは、善治郎が一部アイディアを出した、『不動火球』の魔道具だ。揺れる船上でも安全に火が使えるように、『不動火球』というその名の通り、全く揺れない球形の炎をすっぽり金網で囲った魔道具である。

これならば、金網の穴から細い糸くずが入り込むような不運がない限り、火が燃え広がることはない。

ウップサーラ王国の主要な港であるログフォートは、不凍港である。それは裏を返せば、冬でもウップサーラ王国の船は、出航するということを意味する。

冬のログフォートが凍らないのは、海流の関係によるものであり、気温は普通に海水の凝固温度を下回る。それでも、ウップサーラの男たちは船を出す。大型の貿易船はもちろん、小型の漁船もだ。冬でも取れる魚、冬だからこそ取れる魚介類が存在する。

そんな冬の船上で、延焼の心配のいらない火の存在が、どれほどありがたいかは、容易に想像がつく。

「あれは、ゼンジロウ陛下のアイディアですね。私としても、非常にやりがいのある仕事でした。中核の魔道具は、簡素な作りなので、意外と短時間で作成できますよ」

魔道具としては、『不動火球』の呪文《じゅもん》を魔道具化しただけであり、周囲を金網で囲んだり、船内でも固定できるように下部を万力《まんりき》にしたりというのは、構造の工夫にすぎない。

意外と短時間というフランチェスコ王子の言葉に、ユングヴィ王子が目の色を変えるが、

「ほう、そうなのですか。具体的にはどれくらいで？」

「二か月はかかりませんね」

「そうですね。おおよそそれくらいです」

フランチェスコ王子とボナ王女の返答に、ユングヴィ王子の表情から期待の色は半減した。

フランチェスコ王子の言う通り、二か月という時間は、魔道具の作成時間としては確かに短いのだが、それではユングヴィ王子の希望には適《かな》わない。

ユングヴィ王子は、『不動火球』の魔道具を、量産品として欲しているのだ。冬の船内に、安全に扱える火があれば、冬の航海、漁業がどれほどはかどることだろう。

それには、一つ二つの貴重品としてあっても意味はない。最低でも何十、可能ならば百以上の数が欲しいところなのだ。

ユングヴィ王子の表情から、希望する答えでないことを理解したのだろう。フランチェスコ王子は、苦笑しながら、

「何分魔道具作製は、時間がかかるのですよ。よろしければ、私の私物の魔道具を、改良してお譲りしましょうか？　数は二つがせいぜいですが」

と、提案する。

「私からもご提供いたします。一つだけですけれど」

ボナ王女もそう言って、栗色の髪をキラキラと輝かせながら微笑《ほほえ》む。

『不動火球』の魔道具は、双王国では暖房ではなく、照明として重宝されているため、王族であれば、ある程度の数は私有している。特に、フランチェスコ王子やボナ王女のような技術者寄りの王族は、夜通し魔道具作製作業に終始することも多いので、光源は必須だ。

下の部分を万力《まんりき》にして、火球全体を金網で覆う形に修正するだけならば、さほど時間はかからない。

二つや三つでは、国力増強という意味では誤差の範囲だが、冬に出す重要な船の分だけでも意味はある。

「ぜひ、お願いします。代金は、ゼンジロウ陛下の時と同様でよろしいでしょうか？」

「ええ、それで結構です」

いろいろと非常識なところがあるフランチェスコ王子だが、最低限王族として社交の場に出ることが許される程度の常識はある。

「いやあ、それにしてもユングヴィ殿下は、素晴らしいですね。全ての言動から、ウップサーラ王国の国力向上を目指す意志が感じられます。尊敬しますよ」

　そう言うフランチェスコ王子の言葉は、おべんちゃらではなく本心からのものである。

　この夜会におけるユングヴィ王子の言動は、徹底して自国強化を目的としたものになっている。

　走竜に強い興味を示し、不動火球の魔道具を欲し、大陸間交易に対して極めて積極的。肝心の『お見合い』にしても、洗練された話術で如才なく対応していたが、見る者が見れば、お見合い相手の少女よりも、その後ろにいる後見人の力や人柄を重視していることが分かった。

　それは、悪いことでも特別なことでもない。王侯貴族ならば、一般的と言ってもいいくらいだ。

「ははは、過分なお褒めの言葉はくすぐったいですね。私はただ、王族としてなすべきことをしているだけですから」

　だから、そんなユングヴィ王子の答えも、謙遜《けんそん》ではなく本心からのものだ。

　一方、フランチェスコ王子は、一般的な王侯貴族という項目の試験があれば余裕で赤点、その後の追試でも不合格、追加の提出物でどうにかお情けで単位がもらえる程度の王族である。

「いえいえ。ユングヴィ殿下がしていらっしゃることは、とてもなすべきことをするだけ、などという義務で収まる領域ではありません。並外れた情熱、素晴らしい行動力です。とても真似できませんよ」

そう言って両の手のひらを天井に向けて肩をすくめるフランチェスコ王子に、ユングヴィ王子はほんの一瞬表情を硬くした後、極めて自然な笑顔で取り繕う。

「確かにフランチェスコ殿下のおっしゃる通り、私は王族の義務ではなく自分の意思で行っていますね。ですが、真似できないは謙遜《けんそん》が過ぎるでしょう」

笑顔のユングヴィ王子とは対照的に、フランチェスコ王子は全く悪びれずに首を横に振る。


「いえ、無理ですよ。そもそもそんな気力が湧いてきません」


「ふ、フランチェスコ殿下っ！　そのような物言いっ！」

事実ではあるが、通常公言するべきでないことを、はっきりと言うフランチェスコ王子に、ボナ王女は焦った声を上げる。

「っ……いえ、ボナ殿下。私のことはお気になさらずに。ウップサーラは尚武《しょうぶ》の国のため、歯に衣着《きぬき》せぬ物言いは、別段珍しくないのですよ。

しかし、ご本人の気力の問題ならば、確かに難しいかもしれませんね」

一瞬の硬直の後、ユングヴィ王子は完璧に取り繕った笑顔で、そう如才なく答えるのだった。

◇◆◇◆◇◆◇◆

翌日、カープァ王宮別棟の一室で、ユングヴィ王子はフレア姫と会っていた。双子の姉弟とはいっても、今は所属する国が異なる王族同士だ。本来、そこまでたやすく二人きりにするべきではないだろうが、この行動は善治郎はもちろん、女王アウラの許可も得ている。

善治郎の元に嫁いでから、まださほど日が経《た》っていないフレア姫だが、善治郎たちと知り合ってからはそれなりの年月を経ている。その間に、ある程度の信頼は得ている。善治郎の元に嫁いだ以上、カープァ王国に有害になるような情報の漏洩《ろうえい》はやらかさないだろう、と判断される程度には。

場所こそ遠い異国の王宮なれど、文字通り生まれる前から一緒だった姉弟（もしくは兄妹）同士だ。向かい合って座る蒼銀髪《そうぎんぱつ》の王子と王女は、どちらもリラックスした表情で談笑している。

「昨晩はお疲れさま。相変わらず、ああいう場面では如才ないわね」

「はは、ありがとう。僕の社交は、南大陸でも合格点を貰《もら》えたってことかな。安心したよ」

フレア姫の言葉に、ユングヴィ王子はそう言って、テーブルからお茶の入ったカップを手に取る。

「同じ人間である以上、細かな礼法に違いはあっても、社交の基本は変わらないからね」

『黄金の木の葉号』で諸国を訪れているフレア姫の言葉には、一定の説得力がある。無論、文化が違うと、本当に信じられないようなところに逆鱗《げきりん》があったりすることもあるので、油断は禁物だ。

ともあれ、カープァ王国に来てからのユングヴィ王子が、人間関係を無難にこなしていることは間違いない。

「それで、ひとまず初見の感想を聞かせてもらいましょうか。ウップサーラ王国次期国王、ユングヴィ王太子殿下は、我がカープァ王国の誰が目に留まりましたか？」

少しおどけた口調でフレア姫がそう尋ねる。

これを聞くことが、フレア姫が今日ここに来た第一の目的である。この目的のため、フレア姫は、ユングヴィ王子と二人きりで会うことを許可されたと言ってもいい。

身内だけのたわいないお喋《しゃべ》り。その名目だからこそ、聞き出せる話題である。

　これが、女王アウラや王配善治郎では、そうはいかない。女王アウラはもちろんのこと、善治郎相手でも、「私は○○嬢に目を引かれましたね」と言ってしまえば、強烈にそちらの方向に舵《かじ》を切ることになってしまう。あくまでも、身内だけのたわいない話、という看板があるフレア姫だけが許される。

　なお、善治郎の側室であるフレア姫にとっては、善治郎と女王アウラも身内だ。当然、後宮《こうきゅう》の中で行われる「身内だけの内緒の話」では、ここでフレア姫とユングヴィ王子が話し合った内容も出るだろう。ユングヴィ王子もそれは十分に理解している。

　この場で、誰かの名前を上げれば、その名前は極めて信ぴょう性のある噂《うわさ》として、女王アウラ、善治郎の耳に届くことだろう。あくまでただの噂、後々十分に取り返しのつく軽い傾向程度の話として。

　そんなカープァ王国サイドの繊細な配慮を、せっかちなユングヴィ王子は、すべて理解したうえで無視する。

「うん、ミレーラ嬢がいいね。本人も芯が強くて、なかなかに聡明。その上、自分の役割を正しく理解している。

　何より、マルケス伯爵がいいね。あの人は本当にいい。ああいう話の通じる、能力の高い方を義父と呼べるなら、僕の未来は明るい。それはつまりウップサーラ王国の未来も明るということだ。その上、オクタビア夫人も素晴らしい。実に貴族らしい聡明さを持っておいでなのに、全く貴族らしくない善良な人格と思考をしていらっしゃる」

本人よりも、その後ろにいる保護者、家格への言及が圧倒的に多いところが実に、ユングヴィ王子らしい。

ユングヴィ王子にとっての結婚は、政略の比率が非常に高い。自分と王家と国にとって明確な利益がないのならば、結婚する意味はないと本心から思っている人種だ。無論、その利益を持続させるためには、結婚相手に誠実に接する必要があることも理解はしているが。

「懸念があるとしたら、ミレーラ嬢がマルケス伯爵の実子じゃなくて養女だということだね。血縁上は姪《めい》に当たるんだっけ？　しかもオクタビア夫人は後妻なんでしょ。その辺り、保護者の権利とか義務とかってどうなってるんだろ？」

「養子として受け入れた時点で、養父養母の権利と義務は、血縁上の父母と何ら変わらないわよ、カープァ王国の法律上は」

曲がりなりにも、カープァ王国の王族となった時点で、カープァ王国の法律は最低限頭に叩《たた》き込んでいるフレア姫は、スラスラと答える。

「それなら問題ないね。マルケス伯爵は理性と打算で、オクタビア夫人は感情でその建前通りに振る舞う人だ」

ユングヴィ王子は、昨晩一度会っただけの相手のことを、自信をもってそう断言する。

初対面で相手に抱いた第一印象を、後で裏切られたことがない。ユングヴィ王子がそう豪語していることを、フレア姫は思い出す。

実際、ユングヴィ王子がその我の強い性格の割に、対人関係の構築が上手いのは、この特異能力によるところが大きい。

「なるほどね。マルケス伯爵令嬢ミレーラは、後宮《こうきゅう》の侍女をやっている分、私もそれなりに面識があるけど、確かに貴族子女としての芯がしっかりとした人、という印象ね。

他に、印象に残ってる人はいる？　あ、第二夫人候補に限らなくていいわよ」

あからさまに、ユングヴィ王子の『眼』を、自分の情報収集に使おうとする姉の態度に、ユングヴィ王子は苦笑しながらも素直に答える。

「まず何と言っても、プジョル元帥《げんすい》だね。エリク兄上が興奮して、「『トール』がいた！」と言ってたのが、全く大げさじゃないんだと思ったよ」

カープァ王国元帥、プジョル・ギジェン。その威容は、ユングヴィ王子をもってしても、平静を取り繕って会話をするのに、多少の努力が必要なほどだった。

「まず何と言っても強い。滅茶苦茶強い。正直どれくらい強いかは、僕じゃ測り切れないね。もちろん、一人の武人として強いだけじゃなくて、軍を率いる将軍としても強い。上昇志向が強いのが難点と言えば難点だけど、それが活動力に繋《つな》がってるから、有事には本当に頼りになりそうだね」

若干方向性が違うが、上昇志向の強い王侯貴族という共通点があるおかげで、プジョル元帥《げんすい》の価値観は、ユングヴィ王子には理解しやすい。

この辺りは、フレア姫も想像がつくところだ。

「そう。今後の動向を考えたら、頼もしい存在ということね。御さないといけないアウラ陛下は大変でしょうけど。他は？　他に印象的だった人はいる？」

先を促されたユングヴィ王子は、それまでの表情を一転、能面のような無表情になる。

「………………双王国のフランチェスコ殿下。有能だよ。魔道具作製者としての評価は僕にはわからないけど、そっちが世間の評判通りだとしても、為政者《いせいしゃ》としての能力はそっちと大差ない」

「フランチェスコ殿下は、その頭の具合が原因で、第一王子でありながら王位継承権をお持ちではないらしいけれど？」

弟の断言するフランチェスコ王子の評価に、フレア姫は首を傾げる。

フレア姫の記憶にある、フランチェスコ王子の言動は、その世間の評価を裏付けるものだった。国に致命的なダメージを与えるほどの言動はさすがにないが、軽率で非常識な言動が多く、なるほどこの人物を、次期国王にしないのは正しい判断だ、と思ったものだ。

だが、そんなフレア姫の言葉に、ユングヴィ王子は苦いものを飲んだような顔で首を横に振る。

「絶対、嘘《うそ》。いや、嘘じゃないと言えば嘘じゃないのか。あれは、能力はあるけど単純に嫌いだから、やってない感じ。それをやらなくても、自分が好きなことをやるだけで生きていける能力がある。自分が好きなことに対する才能も、同じかそれ以上にあるからだ。

言ってしまえば、空を飛ぶのが嫌いで、地上を走るのが大好きな有翼馬って感じかな。そして、有翼馬のくせに地上を走らせれば、普通の馬よりずっと足が速い。だから、空を飛ばないことを許されてる」

なるほど。言われてみれば、思い当たる節もあるフレア姫である。考えてみれば、あれだけ迂闊《うかつ》な言動が多いのに、致命的な失敗はやらかしていないというのは、不自然と言えば不自然である。

その評価に納得がいったフレア姫は、ユングヴィ王子がなぜこんなに不機嫌であるか、理解した。

「……そんなに嫌い？　フランチェスコ殿下が」

「大っ嫌い」

吐き捨てるようなユングヴィ王子の言葉に、フレア姫は噴き出す。

「あなたねえ、間違ってもそれ表に出すんじゃないわよ」

「出すわけないだろ。双王国、シャロワ王家はもちろんのこと、フランチェスコ殿下ご自身も、是が非でも友好を結ぶべき存在だ。それは、理解してるよ。正直言えば、フレア以外にだったら、こうやって正直に白状したりしないよ」

そう言って、ユングヴィ王子はソファーに座ったまま、降参するように両手を上げた。

双子であるフレア姫とユングヴィ王子の付き合いは、長く、深い。そのため、お互いに相手の表情や言動から、嘘《うそ》偽りを見抜くことに長《た》けている。そんなフレア姫の目を、いつまでも誤魔化しきれるとはユングヴィ王子は考えていなかった。だから、白状した。

「まあ、あなたの価値観からすると、フランチェスコ殿下が好きになれないのは分かるけどね」

フレア姫はそう、感情的には理解を示す。

その言葉に引きずられるように、ユングヴィ王子がたらたらと文句をこぼす。

「本当、なんだよあいつ。王になれる立場に生まれて、王が務まるだけの能力があって、でも王になることを拒絶している。そのくせ拒絶しても、王族でいることを許されてい

る。幸せに人生を満喫してやがる。なんだよ、あいつ、本当に何なんだよ」

ユングヴィ王子はウップサーラ王国の王族の中でも、ひと際上昇志向の強い人間である。それなのに生まれは第二王子だった。母も第二王妃だ。本来ならば、ウップサーラ王になる芽のなかった人間だ。

幸い――と言えば多方面から呪詛《じゅそ》が飛んでくるだろうが、ユングヴィ王子にとっては間違いなく幸いだ――特殊な事情により第一王子であるエリク王子が、隣国オゾス王国の王として引っ張られたため、極めて自然な形でウップサーラ王国の次期国王の地位が転がり込んできたが、それが確定するまでは、葛藤があった。

重ねて幸いだったのは、ユングヴィ王子が良い意味で、ウップサーラ王国を「自分の物」と見なしていたことだろう。王にはなりたいが、そのために国を荒らすことは我慢ならない。おそらくは、順当にエリク王子が王になり、ユングヴィ王子は生涯王弟としてその補佐の立場に留《とど》まったとしても、内心「どうにか波風が立たない形で僕が王になる目が生まれないかなあ」と常に考えながらも、ウップサーラ王国繁栄のため、全力を尽くしたことだろう。

「価値観は、人それぞれよ」

たしなめるようなフレア姫の言葉に、ユングヴィ王子は不機嫌を顔全体で表現するかのように、唇を尖《とが》らせる。

「それは分かってるよ。伊達《だて》にフレアと双子をやってないから、世の中にいろいろ変わった価値観の持ち主がいることぐらい理解してるさ。だから、僕は僕の価値観で、フランチェスコ殿下が嫌いだ。大っ嫌いだ」

「私と双子だからって、どういう意味よ」

文句をつけながらも、それ以上反論しないのは、フレア姫にも自覚があるからだろう。

自分の価値観が、一般的な王侯貴族の女のそれからは大きくずれたものであると。

ともあれ、ユングヴィ王子の価値観では最も価値のあるものを、生まれつきその手に持っていながら、「これ嫌い。いらない」と放り投げたのが、フランチェスコ王子というわけだ。

ユングヴィ王子がフランチェスコ王子を嫌うのも無理はない。

だからこそ、フレア姫は不要とは思いつつも、しっかりとくぎを刺す。

「本当に、対応はちゃんとしてよ？　ウップサーラ王国と双王国が国益のためにぶつかり合うならある程度仕方がないし、カープァ王国が仲裁に入ることもできるけど、あなたとフランチェスコ殿下が個人的な感情でぶつかり合っても、私は間に入ることはできないんだから」

「分かってる」

フレア姫の言葉に、ユングヴィ王子は渋い表情のまま首肯《しゅこう》した。

カープァ王国におけるフレア姫の立場はまだ、しっかりと固まっているとは言い難い。その状態で、母国と友好国の間にフレア姫が入るのは、自らの足場を崩しかねない行為だ。下手にユングヴィ王子の肩を持てば、「お前は籍を移したのにまだ、ウップサーラ王家の一員のつもりなのか？」とフレア姫が詰められることになる。

「分かってるよ、フランチェスコ殿下に嫌われて良いことは一つもないし、好かれて良いことはたくさんありそうだからね。絶対に表には出さないよ、誓ってもいい」

ユングヴィ王子は、王族の中でも表情や態度を取り繕うことには長《た》けている方だ。だから、本人が緊張感をもって取り繕おうとしている間は、大きな問題はないと思われる。

ただし、王族の社交相手は同じ王族か、さもなくば高位貴族であることが多い。いずれ、目ざとい者に、ユングヴィ王子がフランチェスコ王子に向ける悪感情を察知されないとも限らない。

「本当に頼むわよ」

フレア姫は、ため息交じりに念を押す。

人の感情というものは、本人にも自由にならない厄介なものだ。それを理解しているフレア姫は、それ以上追及しない。誰にだって、相性の悪い相手というのはいるものだ。

そう考えた時、ふとフレア姫は気づく。

「あれ？　でもあなた、ゼンジロウ様のことは好きよね？　価値観が食い違っている王族という意味なら、ゼンジロウ様はフランチェスコ殿下に一脈通じるものがあると思うんだけど」

フレア姫の言う通り、中枢に近い王族でありながら、その権力を自らの意思で拒絶しているという意味では、善治郎はフランチェスコ王子の同類と言える。

だが、そんなフレア姫の疑問に、ユングヴィ王子はごく当然のように、

「ああ、そういうくくりで見れば、確かに同じかもね。でも、義兄上《あにうえ》は全く違うよ。失礼を承知で申し上げれば、何より王族としての能力が違う。

できるのにサボってる奴と、できないことを理解して拒絶しているお人を、僕は同一視はできないね」

そう言って、小さく肩をすくめた。

「ゼンジロウ様の能力が低い？」

ユングヴィ王子の評価に、フレア姫は首を傾げる。心を通わせている夫を低く見られた不快感も無論あるが、それ以前に評価そのものに今一納得がいかなかったからだ。

婚姻を結んだのは最近だが、付き合いそのものは年単位であるフレア姫の、善治郎に対

する評価は高い。少なくとも、フランチェスコ王子と比べて、雲泥の差があるとは思えない。

だが、そんなフレア姫の言葉にも、ユングヴィ王子はきっぱりと首を横に振る。

「低いよ。間違いない。ただし、王族に求められる全分野において、低いという意味じゃない。非情な決断とか、道理よりも利益を取る判断とか、国の不利益を回避するために約束を破る損得勘定とか、そういう方面の能力が足りていない。やってやれなくはないだろうけど、やった場合、気に病んで下手をすれば、精神を病みかねないお人柄だ。

それだけに、友好国の王族としては、実にありがたいお人だね。自国の王族にいられたら、ちょっと困ったお人かもしれない。そして、敵国の王族にいたら、すっごく利用価値がある人だ」

「…………」

そう言われると反論のできないフレア姫である。思い返せば、確かに心当たりがある。

善治郎の人柄、価値観を好ましく思っているフレア姫だが、それが王族に相応《ふさわ》しいかと言う問いに、純粋な理性で答えれば、首を横に振らざるを得ない。

理性が反論を許さないが、感情が肯定を許さない。それゆえのフレア姫の沈黙を、正しく理解したユングヴィ王子は、早めにこの話題を切り上げることにする。

「まあ、逆に誠実さや信頼性の高さが求められる時には、頼りになる人だから、結局は適材適所だよね。だから、僕の立場からしても、僕個人の感情としてもゼンジロウ義兄上《あにうえ》のことは大好きさ」

「ったく。下手な真似をしたら、私以前にアウラ陛下が黙っていないわよ」

「分かってるよ。ゼンジロウ義兄上相手に不義理を働くことはない。誠実で真面目な権力者に対しては、長い目で見れば同じく誠実な対応こそが、最大の利益になるからね」

「それが分かってる間は、何も言わないわ」

ユングヴィ王子の言葉に、フレア姫はそう言って矛《ほこ》を収める。

「それじゃ、他に気になる人はいない？」

いないようならば、これで聞き取りは終了にする。そうした意志を滲《にじ》ませたフレア姫の言葉に、ユングヴィ王子はしばしその氷碧色《ひょうへきいろ》の双眼を天井に向けて黙考した後、首を横に振る。

「うん、それくらいだね。もちろん、傑物と呼べそうな人は他にもいたけど、マルケス伯爵、オクタビア夫人、プジョル元帥《げんすい》、フランチェスコ殿下と同じほど気になる人はいなかったね。ボナ殿下も魔道具作整者としては重要だけど、総合的に見れば一段も二段も落ちるし」

そう言い切ったユングヴィ王子の言葉に、嘘《うそ》はない。

それはつまり、今日まで「初対面で相手に抱いた第一印象を、後で裏切られたことがない」と豪語してきたユングヴィ王子の観察眼が、初めて外れた瞬間であった。

プジョル元帥《げんすい》夫人ルシンダ。常にプジョル元帥の隣に立ち、挨拶の言葉も交わしたはずの彼女について、ユングヴィ王子は何一つ印象に残っていなかったのだから。

幕間《まくあい》二　潜伏中の傭兵《ようへい》

ズウォタ・ヴォルノシチ貴族制共和国は、現状、北大陸西部における最大の大国だ。

それは、国力という意味でもそうだし、国土面積においてもそうである。

国力が高く、国土面積が広い大国には、当然のように富み栄えている都市が、複数存在する。善治郎が『黄金の木の葉号』で立ち寄ったポモージエは、港という区分に限れば共和国でも随一の規模を誇っているが、都市という区分で見れば、ポモージエと同格や上の都市が複数存在する。

共和国北西部に位置するブレスワフも、そんな都市の一つだ。ポモージエと違い、内陸に位置するブレスワフは、隣国との国境が近いこともあり、陸路の交易と、歴史ある文化で栄えている都市だ。

そんな都市ブレスワフの歓楽街の中でも、人の出入りが激しく、治安のよろしくない俗に貧民街と呼ばれる一角に、傭兵ヤンの隠れ家の一つがあった。


「…………うおお、ぐっ…………お救い……できなかった…………!!」

昼間だというのに、全ての窓や木戸を閉め切った汚れた一室で、隻眼《せきがん》の傭兵《ようへい》が泣き崩れている。土足で歩くことを前提とした薄汚れた板の間に、四《よ》つん這《ば》いに崩れ落ち、一つしかない瞳から止まらない涙を流し続ける。

ヤン隊長を悲しみと絶望の真っただ中に叩《たた》き落したのは、腹心の部下が持ち込んだ一つの報告だった。

ヤン司祭が火刑に処された。

その報告を、ヤン隊長は処刑が行われる『教会』領へ潜入することもできないまま受け取った。国境沿いの街に潜伏している間に、敬愛するヤン司祭の命運《めいうん》は尽《つ》きたのだった。

「隊長、ヤン隊長……!!」

傍らに立つ腹心の傭兵の双眼からも涙が流れ続けているが、それは決してもらい泣きではない。ヤン隊長の腹心である傭兵たちは、皆ヤン司祭を直接知っている。その人となりを知っている。ヤン傭兵隊の隊員たちは皆、ヤン司祭に大なり小なり敬愛の念を抱いていた。

その理不尽な刑死に、悲しみと怒りと憎しみをたぎらせる程度には。

ヤン隊長が止めなければ、ヤン司祭を救うため、国境の強行突破を試みる者もいたであろう。ヤン隊長自身も心情的には、全く同じだった。

違ったのは、そうした短絡的な行動では、事態は一切好転しないと理解できるだけの頭

と、感情のままに行動しようとする己《おのれ》を制御できるだけの理性を兼ね備えていたことだ。だから、部下たちにも言い含めた。「暴発するな」「俺の言うことを聞け」「俺たちが無駄に死んでも、司祭様はお喜びにならない」と。

ヤン隊長は歴戦の傭兵《ようへい》であり、極めつけの優れた指揮官である。だが、人の枠を飛び越えた超人ではない。

総数二十人にも満たない子飼いの傭兵たちだけで、北大陸の事実上の支配者と言っても過言ではない『教会』の元から、人一人を救い出す算段はつかなかった。つかないまま、処刑は執行された。

身命《しんめい》を賭《と》すほど敬愛する存在を失ったとき、人間が陥る状態は二つに一つだ。虚脱状態の生ける屍《しかばね》になるか、はたまた消えぬ憎悪に心を支配されて復讐《ふくしゅう》を誓う者となるか。

ヤン隊長のような暴力を稼業としている人間の場合、どちらに針が振れるかは、あまりに分かりやすい。

「…………せねえ。絶対、許せねえ……なんで、司祭様が死んで、司祭様を殺した奴らが偉そうに聖職者面《づら》してるんだ？　そんなの許しちゃいけねえだろ」

「ああ、そうだ」

「隊長の言う通りだ」

「こんなの間違ってる！」

狭い室内にいるのは、ヤン隊長の腹心の部下たちだ。同意する者はいても、止める者はいない。憎悪の火をあおり合い、高め合い、それはもう己を焼き尽くすまで止まらなくなる。

その時だった。

入口の木戸がノックされる、コンコンという軽い音が室内に響き渡った。

「‼」

対するヤン隊長たちの反応は、さすがは歴戦の傭兵といったものだった。

瞬間的に立ち上がったヤン隊長が、無言のまま手で合図を出すと、腹心の傭兵たちがあらかじめ決められていた所定の場所に就き、それぞれ武器に手を伸ばす。

緊張の中、ヤン隊長から視線で指示を受けた一人が頷《うなず》くと、緊張をおくびにも出さない声で、木戸の向こうに話しかける。

「おう、誰だ？」

この繁華街に身を隠しているヤン隊長たちだが、その身の隠し方は、この貧民街に「溶け込む」という隠れ方である。怪しまれないように、偽りの経歴と偽名を名乗りながら、近所の人間とは多少の付き合いは持っている。

だから、木戸をノックしているのも、そうした何でもない近所の誰かなのかもしれない。しかし、そんな淡い期待は、次の声で吹き飛んだ。

「知らねえおっさんから、手紙を預かったんだ。ここにいる、ヤンって人に渡せって」

返ってきた声は、明らかに子供のものだった。お使いを頼まれた子供。貧民街にも、子供はいる。だから、それ自体は問題ない。問題は、その子供の口からヤンの名前が出たことだ。

ヤン隊長は、一介の傭兵《ようへい》とは言えないくらいに有名だ。その上、隻眼《せきがん》という分かりやすい外見上の特徴もある。

そのため、ヤン隊長自身はこの隠れ家に潜伏してからは、一度も外出せず、外とのやり取りは部下たちに任せていたのだ。そのヤン隊長の所在がばれている。

「手紙の送り主」とやらは、一体何者なのか？

足音を立てないように、物陰に身を隠そうとしていたヤン隊長は厳しい表情で、部屋の中央に戻る。そして、低い声で言った。

「入ってこい」

ヤン隊長の言葉を受けて、木戸はゆっくりと開かれる。入ってきたのは、声のイメージを損なわぬ、少年だった。

あちこちにつぎのあたった、ボロボロの服。垢《あか》と脂で汚れた顔と髪。いかにも貧民街の子供という容姿だ。年のころは十歳前後だろうか。

少年は、薄暗い部屋の中に、屈強な男たちが何人もいるのを目《ま》の当たりにして、ビクリと体を震わせる。だが、小さく頭を振り、勇気を振り絞ると、精いっぱい胸を張って部屋の中へと入ってきた。

ヤン隊長に目くばせされて、腹心の一人が木戸を閉める。

少年がまたビクリと小さな肩を跳ね上げるが、これは仕方がない。これからする話は、万が一にも外に漏らすわけにはいかない。

「俺がヤンだ。手紙ってのはどれだ」

「こ、これだよ」

ヤン隊長の言葉に、少年はおずおずと右手に持っていた羊皮紙《ようひし》を差し出す。

「誰か、蝋燭《ろうそく》に火を灯《とも》せ」

「へい」

受け取ったヤン隊長は、部下がつけた蝋燭の明かりの下、その手紙に目を通した。

「…………!?」

即座にヤン隊長の顔色が変わる。

「隊長？」

「後で説明する。お前ら、ちょっと待ってろ」

ヤン隊長は、努めて厳しい表情でそう言う。

その手紙は、間違いなくヤン隊長宛てのものであった。

内容は、ヤン司祭の不当な処刑に対するお悔やみの言葉から始まり、せめてもの慰めとして、その亡骸《なきがら》を清めるために手を貸す用意がある、というものだ。

特別な魔法で、どのような状態であっても亡骸を完全な形に修復し、清めることができる、と記されている。

「……っくしょう。このタイミングでこれかよ。頭冷やせってか」

ヤン隊長の口から、そんな独り言が漏れる。その言葉通り、先ほどまで溶岩のように煮立っていたヤン隊長の思考は、冷めてすっかりクリアになっていた。

復讐心《ふくしゅうしん》だけに頭を支配されるのは、それ以外にもう大事なものがないからだ。自分の命も含めて、もはや何を失おうがかまわない。今更何が得られようが満たされない。そういう状況だからこそ、復讐に全てをかけることができる。

特に、今回のように、理性的に考えれば打倒が不可能に近い対象への復讐の場合は、そうだ。

その復讐心を、この一枚の手紙が冷ましてしまった。

ヤン司祭の亡骸が手に入れば、それを清め、修復することができるという。

竜信仰者にとって、亡骸が焼かれているというのは最悪だ。本来取り返しのつかないその状況をどうにかできる手段があるのだとすれば、それはヤン隊長にとって、成功の可能性がないと分かっている復讐よりも、優先される。

復讐というどす黒い炎も、目的さえあれば完全に封じ込めることができるくらいに、ヤン隊長は理性的だ。そして、理性さえ取り戻せば、その卓越した知性と観察眼は強く発揮される。

青みを帯びた灰色の単眼が鋭く、羊皮紙《ようひし》を睨《にら》む。そこから、少しでも情報を抜き取らんと。

使用されている羊皮紙は、上質なものであるが、他と比べて目立つほどのものではない。インクも良いものを使っているようだが、書かれている文字が綺麗《きれい》すぎるので、逆に特徴がない。

全体的に綺麗に整っており、手掛かりはなさそうだ。そこまで考えたとき、ヤン隊長は僅かな引っかかりを感じた。

素早くヤン隊長は、自分の思考を洗い直す。今、自分は何に引っかかりを感じた？　違和感を覚えた？　綺麗に整っている？　綺麗？　綺麗すぎる？

綺麗であることに何の違和感があるのか？　と考えた時、ヤン隊長はその手紙を誰が自分に手渡したのか、という問題に思い至った。

「な、なんだよ？」

ヤン隊長がギロリとその一つだけの目で睨《にら》むと、手紙を持ってきた少年はまたビクリと体を震わせる。だが、怖がる少年に配慮せず、ヤン隊長はぶしつけとしか言いようがないくらいに少年の観察を続ける。

「…………」

「だから、何なんだよ？」

怖い傭兵《ようへい》の睨みに泣きそうになりながら、それでも少年は精いっぱいの虚勢を込めて怒鳴る。

それでも、ヤン隊長は頓着しない。

「隊長？」

少年だけでなく、腹心の部下たちも不審がるほど少年の観察を続けたヤン隊長は、やがて一つの結論に至る。

その結論を、決定づけるため、ヤン隊長は口を開く。

「おい、お前」

「あ、な、なんだよ、さっきから！」

おびえて後ずさる少年に対し、ヤン隊長は平坦な声で確認する。

「この手紙、中を見たか？　俺とこの手紙の差出人以外に、見た奴はいるか？」

それは、奇妙な質問であった。貧民街の少年が手紙を読めるだけの学があるはずもない。そして、ただ見知らぬ人間に手紙を持っていけと頼まれただけの少年が、自分以外の奴がその中身を確認しているか否かなど、把握しているはずもない。

現に少年は、慌てて両手をバタバタさせながら、

「お、俺は見てねえよ！　他の奴のことは知らねえ、俺はただこの手紙をこの小屋にいるヤンって奴に渡してくれって頼まれただけだ」

と弁明する。その答えに、ヤン隊長は自分の推測が完全に当たっていたと、確信を抱く。

「そうか。誓えるか？」

「ああ、誓うよ」

言質《げんち》を取れたヤン隊長は、その青みがかかった灰色の単眼を細め、凄《すご》みを帯びた声で言う。

「そうか。なら、お前の『父親の名誉』に誓え」

反応は劇的だった。一瞬、驚きで表情を固まらせた少年は、やがて観念したように一つ

深いため息をつくと、立ち姿勢を正す。

姿勢を正した。違いはそれだけ。ただ、それだけで少年の雰囲気は一変する。

「はい。では、改めて。我が父ヤーノシュの名誉に誓って、その書状は誰も盗み見ておりません」


一斉に身構える配下たちを、ヤン隊長は片手で制する。

「分かった。信用しよう。ヤーノシュの息子。確かラースロー、だったか？」

「はい。タンネンヴァルトの戦いで、共和国を勝利に導いた名将ヤン将軍に、私のような若輩者の名前を覚えていただいていたとは、光栄です」

そう言って、少年は柔らかな笑顔で、一礼する。右拳を左胸に当てるその礼は、一般的な傭兵《ようへい》、戦士の礼だが、少年の佇《たたず》まいはむしろ貴族的な気高さを感じさせる。

少年——ラースローの対応に、ヤン隊長は溜め息をつき、ぼりぼりと頭をかく。

「ったく、噂《うわさ》には聞いちゃいたが、可愛げのなさが父親そっくりだぜ。それで、この件にヤーノシュは、どの程度関わっているんだ？」

ヤーノシュ。その名前は、世間一般ではともかく、傭兵業界では広く知られている。

年はヤン隊長よりも若いが、傭兵としての評価は恐らく、ヤン隊長に近い。数多《あまた》の戦場で指揮官として実績を上げており、彼がどこに雇われるかで戦場の趨勢《すうせい》が左右される、数少ない傭兵の一人だ。

既婚者で、幼い子供を連れていることでも有名だ。

ヤン隊長も、ヤン司祭の専属になる前には、ある時は敵として、ある時は味方として同じ戦場に身を置いたことがある。さすがに息子ラースローは、噂で存在と名前を聞いていただけで、お目にかかったのはこれが始めてだ。

ヤーノシュという男は、その能力と同じくらい行儀のよさで評価を得ている傭兵だ。あくまで「傭兵にしては」という基準の話だが、ヤーノシュは仁義を弁《わきま》えて、契約を守る律《りち》儀《ぎ》な傭兵として名高い。

「厄介な野郎に目をつけられたな。忌々《いまいま》しいが、動かなくて正解だったか」

そう独り言を漏らすヤン隊長は、この時完全に一つの勘違いをしていた。それは、細心の注意を払って潜伏していたヤン隊長の隠れ家を突き止めたのが、ヤーノシュであるという勘違いである。

これは、ヤン隊長が特別不見識とは言えない。蛇《じゃ》の道は蛇《へび》、という言葉がある通り、潜伏する傭兵の隠れ家を突き止めることができる者がいるとすれば、それはやはり傭兵業界に精通している、腕の良い傭兵だ。

実際ヤン隊長自身、街に潜伏した傭兵を探せと依頼されたら、それなりにどうにかできそうな心当たりがある。

現実には、トゥカーレ王国の『解得魔法《かいとく》』という反則技で特定された情報が、女王アウラの元にタレコミされたのだが、この情報ルートを予想しろというのは、もはや無理難題と言うべきだ。

「父の受けた依頼は、その書状をヤン将軍にお渡しすることだけです。現状、ヤン将軍と敵対することはないかと」

厄介な野郎に目をつけられた、というヤン隊長の独り言を聞いたのだろう。少年ラースローは爽やかな笑顔でそう言う。

父ヤーノシュを敬愛しているラースローとしては嬉《うれ》しかったのだろう。ヤン隊長ほどの人間から父が「厄介な奴」と評されたのだ。これは、傭兵《ようへい》にとっては賞賛されたと言ってもいい。

「そうか。ならヤーノシュに言っておけ。敵対する気がないなら、これ以上こっちの動向を覗《のぞ》くな、とな」

「確かに伝えておきます。ところでヤン将軍。後学のために一つ教えていただきたいのですが」

「なんだ？」

聞き返すヤン隊長に、少年ラースローは物怖《ものお》じせずに尋ねる。

「なにをもって私がヤーノシュの子、ラースローであると看破されたのでしょうか？　ヤン将軍とは面識はなかったはずですし、変装にもそれなりに自信があったのですが」

「ああ、それか」

　少年ラースローの問いに、ヤン隊長は少し考えた後、素直に教えてやる。

「まず最初はこの封書だな。ここでお前は一つミスをしてる。見てわかるか？　分かんねえみたいだな。綺麗《きれい》すぎるんだよ」

　綺麗すぎると言われたところで、自分のミスに気付いた少年ラースローは、やはり年齢不相応に聡明だというべきだろう。

「お、その面《つら》からすると、今のヒントだけで気づいたみたいだな。大したもんだ。そうだ。お前が化けたような貧民街のガキが、その手で運んだら普通は、封書に泥や手垢《てあか》が付くんだよ。さらに言えば、そういうガキは物を大事にする感覚が薄いから、折れたりよれたりしてる方が自然だな。

　お前は、親父が依頼を受けた大事な封書という意識が働いちまったんだろうな」

「……勉強になります」

「決め手になったのは、『俺とこの手紙の差出人以外に、中を見た奴はいるか？』と聞いた時に、お前が『見ていない』の後に『他の奴は知らない』と付け加えちまったことだな。お前はあそこで本来、『見てない』とだけ答えるか、もしくは『そんな奴いねえ』と答えなきゃいけなかったんだ」

「え？」

さすがにこれは理解できなかったのか、少年ラースローは首を傾げる。

ヤン隊長は、不自然なくらいの親切さで教えてやる。

「お前さんの想定はあれだろ。自分はこの貧民街にいるガキで、見覚えのない男から小遣いをもらって、俺のところに手紙を持ってきた、って設定だったんだろ。その場合、貧民街のガキに直接依頼主が手紙を持ってくるわけがねえ。最低でも間に一人、用心深い奴なら二人以上人を挟んでいる。

その判断は正しい。お前の親父が実際、貧民街のガキを使うとしたらそうするだろうし、俺も似たようなもんだ。でもな、貧民街のガキじゃそんな正しい判断は下せねえんだよ」

「あ……」

己《おのれ》の失態を理解したラースロー少年に、ヤン隊長はニヤリと笑い、説明を続ける。

「そうさ。ガキの立場じゃ、自分に封書を渡した奴が『手紙の差出人』に見えちまうんだ。ガキに手紙を渡す仲介の人間が、ガキに自分は差出人じゃなくてただの仲介者だ、なんて懇切丁寧に教えてくれるわけねえからな。

その場合、『俺とこの手紙の差出人』以外に中を見る可能性のあるやつとなると、手紙を渡されたガキ、お前さんしかいねえのさ。だから、ガキの立場で答えたら正解は『俺は見ていない』もしくは『そんな奴はいねえ』だ」


「なるほど。私が化けた貧民街の子供という設定では、あの場合、正解を言うことが不正解なのですね。本当に勉強になります」

ヤン隊長の説明を理解した少年ラースローは、心底感心したようにそう答えた。

「それでは、私はこれで失礼します」

聞きたいことを聞き終えた少年ラースローは、そう言って丁寧に一礼し、退出しようとする。その礼、その言葉、その歩き姿勢。子供ながら堂々として、傭兵《ようへい》の子息というより武門貴族の子息にしか見えない。

「おう、気をつけて帰れよ」

引き留める理由もないヤン隊長は、そう言って少年ラースローを見送った。

立て付けの悪さを象徴するような軋《きし》んだ音を立てて、少年ラースローが出て行った木戸が閉まる。

「ずいぶんと丁寧に説明してやってましたけど、よかったんですかい？」

出て行ったのを確認してから、そう問う腹心の言葉に、ヤン隊長は小さく肩をすくめると、

「あまり良くはないがな。あれほどのタマ相手なら、下手に教えないよりはいいだろ」

と答える。

「教えないのが良くないいんですかい？」

ヤン隊長の言葉に、腹心の傭兵《ようへい》たちは首を傾げる。

少年ラースローは、傭兵ヤーノシュの子供だ。言ってしまえば商売敵《しょうばいがたき》。わざわざ、知恵をつけてやる筋合いはない。そんな部下たちの意見は、正しく思える。

だが、ヤン隊長の見立ては違う。

「わざわざ聞いてくるってことは、すでに疑問に思ってるってこった。そこでこっちが正解を教えてやらねえと、あれくらいできの良いお子様は、思考を回して正解を導き出そうとする。思考力ってのも訓練で上達するからな。下手に思考する癖をつけられるくらいなら、懇切丁寧に教えてやることで、安易に人に聞くようにした方がまだましだ。まあ、ほぼ無意味だとは思うけどな」

そもそも、少年ラースローの父親はあのヤーノシュだ。ヤン隊長がここで正解を教えなくても、後日ラースローが懇切丁寧に状況を説明すれば、ヤーノシュは高確率で正解を推

測して教えてやったことだろう。

「まあ、あのガキのことはいい。ヤーノシュが絡んでいるのはちと面倒だが、先方と俺の仲介役を買って出たということは、恐らく敵対する立場じゃねえ。敵対しなけりゃ、ヤーノシュは仁義を弁《わきま》える男だからな。

　それより、お前らこれを見ろ」

　そう言ってヤン隊長は、書状を腹心たちに回す。傭兵という人種は字が読めない者が多いが、ヤン隊長の腹心たちは、全員最低限の読み書きはできるように訓練されている。

　書状に目を通した腹心たちは、色めき立つ。

「これは⁉」

「司祭様の亡骸《なきがら》を元通りにできる？」

「本当なんですかい、こいつは」

　腹心たちは全員、竜信仰者だ。そのため、敬愛するヤン司祭が火刑に処されたことへの衝撃と、焼かれた亡骸を元に戻せることへの希望に、共通の価値を抱くことができる。

「このタイミングでわざわざこの俺に届けられた書状だ。ただのふかしじゃねえと思う。少なくとも、話を聞くだけの価値はあると見た」

　そう答えながら、ヤン隊長は、同時にこの書状を送りつけた何者かに対し、平静ではいられない感情も抱いていた。

ヤン隊長がヤン司祭の刑死を知り、その復讐《ふくしゅう》のために決起する前に届いた、焼かれた亡《な》骸《がら》を元通りにできるという内容の書状。このタイミングが、ただの偶然であるはずがない。

この書状の差出人は、まず確実にヤン司祭が処刑される前から、ヤン隊長の所在を特定し、見張っていたと考えられる（ヤン隊長は、自分の潜伏先を特定したのは傭兵《ようへい》ヤーノシュだと勘違いしているが）。

「どこのどいつか知らねえが、気持ちのいい話じゃねえな」

ヤン隊長は殺気すら感じさせる渋面で、そう漏らす。

ヤン司祭が死ぬのを待っていた。そして、死んだところで「その死体を綺麗《きれい》にできますよ」と取引を持ちかけてきたのだ。

いくらその取引の結果が、ヤン隊長にとって望む結果となるとはいっても、この書状の差出人に、現時点で好意を抱けというのはさすがに無理がある。

「どんな意図で俺たちに接触してきたのか知らねえが、これで書状の内容が嘘《うそ》であってみろ。目にもの見せてくれるからな」

そう呟《つぶや》くヤン隊長の物騒な独り言には、ただならぬ決意が込められていた。

第四章　策を巡らせる女王、世界を巡る王配

ウップサーラ王国の港ログフォート。王都ウップサーラとはメーター湖からの運河で繋《つな》がり、諸外国とは海路で繋がる、現在急速に発達中の港街である。

そんなログフォートの街の中心から外れた館。その館に、足を踏み入れる一人の人影があった。

その人影は、恐らくここには初めて足を踏み入れたのであろう、たまに足を止めて、周囲を確認する仕草から、その事実が見て取れる。しかし、初めて足を踏み入れた場所にしては、この暗闇の中を十分な速さで、淀みなく足を進めている。その動きだけで、その人影が夜の闇にまぎれて動くことを職務の一環とする類《たぐい》の人間であると、見て取れる。

これが、本当に招かれざる客だったとすれば、ゾッとするほどの手際だ。人影は、館の裏口の扉に手を添えると、音もなくほんの一瞬だけ引き開け、まるで厚みのない影のように扉の向こうへと消え去った。

「ヤン隊長。私たちの招待を受け入れてこの場まで御足労いただき、感謝する」

「これは、ゼンジロウ陛下、でしたな。正直、あなたが首謀者だったとは、少々予想外でした」

ログフォートの街はずれにある館。グスタフ王に協力して『瞬間移動』を使用した謝礼として譲り受けたその館の一室で、善治郎はソファーに座ったまま、その人影——傭兵《ようへい》のヤン隊長を迎えていた。

驚くことに、この部屋にいたのは、善治郎一人である。善治郎は『瞬間移動』で、カープァ王国から直接この館に飛んできていた。この館は、ウップサーラ王都のカープァ大使館に準ずる扱いのため、『瞬間移動』で行き来するのはウップサーラ王国に認められているが、今夜この場にいることは、ウップサーラ王国にも知らせていない。

ヤン隊長の言葉に、善治郎は苦笑しながら、首を横に振ると、

「それはヤン隊長の買い被《かぶ》りだな。私はただの伝言役兼移動手段にすぎない。全ての絵を描いたのは私の上だよ」

そう言って小さく肩をすくめる。どうにか取り繕っているが、内心は予想外の反応に、心臓がうるさいほどに高鳴っている。まさか、自分が首謀者だと誤解を受けるなど、考えてもいなかった善治郎である。

だが、冷静に考えてみれば、ヤン隊長が誤解するのも無理はない。『瞬間移動』という反則技の存在を知らなければ、単独で来るようにと手紙で指定された一室で待っていた面

識のある王族というのは、確かに黒幕にしか見えない。

だから、善治郎の答えに、不審げに鼻を鳴らすヤン隊長の行動は、ある意味正当と言えた。

「……この期《ご》に及んで、まだ勿体《もったい》をつけられるか」

「勿体ではない。単純に手順の問題だ。ヤン隊長は、王家に伝わる『血統魔法』については、どの程度の知識がある？」

「ん？　一部の王家が有する、特別な魔法でしたかな？」

突然な問いに、首を傾げながらもヤン隊長は、素直にそう答える。正確に言えば、「一部の王家」という表現は間違いである。北大陸でも血統魔法を有する王家は、全王家の半数をゆうに超えているのだから「一部」ではなく「大半」である。だが、北大陸に生きる一般的な感覚としては、そこまでズレたものとも言えないだろう。

それくらいに、今や北大陸では、王族イコール血統魔法を有する一族、という認識が薄い。いっそ無節操と言ってもいいくらいに婚姻政策を進めた結果、他国の王族どころか他国の貴族にすら血統魔法の使い手がポロポロ現れている、グラーツ王家の『拡大魔法』のような例もあるくらいだ。

それは、北大陸の進歩した各種技術が、半端な魔法の価値を低下させたという一面と、北大陸の『血統魔法』には、その程度のものしか残っていなかったという両面が存在する。

南大陸でも特に強力と言われる『血統魔法』――カープァ王家の『時空魔法』、トゥカーレ王家の『解得《かいとく》魔法』、バーク王家の『天楽魔法』、双王国の『付与魔法』と『治癒魔法』――と同等の魔法が、北大陸にも存在していたら、恐らくは異なる歴史を歩んでいたことだろう。

いずれにせよ、ヤン隊長の『血統魔法』に対する感覚は、北大陸における一般的なものであり、南大陸の『血統魔法』とは致命的なくらいにかみ合わないものだった。

「我がカープァ王家に伝わる『血統魔法』には『瞬間移動』という魔法がある。その名の通り、対象を一瞬で遠方へと移動させる魔法だ。私がこの魔法で、ヤン隊長を其方《そなた》が言うところの首謀者の元へと『飛ばす』。これを受け入れていただきたい」

「なるほど、そういうカラクリですか。分かりました、ですがそれほどの秘術の存在を、私に教えてよいのですか?」

端《はた》から見れば『瞬間移動』という魔法はとてつもない切り札にしか思えない。その存在を知られたところで切り札としては成立するが、知られていなければなおさら強力であることは、ヤン隊長が指摘する通りである。

だが、善治郎は小さく肩をすくめると、

「構わない。南大陸では、周知の事実だからな」

と、答える。善治郎の言うことは事実だ。むしろ、ヤン隊長にはこれから『瞬間移動』どころではない、最秘匿とも言える魔法の存在を明らかにする予定である。気をつけるのは、そちらの方だ。

ともあれ、ここで時間をかければ、それだけ向こうで待っている女王アウラに気を揉《も》ませることになる。善治郎は、話を進める。

「さて、書状を見てここに来た、ということは、こちらの指定した用意はできていると思ってよいか？」

善治郎の問いに、ヤン隊長は小さく一つ首肯《しゅこう》すると、腰に下げていた小さな金属製の籠《かご》から、それを取り出す。

「キュイ」

と、ヤン隊長に首を掴《つか》まれ、弱々しく鳴いているのは、一羽の兎《うさぎ》だ。女王アウラが書状で指定したのは「一定以下の大きさの殺してもよい動物を、生きたまま連れてくること」なので、これは条件を満たしている。

あまり明るくない蝋燭《ろうそく》の明かりの下でも、その兎が現時点では、しっかりと生きていることは見て取れる。だから、善治郎としては少々不本意な指示を出さざるを得ない。

「確かに生きているな。では、殺してくれ」

「……ここで、ですか？」

善治郎の指示に、ヤン隊長は少し怪訝《けげん》そうに、右眉を跳ね上げる。

「ああ、ここで絞めてから、向こうに行ってもらう」

ヤン隊長に「殺してもよい生き物」をわざわざ持ってこさせたのは、『時間遡行《そこう》』による死体の損傷修復が、可能である証拠を見せるためだ。

カープァ王国側で死体を用意してもいいのだが、それでは何らかの詐術《さじゅつ》と疑う余地が残ってしまう。だから、証拠となる生き物は、ヤン隊長に持参してもらった。最初からヤン隊長に死体という形で持ち込んでもらわず、この場で絞めてもらうのは、『時間遡行』で必要とされる魔力量を少なくするためだ。古い死体だと、いくら小さくても女王アウラ単体の魔力では、巻き戻しきれない可能性もある。

さらに、『瞬間移動』で運べるようにするためでもある。

基本的に、一度の『瞬間移動』で飛ばせられる生き物は一つだけと言われているが、これは厳密なようでその実凄《すご》く適当で、深く考えると矛盾がいくらでも出てくる。

一度の『瞬間移動』で飛ばせられるのは生命体一つと、それに付随する無生物だけ。というのが、『瞬間移動』の大枠の法則。しかし、善治郎のうろ覚えの知識では、人間にはほぼ誰にでも顔ダニという極小の寄生生物がついているはずだ。その法則が正しければ、『瞬間移動』をした後、善治郎が立っていた場所には『瞬間移動』についていけなかった顔ダニが無数に落ちているはずなのだが、そんなことはない。

　そもそも厳密に言えば、腸内に生息する菌も、生物と言えば生物だ。『瞬間移動』のたびに腸内菌を全部置き去りにしていたら、控え目に言っても健康被害の発生は防げないだろう。

『時間遡行』のように魔力の有無が問題なのか、と思ったこともあったが、今の善治郎は『風の鉄槌《てっつい》』という腕輪と『瞬間移動』のペンダントという二つの強力な魔道具を身に着けているが、全く問題なく『瞬間移動』が使えているので、これも違う。

　獲物を丸呑みして、まだ獲物が生きている状態の大蛇に『瞬間移動』をかけたらどうなるのだろう？　と考えたことがある善治郎だが、そもそもそんな危険生物を対象にした『瞬間移動』に、小心者の善治郎が成功するはずもないので、実験実行は不可能だ。

　ようは、あまり深く考えても意味のない、魔法の不思議な点、として理解しておくべきなのだろう。

　兎《うさぎ》を絞めるなど、傭兵《ようへい》であるヤン隊長にとっては日常茶飯事であり、特に躊躇《ためら》う理由もない話である。

「分かった。……これでいいか？」

　恐ろしく慣れた手つきで、拘束していた兎の首を捻《ひね》ると、恐らく兎は一瞬の苦痛を感じる暇もなく、息絶えた。

　あまりの手つきに、むしろ見ていた善治郎がちょっと動揺してしまったくらいだ。

「あ、ああ。問題ない。では、飛ばすぞ。『我が脳裏に描く空間に………』」

一度失敗しただけで、二度目の『瞬間移動』が成功したのは、善治郎の肝っ玉を考えれば、ずいぶんな成長と言えた。


善治郎にとってはすっかり慣れた『瞬間移動』だが、ヤン隊長にとっては体験するのは初めて、それどころか『瞬間移動』という魔法の存在すら、知らなかった状態である。

そのため、善治郎から十分な説明を受けていたにもかかわらず、『瞬間移動』したヤン隊長は、自分の置かれている状況を把握するのに、数秒という時間を要してしまった。

これは、歴戦の傭兵《ようへい》であるヤン隊長にとっては、赤面ものの失態である。数秒というのは、戦場では命を落とすに十分な時間だ。


「ようこそ、ヤン隊長。私はカープァ王国国王アウラ一世だ。貴様をここへ飛ばしたゼンジロウの妻である」

落ち着いた威厳のある女の声に、ヤン隊長はやっと周囲の把握に努める。

ヤン隊長が今いるのは、薄暗い石室だった。床も天井も四面の壁もすべてが石造りの部屋。

善治郎の言葉が正しければ、ここは南大陸カープァ王国の王宮の一室のはずだが、それを確認する手段が今のヤン隊長にはない。

それでも、鋭敏なヤン隊長の感覚は、自分の身に通常では説明がつかない変化が起こったことを理解する。

通常では説明のつかない変化。それは、空気の違いだ。先ほどまでヤン隊長がいた、ウップサーラ王国の空気は、肌寒くて乾燥していた。しかし、この石室の空気は蒸し暑い。屋内で篝火《かがりび》を焚《た》いているから、だけでは説明がつかないくらいに空気が違う。根本的に匂いが違うのだ。

歴戦の傭兵として、北大陸各地の風土をその肌で感じたことのあるヤン隊長は、感覚的に、ここが北大陸ではないことを理解した。

現状、この石室にいるのは、ヤン隊長以外には四人。今、国王アウラと名乗った二十代の女。その後ろに控える、侍女服を着た中年の女。その左右に立つ、革鎧《かわよろい》と短槍《たんそう》で武装した二人の兵士。兵士は、革製の兜《かぶと》を被《かぶ》っているため年齢までは分からないが、しっかりと鍛えられた壮年の男であると思われる。

その中で侍女だけはヤン隊長にも、見覚えがある。それは、かつて共和国のホテルで善治郎と会ったとき、傍《そば》に控えていた侍女だ。善治郎の関係者であることは間違いない。その確信を持てたヤン隊長は、内心で一段警戒を下げる。

特徴的なのは、その四人いずれもが、肌色が濃い褐色であるという点だ。侍女を除く残り三人の服装や鎧兜《よろいかぶと》も、ヤン隊長にとって見覚えのないものだ。

そうした細かな情報の積み重ねで、ここが未知の世界——南大陸のカープァ王国であると納得する。

ひとまず、善治郎から聞かされていた通り、ここは『瞬間移動』で飛ばされた南大陸カープァ王国で、目の前に立つ女は女王アウラである、という前提でこの場は対処すると、ヤン隊長は決める。

「は、私は北大陸で小さな傭兵隊《ようへいたい》を率いております、ヤンと申します。アウラ陛下にお目通りかない、恐悦至極に存じます」

そう言ってヤン隊長は一礼する。その仕草と言葉遣いは、あくまで北大陸の傭兵のそれであるため、南大陸のそれとは違うが、初見の人間にも不快感を抱かせないくらいには、洗練されていた。

「うむ。これは極めて内密な会談であり、お互い時間もない身だ。大したもてなしはできぬが、どのみち貴様もそんなことは望んではおるまい？　極めて簡易ではあるが、あちらに一席設けたので、腰を下ろして話をしよう。さすがにその程度の時間はあるだろう？」

「は」

女王の言葉に、隻眼《せきがん》の傭兵は短く了承の意を示す。

「ただ、この場に篝火《かがりび》が焚《た》かれているのは好都合です。ひとまず、こいつを篝火の中に入れたいのですが、よろしいですかな？」

ヤン隊長はそう言って、絞めたばかりの兎《うさぎ》を掲げて見せた。

女王アウラは片眉を跳ね上げるように少し表情を歪《ゆが》めると、

「構わないが、一応理由は聞いておこう」

「できるだけ、同じ状況にしておきたいのですよ。司祭様は、火刑に処されましたから」

そう答えるヤン隊長の声は、低く地の底から響いてくるようにさえ感じられる。

だが、その程度のことで大国の女王が揺らぐはずもない。

「分かった。好きにせよ」

そっけなく許可を出す。

許可を得た傭兵は、無造作に篝火へ近づくと、躊躇《ためら》いなくその炎の中に、兎の死体を放り込んだ。毛皮が燃える異臭の後、少し遅れて肉が焼ける香ばしい匂いが漂い始める。

その臭いをしり目に、女王アウラとヤン隊長は、石室に特別に用意されていた席に腰を下ろす。

向かい合う二つの椅子も、その間に挟まる丸テーブルも、木製の簡素なものであり、王宮の家具としては最低限の格のものである。

後ろに控えていた中年の侍女が入れたお茶のカップが、ヤン隊長と女王アウラの前に差し出されたところで、会談は始まった。

「さて、ヤン隊長。婿殿《むこどの》の『瞬間移動』を受け入れてここに来たということは、書状にあったこちらの提案を受け入れてくれた、という認識で構わないのかな？」

初手から言質《げんち》を取りに来る女王に、傭兵《ようへい》隊長は笑みの形に口元を歪《ゆが》め、不敵に答える。

「強い興味を抱いたことは確かです。ただし、受けるかどうかはあなたの話を聞いてからだ」

「それは道理だ。とはいえ、こちらから言えることはほとんど、書状に記した内容と変わらないのだがな。

我が国の血統魔法には、破損したモノを修復する魔法がある。それを用いれば、どれほど破損した死体でも、修復は可能だ。無論、死体が手元になければならないし、あくまで死体を修復できるだけだ。死体が生き返るような、奇跡を起こす力はない。それでよいのならば、死体さえ私のところに持ってくれれば、修復してやろう」

「……いくつか確認したいことがあるのですが、よろしいですかな、アウラ陛下？」

「質問自体はどのようなものでも好きにするがよい。それによってこちらが対応を変えることはない、と約束する。ただし、全ての問いに答える義務はない」

「………分かりました」

いかにも食えないことを堂々と言う女王を、傭兵隊長の灰色の単眼が鋭く射貫《いぬ》く。

「司祭様の処刑を知らされた直後、本当にすぐ後に陛下からの書状が私の元へと届きました。陛下は、ずっと前から私の潜伏場所を把握していらしたのでは？」

「その通りだ」

「それは、司祭様の処刑前、存命の頃から、私と接触しようと思えば、できたのでは？」

「その通りだ」

「陛下やゼンジロウ陛下のお力ならば、司祭様をお救いすることもできたのでは？」

「答える義務はないな」

「陛下の書状を見ていなかったら、私は確実に暴発していた。その場合、北大陸、特に『教会』には小さくない混乱をまき散らしただろうという自負がある。つまり、陛下の望みは、北大陸の動乱を事前に収めることだったのか？」

「答える義務はないな」

「しかし、そう考えると矛盾が大きい。現状、『教会』勢力下の国々は、造船、航海技術を伸ばしている。その行動は南大陸各国にとっては脅威のはず。その事実を、ほかならぬゼンジロウ陛下の伴侶であるアウラ陛下が知らないということは、あり得ない。

それなのに、放っておけば『教会』および北大陸に、混乱を起こせるはずだった私の暴発を制止した。それは南大陸の王族にとって国益に反する行動に思える。まさか、カープァ王国は、すでに『教会』と話がついているのか？

「答える義務はないな」

「…………」

問いかける間、ヤン隊長はずっと女王アウラの表情に注視していた。言葉だけでなく、表情で相手の意図を読む。交渉事では基本中の基本である。

傭兵《ようへい》部隊を率いる隊長という立場上、ヤン隊長は否応なくそうした取引、駆け引きにはある程度長《た》けている。雇い主との交渉は隊長の役割だし、そこでこちらを使いつぶそうとしている依頼主を見抜けなければ、自分を含めて傭兵隊全員の生死にかかわるからだ。

しかし、そんなヤン隊長の眼力でも、女王アウラの表情からその意図を見抜くことは難しい。女王アウラは、先の大戦を勝ちぬいた大国の王だ。当然、こうした交渉もお手の物である。

幸い、女王アウラはヤン隊長に決断を迫るようなことはせず、問いに答えた後はひたすら沈黙を保っている。

大国の王の沈黙というのは、それだけで大変な威圧なのだが、いまさらその程度で動じるヤン隊長ではない。

足を広げて椅子に腰掛けたまま、ヤン隊長は一つだけの目を瞑《つぶ》り、ゆっくりと考える。

自分の果たすべき目的。そのために許容できるリスク。想定される障害。そして、その根底となる、この話を持ってきた女王アウラに対する評価。

ヤン隊長は、一度相対しただけで、その人間の能力や人となりを掴《つか》むほどの異能めいた眼力はない。その人間を知るには、本人に会うより、その人間の過去の行為や言動の記録を多数集めた方が、正確に読み取れる、と考える人間だ。

だから、女王アウラを十分に知っているとは口が裂けても言えないが、それでも最低限、その人となりと、能力については確信できた。

女王アウラは大国の王として、十分な能力と自覚と適性を有している。

ならば、その判断、その提案、その策謀は王として正しいもののはず。問題はその前提に立つと、先ほど質問した通り、女王の意図が迷走しているとしか考えられなくなってしまうことだ。

相手の意図も、得られる利益もわからないまま、差し出された手を握るのは恐ろしい。暴発しようとしていたときのヤン隊長ならば、いっそ怖いもの知らずで何も考えずにその手を取れただろうが、一度冷静さを取り戻してしまうと、生来の思考力が感情による衝動的行動を制止する。

ヤン隊長は小なりとも傭兵隊を率いる身だ。自分に命を預けている傭兵たちを、無駄死にさせることには、抵抗がある。

熟考の末、ヤン隊長の出した答えは、結局は既定路線のものであった。

「よろしいでしょう。そちらの提案、受け入れます。ただし、証拠を見せていただいてから、ですが」

「…………」

そう言ってヤン隊長は一つだけの灰色の眼を、篝火《かがりび》の方へと向ける。その篝火の中では、ヤン隊長が持ち込んだ兎《うさぎ》の死体が、ほぼ形をなくしていた。

ヤン隊長の視線に釣られたように、女王アウラもそちらに視線を向け、

「ああ、確かに良いころ合いだな。いいだろう。見せてやる。対象を、このテーブルの上に載せよ」

「分かりました。道具をお借りします」

そう言って、ヤン隊長は立ち上がる。この石室では常に篝火を焚《た》いている。そのため、予備の薪《まき》やいざというときの消火用の水、そして可燃物を安全に拾うための火ばさみなどの道具も、用意されていた。

壁際にある火ばさみを手に取ったヤン隊長は、慣れた手つきで――実際野営も多い傭兵《ようへい》なのだから慣れているのだろう――火ばさみを使い、篝火の中から兎の死体を取り出し

た。

幸い、まだ一塊《ひとかたまり》の形は保っているが、特徴的な耳などはとっくに焼失しているため、その塊を事前情報なしで兎と識別するのは難しいだろう。当然、篝火の中から取り出したのだから、まだ火を纏《まと》っている。

ヤン隊長は燃えている兎を一旦床に置くと、壁際にある消火用水を柄杓《ひしゃく》ですくい、焼けた死体に掛けた。さらに、念のため、分厚い革靴を履いた足で丹念に踏み、蹴り転がし、完全に火が消えていることを確認した後、再び火ばさみで持ち上げる。

焼かれ、水をかけられ、踏まれた兎はもはやほとんど原形をとどめていない。その兎を、ヤン隊長は火ばさみでつまんだまま慎重に動かし、女王アウラが座る椅子の前のテーブルに載せた。

「これでよろしいか」

目と鼻の先で、黒く濁った水を滴《したた》らせる兎の死体を目《ま》の当たりにしても、女王アウラは動じない。

「いいだろう。では、証拠を見せよう。ただし近づくなよ。そこからでも、見えるであろう」

「分かりました」

女王の言葉に、ヤン隊長は素直にその場で立ち止まった。女王アウラの言う通り、この距離でもテーブル上の兎《うさぎ》の死体は、しっかりと見える。

これから女王アウラが使用するのは『時間遡行《そこう》』。血統魔法の中でも、『秘匿魔法』と呼ばれるものであり、表向きには存在を認めていない秘中の秘の魔法だ。他国人はもちろんのこと、カープァ王国の人間でも、その存在を知っている者は少ない。

それこそ、今この石室の警護についているような、王家から見て特に信用できると見なした、ごく一部の人間しか知らされていない魔法である。

その魔法を一介の傭兵《ようへい》の前で披露するというのは、女王アウラが今の北大陸情勢に、強い危機感を抱いている裏付けとも言えた。

女王アウラは、唇を読まれないように左手で口を覆い、右の手のひらを焦げた兎の死体に向けると、呪文《じゅもん》を唱える。

「『対象の時間を一日巻き戻せ。その代償に我は、魔力………』」

魔法の効果は劇的だった。木製のテーブルに載せられた、黒焦げの兎の亡骸《なきがら》が光の半球に包まれ、次の瞬間その光の半球が直視できないほどに光量を上げる。

「クッ⁉」

さしものヤン隊長も、その一つしかない灰色の瞳を瞑《つぶ》る。そして、目を開けた時、全ては終わっていた。

毛皮ごと完全に焼け焦げて、可食部位すらほとんど残っていなかった兎が、一瞬でふさふさの毛皮を纏《まと》った生前の姿に戻ったのだ。
「……手にとってもよろしいか？」
「構わぬ。気が済むまで確認せよ」
女王の許しを得たヤン隊長は、テーブルの横まで近づくと、慎重に兎を掴《つか》み上げる。
毛皮はしっとりと濡れていた。だが、毛皮には傷も焦げ目も一切ない。見た目だけなら
ば、生きていた時と全く区別がつかない。驚いたことに、掴み上げたヤン隊長の手には、
ほのかなぬくもりすら感じられた。篝火《かがりび》で焼かれた余熱ではない。切れば、温かい血が噴
き出すと確信できるような、生き物の体温だ。
だが、そんな見た目と感触を裏切るように、兎は確かに死んでいた。肌感覚を研ぎ澄ま
せていれば、だんだんとその体温が失われつつあることに気づくし、指で瞼《まぶた》を押し広げた
その瞳は、完全に瞳孔《どうこう》が開いていることが見て取れる。
「……なるほど。確かに、元に戻せる。ただし、死体はあくまで死体、なのだな」
ヤン隊長は、そう言いながら、気づかれないように兎の左の耳を確認する。この兎の毛
並みは濃い茶色だが、左耳の中央部分に、逆三角形に黒い毛が生えている。その逆三角形
を確認したことで、ヤン隊長は詐術《さじゅつ》ではなく、この兎が自分の持ち込んだ兎であると確信
する。
ログフォートの館で、善治郎の前にこの兎を取り出して見せたときも、こちらに来てか

らも、常に耳をまとめて握るようにして持っていたため、左耳の模様は視認できなかったはずだ。

これで、何らかの詐術《さじゅつ》で、よく似た別の兎《うさぎ》の死体とすり替えた、という可能性も潰れたと、ヤン隊長は判断を下す。

元々、その可能性は薄いとは思っていた。なにせ向こうの指示は「何らかの小動物」だけだったのだ。ヤン隊長が持ち込む動物は兎に限らなかった。鼠《ねずみ》、猫、子犬、鼬《いたち》など、「何らかの小動物」というだけならば、選択肢は相当数に上る。そのどれをヤン隊長が持ってくるか分からない状態で、替え玉を用意するのは不可能に近い。

耳の模様を隠しておいたのは、本当に最後の一押しである。

「納得してもらえたようだな」

言葉だけでなく、ヤン隊長の表情からも納得の色を敏感に読み取った女王はそう言って、決断を促すように小さく笑う。

女王の言葉を受けて、ヤン隊長は覚悟を決めたように小さく一つ頷《うなず》いた。

「はい。確かに陛下ならば、司祭様の亡骸《なきがら》も、癒やすことができるでしょう」

言葉にしたことで、ヤン隊長自身も抱いていた希望を強く意識するようになったのだろう。その表情は、先ほどまでの緊張とは異なる、一種の希望とより強い緊張に彩られる。

敬愛するヤン司祭。助けることができず、無情にも火刑に処され、その亡骸は焼け焦げた骨を残すだけとなった。『竜信仰』では、死体は神聖なもの、大切なものだ。

たとえ破損していても、可能な限り修復し、汚れは清め、生前の服を着せて、棺《ひつぎ》に納めて土に埋めるのが、『竜信仰』における一般的な埋葬である。それは『爪派』『牙派』はもちろん、そこから外れる赤竜王国、白竜王国の国教会でも共通する。

「陛下、これが最後の質問です」

「…………」

ヤン隊長に、女王は無言のまま先を促す。

「陛下のたくらみは、私に不利益を与えるものですか？」

最後というだけあって、無礼そのものとすら言える問いである。

ヤン隊長としては、返ってくる言葉は、さっきまで連続された「答える義務はないな」でも良かった。女王アウラがたくらんでいるという決めつけに、否定の言葉が返ってこなければ、事実上「女王アウラがこの一件に対してなにかたくらんでいる」ことを肯定することになるからだ。

傭兵《ようへい》として海千山千《うみせんやません》のヤン隊長は知っている。この世界の王侯貴族という人種は、基本的にいつも何かを企み、自分たちのような立場の弱い者をいいように使いつぶすことを。

だが、同時にヤン隊長は知っている。国を主導するような雲上人は、時に庶民の人生を丸ごと救うような奇跡を起こす手を、純粋な善意やただの気まぐれで伸ばすことを。

これはあくまでヤン隊長個人の価値観だが、実はなかった裏を読んで試行錯誤し、時間や資金といったリソースを消費することほど、徒労感を覚える行為はないと思っている。

だから、今回の一件が「なんの裏もないただの善意」の可能性を潰せるだけでもいい、と思っての問いだったが、その答えは予想以上の収穫だった。

赤髪の女王は少し考えると、

「ふむ……少なくとも私にその意図はないな。あくまで私の主観だが、私の意図する通りに物事が進んだ場合、その結果は其方《そなた》にとって悪くない結果となるはずだ」

そう言って表情を引き締めた。女王アウラは知っている。交渉において、言葉はその内容と同程度に、その言葉を発したときの口調や表情が重要であることを。

だから、ここ一番の一言を発するときは、声色と表情にも誠意を込める。相手をだますときにはより一層誠意を込めるのだが、幸い今はその必要はない。

そんな女王の努力が実ったのだろうか。

「…………分かりました。お受けしましょう。司祭様の亡骸《なきがら》は、必ず私が奪還しますので、どうかその後はよろしくお願いいたします」

決意を固めたヤン隊長はそう言うと、深く頭を下げた。

「約束しよう。ただし、制限がある。魔法の内容に触れる故、詳しくは説明せぬが、遺体を修復するにも時間の制限がある。ヤン司祭が死んだ日から半年。それが、時間的限界だ」

実際には、『未来代償』に込められている魔力を使えば、人間ぐらいの大きさのモノなら一年程度時を戻せるのだが、ある程度安全マージンは必要だという判断だ。

その言葉は、ヤン隊長に大して衝撃を与えなかった。

「半年か。それだけあれば問題はない」

ヤン隊長の声には、しっかりとした自信が窺《うかが》える。

「大丈夫なのか？　遺骸《いがい》は『教会』内部にあるのだろう？」

「問題ありません。『教会』内部にも、表立って声は上げられずとも、心情的にはこちら寄りの人間は多数いますから」

そう言うヤン隊長の声色には、無意識のうちの誇らしげな色が滲《にじ》んでいる。ヤン隊長にとって、ヤン司祭の偉業や人望について話すのは、それだけで心躍る行為だ。たとえその崇拝の対象が、すでに故人であっても。

「そうか。では、間違えないように気を付けよ。間違っていても、やり直しは受け付けぬぞ」

女王の言葉に、ヤン隊長は想像する。『教会』から持ち出したヤン司祭の亡骸《なきがら》。それを先ほどの魔法で元の状態に戻す。あくまで死体だが、綺麗《きれい》に、まるで生きているかのような状態に戻った死体。だが、その死体はヤン司祭とは似ても似つかぬ他人だったら。

考えただけでヤン隊長は、ブルリと恐怖で身を震わせる。だが、亡骸を取り違える可能性は決して少なくないのだ。なにせ、火葬されたヤン司祭の亡骸はほぼ骨しか残っていない。その状態で、「これは違う。これが司祭様の骨だ」などという見分けは、さすがに難しい。

一度きりの機会を、亡骸の取り違えでフイにしてしまったら、ヤン隊長は正気を保っていられる自信がない。

「はい。絶対に間違えないようにいたします」

ヤン隊長の言葉には、固い決意が込められていた。

◇◆◇◆◇◆◇◆

密約を締結したヤン隊長は、女王アウラの『瞬間移動』で、ウップサーラ王国の港街ログフォートへと飛ばされた。(この時のために、秘密裏に善治郎に飛ばしてもらって、アウラもログフォートへの瞬間移動が可能になっている)。

ウップサーラ王国は北大陸の一部とはいっても、最北に近い辺境。そこから『教会』勢力圏までは、かなり離れているのだが、そこはヤン隊長が自力で戻るしかない。まあ、問題はないだろう。ログフォートは急速に栄えつつある港街だ。必然的に人の出入りは激しいので、どのような人間でもあまり目立つことはない。

歴戦の傭兵《ようへい》であるヤン隊長にとって長距離の移動はお手の物だし、暴発する前に制止できたので、形の上ではまだヤン隊長は『教会』に敵対していない。

無論、わざわざヤン隊長が、ヤン司祭から離れていた時を狙った『教会』のことだ。ヤン隊長に対する警戒は解いていないだろうが、具体的な敵対行動をとっていないヤン隊長に表立った手段はとれまい。

それならば、姿を隠して再び『教会』勢力圏に戻るのは、ヤン隊長の手腕を以《もっ》てすればそこまで難しくはない。さすがに、『教会』直轄領《ちょっかつりょう》に潜伏するには、もう少しほとぼりを覚ます必要があるだろうが。

ともあれ、この策に関しては、しばらくはカープァ王国サイドが干渉できることは何もない。

それから数日後。カープァ王国王宮には、予定通りではある、一つの大きな報告が入った。『黄金の木の葉号』のワレンティア港到着である。

『黄金の木の葉号』到着。すでにフレア姫は下船しているため、今の船長は副長であったマグヌスだが、大事な同盟国のお客様であることに変わりはない。

そのため、カープァ王家を代表して、善治郎が『瞬間移動』でワレンティア入りする手はずとなる。無論、『黄金の木の葉号』入港となれば、フレア姫もワレンティアに向かう。いくら国内とはいえ、善治郎とフレア姫が一人の護衛、世話役も連れずに移動することは許されない。

結果、善治郎が『瞬間移動』でワレンティアへと飛んだのは、『黄金の木の葉号』入港の報を受けてから、五日後のことだった。

『瞬間移動』特有の軽い酩酊感《めいていかん》。その直後善治郎の視界に飛び込んできたのは、まばゆい太陽の光だった。

移動先は、ワレンティア代官館の一室だ。目に飛び込む陽光の強さと、鼻をくすぐる潮風の香りが、一瞬でここがどこであるかを主張する。

「お待ちしておりました、ゼンジロウ様」

そう言って善治郎を出迎えたのは、ワレンティア公爵領代官ダミアンである。ワレンティア港を含むワレンティア公爵の領地は、代々王が兼任してきた事実上の直轄領《ちょっかつりょう》であり、その代官といえば、当然王から一定以上の信頼を受けている人物である。

「ああ、ダミアン卿《きょう》。しばらくの間、世話になる。早速だが、面会の用意は整っているか？」

善治郎の言葉を受けて、ダミアン代行は恭《うやうや》しく一礼する。

「はっ。問題ございません。ゼンジロウ様のご用意が整い次第、ご案内いたします」

『黄金の木の葉号』の一行はもちろん、ウップサーラ王国の駐カープァ王国外交官も、フレア姫と護衛の女戦士スカジもすでに先入りしている。善治郎が最後の一人だ。

「分かった。すぐに向かおう」

その言葉通り、善治郎は侍女の手を借りて、念のため身にまとっている第三正装の乱れを整えた後、部屋を出るのだった。


「よくぞ参られた、マグヌス船長。此度《こたび》も無事大陸間航行を成功させたその手腕、賞賛に値する」

『黄金の木の葉号』一行と対面を果たした善治郎は、椅子に座ったまま、マグヌス船長に言葉をかける。

「お久しぶりです、ゼンジロウ陛下。再びご尊顔を拝する機会を得て恐悦至極に存じます」

そう畏《かしこ》まって、一応礼法に則《のっと》った礼を返すマグヌス船長だが、その仕草も言葉遣いも、善治郎でもわかるくらいにさまになっていない。最低限の礼法を学んだだけの、生粋《きっすい》の海の男。それが、マグヌス船長だ。

元々カープァ王国では、手に職のある職人や戦士などは、貴人を相手にしても、本人なりに敬意を示していれば、細かな礼法には目を瞑《つぶ》るところがある。礼法の習得に時間を費《つい》やすくらいなら、己《おのれ》の本分の腕を磨け、ということなのだろう。

善治郎たちと、『黄金の木の葉号』の一行は、長いテーブルをはさみ、向かい合って着席する。フレア姫は善治郎の隣だ。『黄金の木の葉号』一行が対面にいるのに、フレア姫が隣に座っていることに、まだ若干の違和感を覚える善治郎だったが、今の立場ではこれが正しい。

今のフレア姫は、『黄金の木の葉号』の船長ではなく、善治郎の妻なのだ。

挨拶の後は、マグヌス船長とダミアン代行による、事務的な報告が始まる。

『黄金の木の葉号』の現状。必要な物資の売買。船員たちのワレンティアでの行動の自由と、問題を起こした時の責任の所在。

基本的には、前回『黄金の木の葉号』が来たときと同じなのだが、変更となったところもある。船長が王族であるフレア姫から、一船乗りであるマグヌスに代わっていること、ワレンティア港に『黄金の木の葉号』のサイズを想定した、修繕ドック――将来的には造船ドックになる予定だ――が建設中であることだ。

「それでは、『黄金の木の葉号』の修繕は、新造中のドック内で行う。その費用は、ウップサーラ王国が負担する。それでよろしいですな？」

ダミアン代行の言葉に、ウップサーラ王国外交官フレデリックと、マグヌス船長は揃《そろ》って首肯《しゅこう》する。

「はい。こちらに回してください」

「問題ありません」

貴重な大陸間航行船とはいえ、一介の船長にすぎないマグヌス船長と違い、フレデリック外交官は、ウップサーラ王国の代表だ。その裁量権は、国の財政をある程度動かすことができる。

もとから、『黄金の木の葉号』の扱いとそれに関わる費用については、両国首脳の間で大枠で合意に達していたこともあり、そちらの話し合いは円滑に終わった。

円滑にいかないのは、予定外の人員に関してである。

これに関しては、自分が主導して話を進める立場だろう。そう自覚している善治郎は、周囲に聞こえないよう、小さく深呼吸をしてから口を開く。

「話はついたようだな。では、改めてそちらの御仁《ごじん》を紹介していただきたいのだが」

そう言って、『黄金の木の葉号』一行の端に座っている、見慣れぬ中年男に視線を向ける。

予定外の人員。フレデリック外交官がこのワレンティアまで足を運ばなければならなくなった要因でもある。

必然的に、室内の全員の視線がその中年男へと注がれる。

年のころは三十代の後半ぐらいだろうか？　くすんだ金髪とも明るい茶髪とも言えそうな頭髪は、綺麗《きれい》に切りそろえ、整えられている。航海中身なりを整えるのは難しいが、『黄金の木の葉号』がワレンティア入りしてすでにある程度の日数が経《た》っている。その間に、整えたのだろう。

身長は百八十センチに少し満たない程度だろうか。南大陸の感覚では長身の部類に入るが、ウップサーラ王国のスヴェーア人男性としては、ごく平均的な部類だ。体もほどよく鍛えられているが、専業の戦士と比べるとやはり体の厚みは劣る。

外見的な特徴という意味では、平凡と言えるはずなのだが、一見して彼を平凡と評価する人間は皆無だろう。

他国の王族、元自国の王族、そして現自国の外交官。それらの視線の集中砲火を浴びながら、穏やかな笑みを浮かべて、椅子に座ってリラックスしているそのさまは、その全てが虚勢、演技の類《たぐい》だとしても常人ではない。

善治郎の言葉を受けて口を開いたのは、マグヌス船長ではなく、フレデリック外交官だった。

「ご紹介させていただきます。こちらはペテル・リンネ教授。我がウップサーラ王国が誇る自然学の権威です」

「ご紹介にあずかりました、リンネです、ゼンジロウ陛下。ご尊顔を拝する機会を得て、恐悦至極に存じます」

男――リンネ教授は、立ち上がると、そう言って一礼する。

「リンネ教授の高名は聞き及んでいる。教授の知己《ちき》を得る機会を幸運に思う。そんな教授にこのようなことを告げなければならないのは非常に残念なのだが、ほかならぬグスタフ陛下のお言葉とあらば、告げぬわけにはいかぬ」

善治郎の口から、ウップサーラ王国国王グスタフの名前が出たというのに、リンネ教授は柔らかな表情にヒビ一つ入らない。

「『戻ってこい』、だそうだ」

それどころか、自国の王直々《じきじき》の帰国命令を聞いても、小首をかしげる始末だ。

「主命、確かに拝聴いたしました。しかし、私のフィールドワークの独自裁量権は、主命に優先されると認識しているのですが」

その反論は、善治郎ではなく、隣に座るフレデリック外交官に向けたものだ。

リンネ教授の反論は、一面正しい。確かに、ウップサーラ王国では、大学の教授の資格を持つ者が、長期のフィールドワークに出ているときには、自己判断が王命に勝るというお墨付きを与えられている。

ただしこれは本来、命令が届きづらい長期のフィールドワークという場所で、命令を順守することによる危険を避けるための特別権限でしかない。
○○日までに帰国せよ、と言われていたのに、悪天候に襲われた場合。現地での狩猟は禁じると言われている地区で探索をしていて、獣に襲われた場合。
そうした不慮の事故とでもいうべき事態の責任を追及することで、行動力ある学者を萎縮させないための権限にすぎないのだから、今のリンネ教授の答えは、一種の権限の悪用と言われても仕方がないだろう。

だが、幸いなことに、リンネ教授のその反応を、グスタフ王は先読みしていた。

善治郎はわざと大きくため息をつくと、

「ちなみに、鍛冶師《かじし》ヴェルンドからも言伝がある。『探してもらいたい土がある』そうだ。ヴェルンドはすでに我がカープァ王国の鍛冶師。その依頼は、我がカープァ王国が責任をもって手配する。すなわち、リンネ教授がヴェルンドの依頼を受けられるように、手を尽くす、ということだ。

具体的に言えば、一度帰国したリンネ教授が、できるだけ早く再び我が国に来られるよう、グスタフ陛下に働きかけている。無論、両国間の移動については、私が『瞬間移動』で行う」

善治郎の言葉に、リンネ教授は明らかに今までの作り物のそれとは異なる笑顔を見せる。

「承知いたしました。ペテル・リンネ。主命に従い、帰国します」

あまりにあっさりとした変説ぶりに、一瞬善治郎は公式の場であることも忘れてこけそうになる。

だが、そのリンネ教授の激変ぶりは、広輝宮《こうききゅう》でグスタフ王やユングヴィ王子から聞いていたリンネ教授の人となりと一致する。

ユングヴィ王子曰《いわ》く。

「リンネ教授の本質は自分の欲望一直線の俗物。ただし、その欲望は知的好奇心であり、一直線というのは現実的な最短距離という意味。そのため、一見すると誰よりも理性的で、社交的にすら見える」

つまり、普段は理知的で人当たりの良い学者然とした人物（そのように振る舞ったほうが、自分の欲望――知的好奇心――を満たすのに都合が良いからだ）だが、いざというときは信じられないような決断を下す人物、ということになる。

今回『黄金の木の葉号』に、密航に近い形で乗船したのは、リンネ教授にとってはまさにそうした『いざというとき』だったのだろう。

『瞬間移動』の存在を知らなかった当時のリンネ教授にとって、あの時『黄金の木の葉号』の出港を見過ごせば、自分が南大陸に行くことができるのは一年以上先になる、という危機感があった。

最悪、この機会を逃せば、南大陸の未知なる自然を知ることは永久に不可能になるかもしれない。そう判断した次の瞬間、リンネ教授は、大学教授の地位を失うリスクをしっかり認識したうえで、『黄金の木の葉号』密航もどきを決行したのである。

グスタフ王の帰国命令を聞いて、屁理屈《へりくつ》に近い抗弁をしてまで帰国を拒否したのも、ここで帰ってしまえば、二度と南大陸を訪れる機会がないかもしれない、と思ったからだ。

だから、南大陸でしか実行できない鍛冶師《かじし》ヴェルンドの依頼を善治郎から伝えられた時点で、「一度帰国しても、また南大陸に来ることができる」と確信し、その結果節操がないくらいに意見を翻したのである。

「理解してもらえて、幸いだ」

善治郎の少し疲れたような言葉に、リンネ教授は変わらぬ柔らかな笑みを浮かべ、隣に座るフレデリック外交官は、恐縮しきりの様子で首をすくめていた。

リンネ教授の説得と送還も大事であるが、善治郎がワレンティアに来た本来の目的からは大きく外れる。

主目的は『黄金の木の葉号』の現状の確認と、今後の予定についてのすり合わせだ。

結果、善治郎はフレア姫、フレデリック外交官、マグヌス船長を伴って、『黄金の木の葉号』の停泊している、港へとやってきたのだった。

「これは、ずいぶんと様変わりしたものだな」

港を見た善治郎の口から、思わずそんな声が漏れる。

確かにワレンティア港は、善治郎が以前に見た時とは、大きくその光景を変えていた。

一目でわかる最大の違いは、大きなクレーンの存在だろう。材質は節々を金属で補強した木製。動力は人力という原始的なものだが、元々南大陸にはなかったその存在感は、なかなかに強烈だ。

今も大きな木材を吊り上げ、固定停泊中の『黄金の木の葉号』の船腹にあてがおうとしている。人力であの大きさの材木をあの高さに持ち上げることは不可能に近い。

むしろ逆に、クレーンがなかった今まで、カープァ王国は船の修復や造船をどのように行っていたのだろうか？　クレーンがなかったことも、カーブァ王国が大陸間航行が可能な大型船を製造できなかった理由の一つだったのかもしれない。

現場で作業中の職人たちは、当然善治郎一行の視察に気づいているが、カープァ王国では、仕事中の職人は直接声をかけられない限り、仕事を続行することを許されている。

仕事中視察に来る上司が、現場に歓迎されることは極めて少ない。現場側の実体験としてそれを知っている善治郎は、可能な限り現場の邪魔にならないように努める。とはいえ、善治郎もただの好奇心や暇つぶしで、この視察を実行しているわけではない。

王族の仕事としてやってきたのだ。ただ、ぼうっと眺めるだけでは意味がない。

「あのクレーンは、ウップサーラ王国から来てくれた職人たちが作り上げたのだな？」

善治郎の言葉に、横に立つフレア姫が首肯《しゅこう》する。

「はい。我がくっ……ウップサーラ王国から招へいした職人たちです。彼らの中心は、造船職人ですが、その前段階の道具を用意できる職人も、最低限いますから」

この辺りは、分業が進んだ現代よりも、ある意味優れている点だろう。

現代の自動車整備工に、自動車整備に必要なジャッキや油圧ポンプ、空気入れを自作してくれと依頼しても、作れる人間は極めて少ないだろう。だが、技術のレベルも現代ほど高くなく、細分化も進んでいないこの世界では、優れた職人ほど、一から全部、自分で作れるものだ。

でできる。

鍛冶師《かじし》の最高峰であるヴェルンドなど、その気になれば、炉用の耐火煉瓦《れんが》作りから自分

造船のために招へいした職人たちは、鍛冶師ヴェルンドほどではないが、それでも十分に一級の腕だ。全員で腕と知恵を合わせれば、造船のために必要な道具は、一通り自作できる。

「予定では、『大陸間航行船』用の乾ドックを築くことになっていたはずだが、そちらの予定は、遅れるという認識で問題ないか？」

「はい。本来なら乾ドック製造に回している人材や資材を、『黄金の木の葉号』の修繕に回しておりますから、どうしても乾ドック製造の工程は遅れてしまいます」

現場の責任者である、初老のスヴェーア人職人の言葉に、善治郎は事前に目を通した報告書の内容を思い出す。

乾ドックとは、その名の通り、水を抜くことのできる船のドックのことだ。乾ドックに入れることで、普段水面下にある船底などを外側から見て、修繕することができる。

乾ドックを使わない修繕は、簡易修理以上のものにはならない。もちろん、ワレンティア港は、カープァ王国随一の港だ。元から乾ドックは複数存在していたが、それはあくまでカープァ王国で使われている船用の乾ドックだ。四本マストの大型船である『黄金の木の葉号』には使えない。犬小屋に馬を入れるようなものである。

「双王国に、『水操作』の魔道具を発注するつもりなのだが、乾ドックの役に立たないか？」

善治郎の言葉に、初老の職人は難しい顔をする。

「さて、役に立つか立たないかで言えば、役に立つでしょうが、どの程度役に立つかは楽観はできませんな。『黄金の木の葉号』サイズの乾ドックの水量は、とてつもないですから」

動力ポンプなどないこの世界で、乾ドックの水を抜くのは、潮の満ち引き頼りだ。水門を設けた細長い水路に船を入れ、自然に潮が引くのを待ち、引いたところで水門を閉じる。これが一般的な乾ドックである。

いうまでもなく、これには非常に広大かつ繊細な土木工事の手腕が求められる。潮の満ち引きだけを頼りに、ドックの水を満たしたり涸《か》らしたりできるようにするには、自然を読み、その条件を満たす地形の場所に乾ドックを作る必要がある。作ったけれど、季節によっては、潮が引いてくれずにドックの水が空にならない。その逆で、季節によっては、乾ドックまで海水は侵入せず、船を乾ドックに入れることができない、ということもおこりうる。

一方、動力ポンプを用いた乾ドックならば、そうした条件はかなり緩和される。通常の港から、船の喫水に十分なだけの深さに掘り進み、開閉可能な水門を設けるだけでいい。

ただし、動力ポンプは、南大陸はもちろんのこと、技術先進国である北大陸にも存在しない。そのため、善治郎は動力ポンプの代わりの役割を、『水操作』の魔道具に期待したのだが、これは現時点ではどうなるか分からない。

初老の職人が言っている通り、全く役に立たないということはないだろうが、大勢《たいせい》に影響はない程度の役にしか立たないという可能性は十分にある。

乾ドックから抜く水量と、『水操作』で動かすことのできる水量。両者にどれくらいの差があるか、現時点では正確なところはわからないのだ。だが、『水操作』の魔道具は、乾ドックに使えなかったとしても、船底の浸水対応としては、非常に心強いことは分かっている。だから、あって無駄になることはないため、すでに発注をかけている。

「大規模な工事なのだ。時間がかかることは、予定が後ろにずれることも含めて、織り込み済みだ。大事なことは納期よりも、出来栄えだ。長期間の使用に耐えられるものを作ってくれ」

上の立場に立ってみると、なかなか完成しないのは非常にもどかしいのだが、それを下に伝えても、現場の雰囲気を悪くするだけで、益はないことを知っている善治郎は、努めて柔らかな表情と声色でそう伝える。

「承知いたしました」

善治郎の言葉に、現場責任者である初老の職人は、ホッとしたように肩の力を抜いて、頭を下げるのだった。

◇◆◇◆◇◆◇◆

今回、善治郎とフレア姫が、ワレンティアに足を運んだ主な目的は、『黄金の木の葉号』一行の受け入れと、リンネ教授を『瞬間移動』で一時帰国させること。ワレンティアの大陸間航行船造船、修復ドックの進捗《しんちょく》の確認だが、せっかくワレンティアまで来たのならば、ついでにやっておきたいことがある。

ワレンティア代官館で二泊ほどして、リンネ教授を『瞬間移動』でウップサーラ王国へ飛ばした翌日。

善治郎とフレア姫は、ワレンティアから陸路南下し、アルカトへやってきた。

アルカト。元々はただの地名にすぎず、無人の王家の直轄領《ちょっかつりょう》でしかなかったのが、フレア姫が善治郎の元に嫁ぎ、アルカト公爵の地位を得たことで、ここは歴史の転換地点となる……予定である。

製鉄、造船の先進国であるウップサーラ王国から嫁いできたフレア姫が、母国から連れてきたウップサーラ王国の職人たちが、ここに大陸間航行船用の造船所と港を作り、ワレンティアに次ぐ、一大国際港とする……予定である。

現状、カープァ王国の港と言えば、ワレンティア一強だ。ワレンティアはカープァ王国最大の貿易港であり、漁港であり、そしてカープァ王国海軍の大半が停泊する軍港でもある。小さな漁港は他にも多数あり、小型の貿易船はそこに一時停泊することもあるが、軍港としてまともに機能しているのは、ワレンティア港しかないのが現状だ。

この状態は、決して良いこととは言えない。特に、将来的に大規模な海戦が起こることを想定した場合、致命傷となる可能性すらある。

大陸間航行船が停泊できるカープァ王国唯一の港ワレンティア。この状態で、北大陸の侵略でワレンティアが陥落すれば、それだけでカープァ王国はとてつもなく不利な戦況となる。

「一つの籠《かご》に卵を盛るな」。

軍事を語るとき、そんな言葉で、一か所に機能を集約する危険性を説く。

大型船を修復できる港が一つしかなければ、そこを破壊されれば、大型船を修繕できなくなる。大型船の製造ができるドックが一つしかなければ、そこを占拠された時点で製造が止まる。大型船が停泊できる港が一つしかなければ、海戦で敗北したとき、逃げ帰る場所が一つしかないので、航路を特定され、簡単に待ち伏せされてしまう。

あらゆる意味で危険なのだ。

だから、アルカトという一つの大型港を国内に設けるという案は、理にかなっているる。それは、女王アウラも当然理解しているのだが、あいにく国の運営には、予算の都合という最強の障害が立ちはだかる。

結果、善治郎が訪れた現状のアルカトは、さほど多くない人足が、草を刈ったり土を運んだりして、ゆっくりと整地をしているだけの、空き地なのであった。


「ようこそ、ゼンジロウ様。アルカト公爵として、我が領地に来てくださったことを、歓迎いたしますわ」


竜車から降りた善治郎にズボン姿のフレア姫がそう言って、にっこり笑顔で歓迎する。

善治郎とフレア姫は、ワレンティアからここアルカトの地まで一緒に来た。そのフレア姫が竜車に乗っていなかったのは、途中から走竜に乗り換えたからである。

後宮《こうきゅう》の中庭で始めた走竜の騎乗練習。メインは善治郎だったのが、案の定と言うべきか、習得はフレア姫とスカジの方が圧倒的に早かった。まあ、これは当初から想定されていた事態である。

走竜は初めてでも、騎馬訓練をみっちり積んでいたフレア姫やスカジと、普通自動車免許しか持っていない善治郎では、土台が違う。

「ありがとう、フレア。フレアはやっぱり、騎竜の方がいい？」

自然とフレア姫の手を取りながら、善治郎はそう言う。

そんな夫善治郎の言葉を受けて、フレア姫は、

「そうですね。竜車の方が楽ですが、騎竜の方が気持ちいいです」

笑顔で答える。その言葉通り、実に爽快な笑顔だ。善治郎は今一自覚していないが、この世界で王侯貴族の女性——それも既婚女性が、竜車を使わずズボンを穿《は》いて騎竜で移動するというのは、かなりの破天荒だ（よく見ると腰には、愛用の手斧《ちょうな》を下げている）。

特別許可を取る必要もなく、自分の意思だけで騎竜を選択できる今の自由な日常を、フレア姫は満喫していた。

「ああ、確かに気持ちよさそうだね。俺も、気長に頑張るか」

そう言って善治郎は、竜車での移動でこった体をほぐすように伸びをする。

今のところ善治郎は、後宮に入れられた二頭の走竜ならば、かなり自由に動かすことができるようにはなっている。だが、それはその二頭が、頭と気性の良い選び抜かれた個体だからだ。

フレア姫やスカジのように、「走竜に乗れるようになった」と胸を張るのは、最低限王

家が抱える平均的な気性の走竜を御せるようになってからだろう。

腕を組んで歩き出す善治郎とフレア姫を守るように、女戦士スカジと、ナタリオ騎士団長とその配下であるビルボ公爵騎士団の面々が続く。

かつて、善治郎の護衛についていたのは、ナタリオ以外は女王アウラから借り受けた人員だったが、今善治郎の周りにいる人材は、女戦士スカジ以外は、皆善治郎直属の配下だ。

できるだけ小規模に、という善治郎の意思に反し、ビルボ公爵騎士団は現在もその規模を拡大中である。

女王アウラ曰《いわ》く。大戦後の現状では表立った兵力増強は難しい。しかし、北大陸のきな臭さを思えば、軍の増大は必要不可欠。そんな中、善治郎のために新設されたビルボ騎士団は、数を増やすのに一番無理がなく、女王アウラから見ると限りなく手元に近い兵力のため、信用もおけるのだという。

現状、ビルボ公爵騎士団の増大を歓迎していないのは、善治郎とナタリオ騎士団長くらいのものなのだから、反対するのも難しい。

いつの間にか大所帯になった。そんな感慨にふけりながら、善治郎は歩き進み、周囲を見渡す。

「ここが、アルカト……か」

途中で一度言葉を迷った善治郎は、そのまま何も付け加えずに言葉を収めた。

そこにはいくつかの掘立小屋が立っているだけだ。アルカトの街どころか、村と呼ぶのもおこがましい。アルカトの港、などと呼べば、虚偽報告として訴えられそうだ。

そんな善治郎の内心の葛藤に気づいたのだろう。

アルカト公爵であるフレア姫は、思い切りわざとらしくため息をつくと、

「ええ、お察しの通りここはアルカト、ただのアルカトです。将来は、絶対に国際貿易港アルカトと呼ばせてみせますけどね」

強気でそう言い切る。

カープァ王国の財力と、ウップサーラ王国の技術で、アルカトを大陸間航行船も使用可能な港とすることはすでに決まっている。

だが、財源も人材も有限である以上、優先順位というものがある。現状、ワレンティア港の改修が優先され、アルカト港の新造計画は見ての通り、お寒い状態のままであった。

「ああ、うん。そうだね。今後のことを考えると、アルカトは要地だ」

物凄《ものすご》くあいまいな言葉を漏らす善治郎の視線は、泳ぎっぱなしだ。

フレア姫がアルカト公爵であるように、女王アウラはワレンティア公爵でもある。ワレンティア港改修と、アルカト港新造のどちらを優先するか。この問題に関しては、善治郎ほど意見を表に出すことが、危険な人間もいないだろう。

どちらの肩を持ったことが知れても、噂話《うわさばなし》が好きな王宮雀《おうきゅうすずめ》や、謀略の種を常に探している王宮貴族たちの餌食《えじき》になること間違いなしだ。

だから、善治郎は声にも顔にも感情を出さないように、事務的な方向へと話を移す。

「元々がほぼ無人の地に等しい場所だったからね。ひとまずは、職人たちが腰を据えて作業ができる環境を整えないと」

「それは、確かにそうですね」

ため息をつきながらも、フレア姫は善治郎の主張に同意する。

長閑《のどか》にすら映る、ただひたすら整地だけを行わせている光景も、土地開発の第一歩としては間違っていない。

理想は真っ先に突貫工事で桟橋《さんばし》を作り、簡易的にでも船で出入りできるようにすることなのだ。そうすれば、以後は人も物も水運で運べるようになるため、作業効率が段違いに良くなる。

しかし、ちょっと考えれば分かることだが、自然のままの湾岸に桟橋を築くというのは、誰にでもできることではない。シッカリとしたノウハウを持った職人でなければ、できない仕事だ。

そんな専門家ともいえる職人を、ろくな施設もない場所に長期間拘束するような過酷な仕事に従事させるには、非常に高い人件費を見積もらなければならないことは、容易に想像がつくだろう。

一方、今やっているような地面を均《なら》して、建物を建てる土台作りをするだけならば、少数の監督役以外は、最低限の力と健康な体を持った作業員で事足りる。そうした者たちならば、安く大量に雇うことができる。

陸から地道に港づくりが始まったのは、そんな切ない予算の都合によるものだった。

「『土操作』が使える人間を導入すれば、格段に作業効率は上がるらしいけど」

「そんな予算があったら、最初から桟橋づくりを始めてますよ」

言うまでもなく、大規模に地形を変えられるほどの『土操作』の魔法が使える人間は、桟橋を作れる職人よりもさらに高給取りである。

「ごもっとも」

プクッと頬を膨らませる側妃の言葉に、善治郎は同意するしかない。

気を取り直したフレア姫は、独り言のように言う。

「予算をアウラ陛下に握られているだけで、アルカトの開発計画そのものは、私の一存で決めて良いことになっているんですよね。なんとか、私が独自の財源を確保できれば、状況も変わるんですけど」

フレア姫は、この世界の女としては、破格と言ってもいいくらいに自由な行動を認められている。その自由の範囲には、一定の経済活動も含まれる。

王家から支払われる財源をただ消費するだけでなく、何らかの事業を起こして増やし、その黒字を自主的にアルカト開発に注ぎ込む。その権利が、アルカト公爵フレア姫にはある。

「フレアの持ってる商売のタネ、か」

フレア姫の独り言を受けて、善治郎も考える。異世界から来た善治郎ほどではないが、北大陸という遠国から来たフレア姫も十分異文化圏の人間だ。

その知識、経験の中には、南大陸では全く知られていないものや、多少は知られていても普及はしていないものも多数存在するはずだ。そして、そんな未知の知識の一部には、広めれば金になるものも存在する、かもしれない。

「ウップサーラ王国は北大陸でも技術先進国なんだから、その技術をこっちで上手く花開かせれば、独自財源にはなりそうなんだけど」

善治郎の言葉に、フレア姫は空を見上げるようにして考える。

「財源になりそうな技術ですか。そういう技術者は、それなりに連れてきましたけど、大部分は、そのままカープァ王家に抱えられちゃいましたからねえ」

女王アウラ側から見れば、当然の対応である。

善治郎の側室に入り、形の上ではカープァ王家の人間となったフレア姫も、それだけで骨の髄《ずい》から嫁ぎ先に忠誠を誓うはずもない。

そんな人間に公爵位を与え、ほぼ無人とはいえ沿岸の土地を与え、その上連れてきた先進国の技術者も直属に付けたりしたら、それはもう国内に他国を抱え込むようなものだ。

女王アウラサイドの目論見《もくろみ》としては、ゆっくり時間をかけて、フレア姫一行という『異物』を消化、吸収し、カープァ王国の『養分』とするつもりなのだ。

固まって、いつまでも異物でいられてはたまらない。

その理屈は、分からないではないフレア姫だが、だからといって何もかも女王アウラの方針に従うほど、殊勝な人間でもない。

「…………改めて、カープァ王家の人間としての立場で、ウップサーラ王国の人間を個人的に雇ってこちらに連れてくることは可能なのでしょうか？」

思案するフレア姫に、善治郎はカープァ王国の法律を思い出しながら答える。

「ええと、多分問題ない、はず。ただ、その人の行き来は、俺かアウラの『瞬間移動』によるだろうから、最終的にはアウラの胸先三寸《むなさきさんずん》だろうけど」

女王アウラの胸先三寸。その言葉に一瞬たじろぐフレア姫だったが、すぐに気合を入れなおす。

「ええ、上等です。今度こそ負けませんよ」

その決意を見ると、善治郎も何か手助けできないかと考える。

フレア姫の事業が成功すること自体は、カープァ王国にとってもカープァ王家にとってもマイナスにはならないはずだ。

魔法以外の技術全般において、北大陸は南大陸より進んでいる。それは間違いのない事実だ。真っ先に思いつくのが、造船、製鉄といった分野だが、そのような軍事力に直結する技術は、カープァ王家が直接輸入している。

となると、フレア姫が個人的に輸入できる技術は、それ以外となる。聞こえの悪い言い方になるが、「女王アウラのお目こぼしを貰《もら》える程度の技術」ということだ。

善治郎は考える。北大陸で見た、印象深かったモノの数々を。船、鉄、ガラス、竜蝋《りゅうろう》、レース編み、服飾。そこまで思いついたところで、善治郎はふとフレア姫が今身に着けている服が目についた。北大陸製の乗馬服だ。

茶色のベストの下に着こんでいる白いシャツ。太陽の下で、その白さは特に際立つ。

「ちょっとした思い付きなんだけど、そういえば共和国でレース編みが珍重《ちんちょう》されてたよね。あれって、ウップサーラ王国では、やってないの？」

善治郎の問いに少し勘違いしたフレア姫は、困ったように首を傾げる。

「レース編みですか。ウップサーラ王国でも作ってはいますけれど、共和国ほどではありませんね。それに、レース編みは確かに高級品ですが、少数の職人では数をそろえるのが難しいので、経済効果はあまり期待できませんし」

フレア姫の言葉に、善治郎は首を横に振る。

「いや、レース編み自体は、似たようなものが南大陸にもあるからね。レース編みそのものじゃなくてレース編みに使ってる糸だよ」

「糸、ですか？」

フレア姫はパチクリと、その氷碧色《ひょうへきいろ》の双眼を瞬かせる。

「うん、糸。北大陸の糸は、南大陸産に比べるとすごく白いんだ。だから、その辺りの技術が外に出してもいいものだとしたら、使えるんじゃないかなって」

善治郎の主張に、フレア姫はまだ納得がいかない。

「失礼ですが、私にはそこまで違いを感じられないのですが」

フレア姫もカープァ王国に来て、何年にもなる。こちらの衣類を目にする機会は多かったが、特別白布の質が北大陸のそれに劣っていたという印象はない。

「それは、フレアがウップサーラ王宮で見る糸や布と、カープァ王宮で見る布の白さを比べてるからじゃないかな？　王宮で見かける布、特に王家が使ってる布は、威信をかけて材料から選りすぐってるから。でも、一般に流通してる白い布は、北大陸産の方がずっと白いんだ。

それが、原材料の違いならどうしようもないけど、もし繊維の洗浄、脱色の技術の違いだとしたら、使えるんじゃないかな」

「なるほど……」

善治郎の助言に、フレア姫は真剣な表情で考える。

「調べてみる価値はありそうですね。もし、ゼンジロウ様がおっしゃる通りだとしたら、これは大きな商機ですっ」

「うん。だとしても、最終的にはアウラの許可が必要だけど」

「っ、ま、負けません！」

夫ゼンジロウの指摘に、一瞬ひるんだように息をのんだフレア姫だったが、すぐに固く右こぶしを握り締め、気合いの声を上げるのだった。

第五章　目論見《もくろみ》通りの奇跡

女王アウラとヤン隊長の密会から、おおよそ一か月後。

その機会は、予想よりも早く訪れた。

『教会』の内部にも、ヤン司祭の信奉者は存在する。ヤン隊長が誇らしげに言っていた言葉は、どうやら事実であったようだ。

誰がどのように活躍し、どのような経緯をたどり、今に至ったのか。その辺りは、カープァ王国側としては、詳しくは知らない。

だが、何はともあれ、現在ヤン隊長は白い木箱をしっかりと抱き、女王アウラの前に立っていた。

ここは、カープァ王宮の石室。前回同様、ウップサーラ王国の港街であるログフォート郊外の館から、善治郎の『瞬間移動』で、飛ばされてきたのだ。

石室の様子も前回と変わらない。四方を石壁で囲まれた石室。明かりは、篝火《かがりび》。一年中、一日中変わらない風景。

違いは、前回は小さなテーブルを挟んで二つの椅子が持ち込まれていたが、今回はその代わりに簡素な寝台が持ち込まれていることだ。

「ようこそ、ヤン隊長。無事、本懐を成し遂げたようで、何よりだ」

その言葉通り、歓迎の意志を示すように両手を広げる女王アウラの笑顔に、隻眼《せきがん》の傭兵《ようへい》──ヤン隊長は、固い表情を崩さない。

「ゼンジロウ陛下のお力により、参上いたしました、アウラ陛下。お言葉ですが、本懐はまだ果たしておりません。その本懐を果たすため、アウラ陛下の偉大なるお力に縋《すが》るために、ここに来た次第です」

そう言ってヤン隊長は、石室の床に片膝をつき、深々と頭を下げる。最上級の礼の仕草なのだが、そうしている間も白い木箱を抱えたままのため、大事な木箱を体で守っているように見えてしまう。

ヤン隊長の心境としては、そう間違っていないだろう。

強靭《きょうじん》な精神力を有しているヤン隊長だが、今は一つの冗談すら受け止められないような、コップに水がいっぱいになっているような状態だ。

先の大戦を経験している女王アウラは、そのような人間を見るのは初めてではない。だから、極力刺激しないように、努めて淡々とした口調で事務的に話を進める。

「修復を行う。亡骸《なきがら》を箱から出して、寝台の上に並べよ」

「はっ」

ヤン隊長は黙々と作業を行う。

寝台の上に木箱を置き、その中から丁寧に丁寧を重ねた手つきで、一つ一つ赤黒い物体を取り出し、同じ寝台にそっと並べていく。

それは恐らく人骨なのだろう。大部分が炭化しており、元の形を失っている。一目見ただけでは、人骨どころか骨と見分けることすら難しい。

歯に衣着《きぬき》せぬ言い方をすれば、それは「薄汚い土と石の塊《かたまり》」にしか見えない。

だが、そんな脆《もろ》く汚い塊を、ヤン隊長は赤子を取り上げるがごとき丁寧さで、取り扱う。

無造作にやれば、一分もかからないであろうその作業を、ヤン隊長は実に十分近い時間をかけて、やり遂げた。正直、ここで遺骨を多少破損させたところで、結果に何ら影響はないのだが、そんなことを言える空気ではない。

「これで全部だな。では、其方《そなた》が一番確信している骨を指し示せ。どれも問題ないというのならば、こちらで選ぶ」

『時間遡行《そこう》』をかける対象は、一つの物体を起点とする。『元が同じもの』は巻き込まれる。起点となる物体が間違っていた場合には、巻き戻る対象が変わってしまう。

この場合、ヤン隊長が持ち込んだ骨片の中に、ヤン司祭以外の骨が混ざっていたとして、その骨を起点としてしまうと、『時間遡行』の対象となるのは、その人間の死体になってしまう。

説明を受けたヤン隊長は、まだ上があったのか、と感心するほどの鬼気迫る表情で、骨片を何度も確認した後、ゆっくりと一つの大きな骨片を指さした。

「これで、お願います」

そう言う声も、指も、隠せないくらいに震えている。だが、それを笑う人間はいないだろう。むしろ、これほどの短時間で決断できた、ヤン隊長の胆力をほめるべきだ。

事実、女王アウラは、この一件でヤン隊長の評価を少し上げ、その分警戒を強めた。

「分かった。では、魔法を行使する。見ていてもよいが、呪文《じゅもん》を聞き取ることは許さぬ。よいという所まで下がれ」

「はっ」

女王アウラの言葉を受けて、ヤン隊長はジリジリと後退していく。少しでも近くで見守りたいという意識の表れなのだろう。ヤン隊長の後退の仕方は、恐ろしくゆっくりな、すり足によるものだった。

「…………」

だが、女王アウラはその遅さにも、全く動じることなく、沈黙を保ったまま、ヤン隊長が想定の距離まで下がるのを待つ。こちらがよしと言う前に下がるのをやめるのならば、処置をやめる。女王アウラはそう考えていた。それは、脅しでも不当な取引でもない。

秘匿魔法を使う以上、当然の警戒である。血統魔法は、その血筋の人間でなければ使えないといっても、呪文《じゅもん》を聞き取ることで抜き取ることのできる情報は多い。

決して妥協しない女王の視線に押されるようにして、傭兵《ようへい》隊長は後退していく。

「…………」

「…………………よし。そこでよい」

そして、ヤン隊長が十分に下がったところで、女王アウラはそう言う。

「では、始めるぞ。『我は行使する』」

女王アウラは、左手に『魔道具』を握り、小さく口の中で魔法語で、魔道具起動のキーワードを口にする。

小さなビー玉を金属製の骨格が、八つの正三角形——正八面体に取り囲んでいるだけの、一見すると簡素にすら見えるその魔道具だが、その実、この世界に実在する魔道具の中でも、指折りの強力な魔道具である。

『未来代償』。それがこの魔道具に込められた魔法の名称である。

『未来代償』は時空魔法の一種であり、その名の通り未来の自分の魔力を代償として使うことができる魔法である。『未来代償』の魔法を使うことで、今日の自分と明日以降の自分の魔力を纏《まと》めて使用することができ、その代わりに使用した分の日数、魔力が回復しない状態が続く。

本来はそういう「魔力の前借り」の魔法なのだが、魔道具化することで、前借りではなく貯めて使う形にできる。

明日は、まず間違いなく魔法を使うことはない。そう予定が立っている日に、『未来代償』の魔道具を発動させ、明日の分の魔力を込めてしまうのだ。

その結果、翌日は魔力がない状態で過ごす代わりに、魔道具に一日分の魔力が貯蓄される。しかも、この魔道具は、何度も魔力を継ぎ足していくことができる構造になっている。

幸いと言うべきか、女王アウラは王冠と玉座《ぎょくざ》に括《くく》られている身。自由に魔法を使えない日は、非常に多い。結果、この数年で『未来代償』の魔道具には、膨大な魔力を貯蔵することができた。

それが今、これまで貯蔵された全ての魔力が、『我は行使する』というキーワードにより、解放された。

現在、女王アウラは一時的に、魔力が本来の数百倍に膨れ上がった状態となっている。

一時的に接続された外部燃料タンク、と考えれば比較的近いだろうか。

今のアウラならば、大規模な『時間遡行《そこう》』も行使できる。

女王アウラは左手で『未来代償』の魔道具を握り、右の手のひらをヤン隊長が指し示した大きめの骨片にかざすと、その魔法を使う。

「『対象の時間を五十三日巻き戻せ。その代償として我は時空霊に魔力……』」

『未来代償』の魔道具に込められていた魔力量は、『時間遡行《そこう》』で最低でも一年以上巻き戻せるだけの魔力量だったのだが、予想より早く死体を持ち出すことができたため、この程度の日数を巻き戻すだけで済む。

使う量が多くても少なくても、一度開放してしまった『未来代償』の魔道具は、どのみち残りの魔力は雲散霧消してしまうので、もったいないと言えばもったいない。

目論見《もくろみ》通り、ヤン司祭が本当に生き返るのならば、『教会』によって拘束された記憶がある方が望ましい。だから、しっかりと時系列を把握して、ヤン司祭が『教会』によって拘束された後で、まだ確実に生存している日数に合わせた。

前回の兎《うさぎ》の時と同様、効果は劇的だった。

遺骨を乗せた寝台全体を中に収めるように、光の球体が現れたかと思うと、次の瞬間にはカメラのフラッシュを彷彿《ほうふつ》させるようなまばゆい光を放つ。

光が収まった後、寝台の上の遺骨は消え去り、代わりに裸の男がそこに寝ていた。

しっかりと正しく寝台の上に仰向《あおむ》けで再生されたのは、ただの幸運なのか、魔法だからなのか。考えてみれば、骨片の状態では縦も横も表も裏も分からないのだから、長方形の寝台の真ん中に腹を乗せ、頭と下半身を寝台のそれぞれ外側に放り出す形で現出してもおかしくはなかった。

そう考えると、人間の死体を『時間遡行』で再生するのは、寝台を用意するよりも、縦横に十分な広さのある床の上でやるべきだった。今更ながらそんなことを思いついた女王アウラであったが、とりあえず現状は問題ない。

女王アウラは、いかにも予定通りといった落ち着いた声で、

「魔法は無事成功した。本人かどうかは、ヤン隊長。其方《そなた》が確認せよ」

そう言って、今にもこちらにとびかかってきそうなくらいに、一つだけの瞳を血走らせているヤン隊長に、近づく許可を出す。

「司祭様！」

もはやなんと名付けていいのか分からない、とにかく大きく重い感情のこもった声でヤン隊長はそう叫ぶと、一瞬で寝台に駆け寄る。

その様子からすると、どうやら再生されたのは、ヤン司祭で間違いないようだ。死体のそばに、ポロポロと残っている骨片を目ざとく見つけた女王アウラは、内心「危ないところだった」と胸をなでおろす。

再生に取り込まれなかったということは、その骨片は、ヤン司祭の骨ではなかったということだ。つまり、起点とする骨を選び間違えれば、全然別人を再生してしまう可能性が

あった。

「裸では忍びないだろう。服を着せてやれ」

だが、そんな反省などおくびにも出さず、女王は寝台に縋《すが》りつくヤン隊長に、落ち着いた声で呼びかける。

『時間遡行《そこう》』の対象となるのは死体そのものだけ。そのため、再生された死体は素っ裸であると予想される。だから、修復されたヤン司祭の亡骸《なきがら》に着せるための服を持ってきておけと、女王アウラは、事前にヤン隊長にそう通達していた。

事実、ヤン隊長は持ち込んだ背負い袋の中に、靴から帽子まで、ヤン司祭の着替え一式を用意している。だが、今のヤン隊長には、それを思い出すだけの余裕がない。もしかすると、今の女王アウラの言葉自体、耳に届いていないかもしれない。

「司祭様、司祭様、司祭様！」

一つだけの瞳から滂沱《ぼうだ》と涙を流しながら、ひたすら裸のヤン司祭の手を握る。

「兎《うさぎ》の時で分かっているだろうが、どれだけ綺麗《きれい》に整っていても、体温があっても、それが亡骸であることに変わりはないのだぞ」

あくまで、それが形だけ修復された、ただの亡骸、というスタンスを崩さないまま、女王アウラも内心では、そうではないことを期待している。だが、その期待は一切表に出さない。

当然だろう。ここでヤン隊長に、変に死者蘇生《そせい》の期待を持たせて、実は違ったとなったら、どれほど理性の強い人間でも、逆恨みを抱くに十分なだけの落差だ。

ヤン司祭が極めて特殊な、魔力を持たない人間だというのは、本人の自称であり、善治郎が魔力視認能力で確認した事実であるが、女王アウラ本人が確認したわけではない。

虫や小魚など、魔力を持たない生物に限り『時間遡行』の魔法は、蘇生魔法としての効果も発揮するが、それが果たして魔力を持たない人間にも適応されるかどうかも、定かではない。

『時間遡行』の魔法でヤン司祭が蘇《よみがえ》る、というのはある程度根拠のある推測ではあるが、前例のないただの予想であり、もっと悪い言い方をすれば、物凄《ものすご》く自分にとって都合よく進んだ場合の希望的観測である。

だが、幸いにも、今回はその希望的観測が当たっていた。

「…………司祭様？」

最初に気づいたのは、やはり直接その体に触れているヤン隊長だった。

傭兵《ようへい》という職業柄、ヤン隊長は死体をいくつも見ている。人がこと切れて、死体となる瞬間にも何度も立ち会っている。だから、その違和感を見逃さなかった。

「陛下？　これは、本当に死体なのですか？」

そう言いながら、ヤン隊長は何かに縋るように、裸のヤン司祭の腕を何度も握ったり、皮膚をつまんで引っ張ったりする。

成功したか？　内心歓喜の声を上げながら、女王アウラは子供に言い聞かせるように、丁寧に言う。

「そうだ。生きていた頃の体を再現したからな。体温が感じられるのだろう？　だが、それはすぐに冷めていく。さあ、早く服を着せてやれ」

「いいえ、体温もそうなのですが、腕をつかんでも弾力があるんです。皮膚を引っ張っても元に戻りますし」

生き物は死んだ直後には、まだ体温を保っている。しかし、体の弾力はそれより先に失われる。そうした事実を、経験則で理解しているヤン隊長は、女王アウラの否定の言葉を受けても、なお希望に縋《すが》るように、ついには司祭の手首の内側に、自分の指三本を添えるようにして、そっと握った。


「…………脈が、ある」


ヤン隊長のその言葉に、女王は驚愕《きょうがく》の声を上げる機会が来た、と判断する。

「バカな⁉　あり得ぬ！」

その迫真の表情と声色から、それが用意していた感情演技であると見抜くことは、よほど優れた観察眼の持ち主でもまず難しいであろう。常日頃のヤン隊長ならば、もしかすると可能だったかもしれない。しかし、今のヤン隊長の乱れ切った精神状態で気づくことは不可能だった。

「本当です、確かにこの手に感じる。感じるんだ！」

「どけ！」

焦っていることを示すように、意図的に大股で寝台に近づいた女王アウラは、右の手のひらを目を閉じたままのヤン司祭の口と鼻の上、一センチほどのところに掲げた。

手のひらをくすぐる、生暖かい空気。

自分の目論見《もくろみ》が完全に成功したことを確信した女王は、内心の歓喜を完全にかみ殺し、不覚にも呆然《ぼうぜん》として本心を漏らしてしまったように、緩めた口元から言葉をこぼす。

「バカな……呼吸をしている」

まるでその言葉が合図であったかのように、ヤン司祭は目を開ける。

薄く開かれた瞼《まぶた》からのぞかせる茶色の双眼には、弱々しくはあるが、間違いなく生命の色が見て取れる。

「……デ　エ　タディ？」

震える唇から漏れた言葉は、女王アウラには全く意味の分からない未知の言語だった。


数十分後。

ヤン隊長が持ち込んだ緑の司祭服を身にまとったヤン司祭は、簡素な寝台の上に座り、水袋の水を飲んでいた。ヤン隊長から、自分が火刑に処されたことや、目の前の女王に蘇《そ》生《せい》させられたことなど、諸々《もろもろ》を説明され、ようやく落ち着きを取り戻していた。

「デクイ　スクリッニィ　サ」

恐らくは礼を言ったのだろう。消耗は隠せないが、あくまで落ち着いた笑顔で、ヤン司祭は水袋をヤン隊長に返す。

人間を『時間遡行《そこう》』で蘇《よみがえ》らせるなど、女王アウラも初めての経験だったが、どうやら全てが指定した時間に戻るようだ。

ヤン司祭の記憶は、五十三日前の状態だし、体調もその頃と同じようだ。投獄されてある程度日数がたっているため、心身の消耗はあるようだが、口もきけないような状態ではない。

投獄後も（少なくとも五十三日前の段階では）、最低限の食事は出されていたらしく、思っていた以上に元気な様子だ。

「…………」

改めて、女王アウラは寝台に座る、異国異教の司祭を見る。

中肉中背と言うには少々痩せてしまったその体に、緑色の司祭服を纏《まと》っている。

茶色の髪に茶色の瞳。一見すると、外見上の特徴は非常に薄い。しかし、『魔力視認能力』に目覚めている人間の目には、とてつもない異常な存在に映る。

その体からは魔力は一切立ち上っていない。魔力だけに注目していれば、まるで死体が動いているような、異様さだ。

このような人間に、女王アウラは今日まで一度も会ったことがなかった。極めて魔力量が乏しい人間、というならば珍しくないが、全くないというのは、率直に言って不気味に映る。

ヤン司祭蘇生。

それは、女王アウラにとっては予想通り、期待通りの結果なのだが、その事実を悟られるわけにはいかない。

予想外の出来事に驚愕《きょうがく》しているふうに、だが大国の為政者《いせいしゃ》としてその驚愕も飲み込んで理性的に判断しているふうに、絶妙な感情を表しながら、女王は同じ名前を持つ司祭と傭《よう》兵《へい》隊長に言う。

「さぞや混乱していることは、想像に難くない。正直、予想外の事態に混乱しているのはこちらも同じだからな。だが、いつまでもここでこうしているわけにいくまい。支障がなければ、話をしたいのだが、いかがか？」

勤勉な秀才であるヤン司祭は、『言霊《ことだま》』の恩恵を受けられないというハンデを少しでも克服するため、複数の言語を操るマルチリンガルだ。だが、残念ながらカープァ王国の公用語である南大陸西方語は、その範疇《はんちゅう》にない。

そのため、ヤン隊長が通訳に入る。

「司祭様……」

ヤン隊長は、ヤン司祭の母国語で説明しているのだが、その内容は女王アウラの耳には言霊の翻訳がかかって聞こえる。

どうやら、ヤン隊長は違《たが》えることなく、一言一句そのまま伝えているようだ。

これならば、多少テンポが遅くなるだけで、会話、交渉に大きな支障はない。そう判断した女王アウラは、視線はヤン司祭に向けたまま、耳は隣に立つヤン隊長の言葉を中心に拾う。

「大丈夫です。このたびは、命運《めいうん》尽《つ》きたこの身を、超常なるそのお力で救い上げてくださったこと、深くお礼申し上げます。正直、実感はないのですが。と司祭様はおっしゃってます」

ヤン隊長の口から紡がれるヤン司祭の言葉を、女王は一々頷《うなず》きながら聞いていた。

ヤン司祭との交渉に入る前に、一度ヤン隊長の方へと向き直り、一言断る。

「今後はいちいち、司祭様は云々《うんぬん》と付けなくてよい。代わりに司祭殿の言葉ではない、ヤン隊長自身の意見を言うとき、先に『自分の意見だ』、と断りを入れてくれ」

「承知いたしました」

ヤン隊長が了承の意を示したところで、女王アウラは本格的にヤン司祭との交渉に入る。

「礼には及ばぬ、司祭殿。傭兵《ようへい》隊長殿ならばともかく、こちらとしてもこうして、司祭殿に礼を言われる状況は、完全に想定外ゆえにな」

そう言って、女王は小さく肩をすくめてみせた。アウラの立場ならば、こう言うほうが自然だ。『時間遡行《そこう》』の魔法はあくまで死体を綺麗《きれい》な状態に戻すための魔法として使用したのだから、死体であるヤン司祭に感謝される前提であったと言うわけにはいかない。

感謝される想定があるとすれば、大事な司祭様の死体を修復してもらったヤン隊長からであるはずだ。

「それでも、感謝します。無念のうちに終わったはずの私の人生に、こうして続きがあるのは、アウラ陛下のお力によるものですから」

「分かった。司祭殿の感謝は、確かに受け取った。もし、感謝の気持ちを形で現したいというのならば、今回司祭殿の身に起こったことに、私たちカープァ王国の関与が疑われる言動は、一切取らないでいただきたい」

これは、実際には口約束以上のものにならないことは、女王アウラも承知の上だ。

アウラの予定では、この後ヤン司祭とヤン隊長は、北大陸に送り返すことになっている。一切のヒモをつけずに、遠く北大陸で自由に動いてもらう人物に、約束を守らせることなど不可能だ。

強いて言えば、ヤン司祭に自分の命より大切な人物でもいれば、人質に取るという手段があるだろうが、あいにくそのような人物に心当たりはないし、あったとしてもそのような、ヤン司祭に悪感情を持たれるであろう選択肢は、悪手中の悪手だ。

「それはもちろんです。何も覚えていない。今回の件について問われれば、『確かなことは今、私がこうして生きていることだけだ』、という返答に終始するつもりです」

落ち着いた笑顔でそう答えるヤン司祭に、女王アウラは少し怪訝《けげん》そうな顔をする。

「そうか。てっきり、『竜の導き』などと言うのかと思ったのだが」

『復活』という行為が、その人間の神秘性を激的に高めることは、古今東西変わらない。ヤン司祭がまだ「折れて」いないのだとすれば、さぞや使い勝手のある看板だと女王アウラは思ったのだが、今の言葉を信じるならば、ヤン司祭にその看板をそこまで積極的に利用するつもりはないらしい。

女王の言葉に、司祭は小さく苦笑すると、

「竜の導きは、このような直接的で依怙贔屓《えこひいき》なものではありませんよ。もっと遠大で、公平で、役立たずなものです」

そう言い切る。

もちろん、女王アウラの耳に届くのは、ヤン隊長が通訳したものだ。だから、より一層今の言葉は印象的である。

歴戦の傭兵《ようへい》であるヤン隊長の表情が、明らかに引きつっており、「本当に言っていいんですかい？」という副音声が聞こえてきそうなくらいに、動揺している。

ということは、今のヤン司祭の言葉は、竜信仰者として決して一般的ではない、ということだ。少し安心した女王は、体勢を立て直して言葉を返す。

「驚いたな。司祭殿は、その地位にふさわしい、敬虔《けいけん》な竜信仰者だと聞いていたのだが」

「ええ。私は個人として竜を信仰しています。ですが、同時に竜学者として竜を研究しており、司祭として教えを説く立場でもあります。ああ、処刑される前に『教会』から破門されたらしいので、『司祭』は自称になってしまいますが。

ですから、常に説いているのです。竜信仰は、心の支え、人生の道標にすぎない、と。その教えを破ったからといって直接天罰が下るわけでもないですし、信仰を守り続けるからといって、困ったときに竜が超常の救いの手を差し伸べてくれるわけでもない。信仰とは、教えです。教えの通りに生きること、そこに救いの道があるのです」

「なるほど。司祭殿は、豊かな知性と見識をお持ちのようだ」

そう言葉を返す女王は、その赤に近い茶色の目を細め、口元を笑みの形に歪《ゆが》めた。

と同時に、女王アウラは内心で決心する。

このヤン司祭という人物は、何があっても絶対に北大陸に送り返す、と。

これだけの会話でもわかる。ヤン司祭という人物は、高い知性と理性を兼ね備え、目的のために柔軟になれるだけの器と、命に代えてもその目的を曲げない頑固さを兼ね備えている。

為政者《いせいしゃ》としては、自国内にいてほしくない人間だ。だからこそ、仮想敵国内にはぜひいてほしい。

そんな女王の内心を知る由もないヤン司祭は、

「恐縮です。ともあれ、ただの偶然でも、やり直す機会を得られたのですから、この好機を生かさないという選択肢はありません。アウラ陛下にご迷惑をおかけしないためにも、情報と状況のすり合わせが欠かせないと愚考する次第です」

　そう言って、より深い情報提供を女王に求める。

「ふむ。そうすることはやぶさかではないが、迷惑をかけない、とはどういう意味かな？」

　女王アウラの問いに、ヤン司祭はよどみなく答える。

「具体的に言えば、私の空白の時間の設定です。その時間をどのように扱うか、そこを私たちとアウラ陛下側で、統一しておかなければ、後々陛下にご迷惑をおかけすることになりかねません」

「確かに、そこは問題だったな。設定をすり合わせておかなければ、口裏を合わせてしらを切るときに、面倒なことになりかねない」

　ヤン司祭の主張に、女王は同意を示した。

　ヤン司祭の巻き戻された時間は、『処刑された前日』ではない。ヤン隊長が確認できた『確実にまだヤン司祭が生きていた日』まで、巻き戻している。

　これは罪人の場合、公式の処刑日より前に獄死していて、公表が遅れただけというケースもありうるため、安全マージンを取ったからだ。時間を巻き戻すことに成功したが、ずいぶん前に焼け焦げた骨が、最近焼け焦げた骨に変わっただけ、という結果を避けるための措置である。その場合、『未来代償』の魔道具はもう使ってしまっているため、打つ手はない。

　また、ヤン隊長には明かしていないが、元々蘇生《そせい》を目論《もくろ》んでいた女王アウラサイドからすると、「生きてはいるが、獄中生活で衰弱が激しく、もはや手の施しようがない」状態の生者となられても面倒だ、という思惑もあり、安全マージンを多めにとっていたのである。

　その結果、目論見通り蘇生させたヤン司祭の意識、記憶には、結構な空白の日数が存在していた。

　ヤン司祭の蘇生が『時間遡行《そこう》』のおかげである、という事実を隠匿するならば、その空白の日数をどうするのか。設定をすり合わせておく必要があった。

「事実確認から済ませよう。司祭殿の感覚では、今は五十三日前なのだな？　その後の記憶は一切なく、逆にそれ以前の記憶はしっかりとある」

　女王の言葉に、司祭は小さく首肯《しゅこう》する。

「はい。他ならぬヤン隊長の言葉ですから信じていますが、正直実感は全くありません。すでに、年が変わっていると言われても、信じられないというのが正直なところです」

　ヤン司祭が体感的な日付を断言できないのは、地下牢《ちかろう》に収容されてからの日数を正確に把握できていないからだ。

　日差しが一切差し込まない地下牢での生活で、時間を正確に把握するのは難しい。一応、水と食事は一日一度差し入れられていたので、それを数えていられれば、日数を把握できるのだが、把握してもそれを記録する手段がない。記憶だけでは、心もとない。

人間の記憶力というのは、自分で思っているよりもはるかに頼りないものだ。

それでも、ヤン司祭は断言できる。自分が『教会』の牢屋に入ってからすでに、二か月以上も時間が経《た》っているというのは、あり得ない、と。

「それは、感覚だけの問題か？　体も同様か？　自分の体に何か違和感は覚えないか？　自分で思っているよりも消耗していたり、逆に思っていたよりも調子が良かったりはしないか？」

女王に問われ、司祭は「少し失礼します」と断り、寝台から立ち上がると、首を回したり、屈伸運動を繰り返したりする。

そうして、確認を終えたヤン司祭は、再び寝台に腰を下ろすと、

「いいえ。良くも悪くも違和感は全くありませんね。見てください。この右手の傷を。これは、地下牢に入ってすぐ、誤って付けてしまった傷なのですが、かなり治ってきているでしょう？　ですが、完全には治っていない。地下牢は真っ暗闇ですので、自分の目でこの傷を見るのは初めてのため、断言はできかねますが、この傷の具合は、私の記憶にあるそのままのように思えます」

そう言って、右手の甲の傷を見せた。

ヤン司祭の表情は、泰然とした自然体のままだが、その言葉を通訳するヤン隊長は、痛ましいものを見るように、その一つだけの灰色の目を細める。

右手の甲の傷。より正確に言えば、中指の付け根の傷。見る人が見れば、それがどのような傷であるかは、一目でわかる。

固いモノを拳で殴った時の傷だ。地下牢《ちかろう》の壁を強く拳で殴ったのだろう。今は穏やかに微笑《ほほえ》んでいるこの聖職者が。

どれほどの激情だったのだろうか。少なくとも、自分が触れてよい傷ではない。そう判断した女王アウラは、その傷の原因には触れず、ただその結果だけについて語る。

「興味深いな。治りかけの傷すら、そのまま再現されるのか。自分の施した魔法の効果について、いろいろと興味があるのは確かだが、今はおいておこう。

つまり、司祭殿の懸念は、この五十三日間の記憶を司祭殿が有していない。その事実を他者に知られた場合について、どうするべきか？　ということだな」

「はい、その通りです」

察しの良い女王アウラの反応に、ヤン司祭は柔らかく微笑む。ヤン司祭の感情表現は、言葉で現そうとすると「笑う」という表現に集約するのに、不思議なくらいに感情表現が豊かだ。

『時間遡行《そこう》』でヤン司祭を五十三日巻き戻らせたが、『教会』が公表しているヤン司祭の処刑の日は、四十六日前だ。つまり、公式発表通りに処刑が行われていたと仮定した場合、ヤン司祭には、七日の記憶のない時間が存在してしまう。

　いくら地下牢に幽閉されていたとはいえ、その七日間に一度も他者と接していないというのは、あり得ない。最低でも地下牢から連れ出されて、処刑された時には誰かと接しているはずだ。そこで何らかの会話をしたはずなのに、ヤン司祭がその会話を覚えていないとなれば、『教会』はその点を攻めて、蘇《よみがえ》ったヤン司祭を偽物と断じるかもしれない。

「ならば、いっそ司祭殿の体感に合わせて、五十三日前の時点で脱獄していた、と主張したらどうだ？　脱獄の事実を認めたくない『教会』が代わりの死体を使って、司祭殿の処刑を形作ったという設定だ」

　まず拒絶されるだろうな、と思いつつ提案した女王アウラに、案の定、ヤン司祭はきっぱりと首を横に振る。

「それはできません」

「まあ、そうだろうな」

　ヤン司祭の返答に、女王は小さく肩をすくめる。予想通りの返答に、女王アウラはヤン司祭の人となりが、情報収集で集めたそれと、大きく異なってはいない確信を深める。

　ヤン司祭の価値観では、『教会』が自分の身を拘束したことそれ自体は、間違っていない。司祭たちを束ねる『教会』は、時と場合によって教会に所属する人間に指導を行うべきであるし、実際自分に指導されるべき言動があるのならば、改める用意がある。

しかし、現実として自分の言動に過ちがあるとは感じていないし、逆に『教会』の指導内容について、本来の教えから逸脱しているものを感じている。だから、話し合うべきだ。それがヤン司祭の主張であった。

そんなヤン司祭にとって、投獄された地下牢《ちかろう》から、自主的に脱獄するというのは、「命惜しさに自らの考えを曲げた」結果になるのだから、許容できない。

ウップサーラ王国首脳陣の分析にあった、「ヤン司祭は脱獄の機会に恵まれても、それを利用する可能性は低い」という評価は完全に正しかった。

「となると、やはりちと問題が残るな。司祭殿は脱獄していない。だが、五十三日前より後の記憶はない。これは『教会』側からすると、実に良い攻撃箇所だ。

獄内、もしくは処刑当日に交わした言葉を、司祭殿が記憶していないという事実が、向こうに知られれば、『ヤン司祭は確かに処刑された。貴様がヤン司祭だと言うのならば、処刑直前に私と交わした言葉を言ってみろ。答えられないのならば、貴様はヤン司祭の名を騙《かた》る偽物である』、という方向に話を持っていくのではないか?」

「その可能性は否定できません」

実際、女王アウラの指摘こそ、ヤン司祭が今一番懸念していることである。

北大陸における『教会』は、大国にも匹敵する権力を有している。

権力には「白を黒とする」力がある。ましてや、少しでも灰色ならば、簡単に黒にしてくるだろう。いくら本人が本物と主張しても、真実本物だとしても、世間に広く偽物として認知されてしまえば、以後のヤン司祭には、偽物としての人生が待っている。

「…………」

考え込むヤン司祭に、女王は内心舌打ちをする。

女王アウラからすると、ヤン司祭が偽物のレッテルを張られようとどうでもいい。大事なことは、ヤン司祭が大々的に活動し、北大陸を混乱させてくれることだ。

万が一、ここで慎重になって「やっぱりすぐには北大陸に行きません。こちらで、英気を養いながら、機をうかがいます」などと言い出されれば、最悪である。

どうにかして、この危険人物を北大陸に行かせなければ。

女王アウラがそんなことを考えていると、それまでずっと通訳に徹していた傭兵《ようへい》隊長の方のヤンが、小さく手を上げる。

「私の意見です。すみません、その辺りについては、どのみち水掛け論にしかならないのだし、情報収集と予測で乗り切ったらいかがでしょうか？」

「ふむ、詳しく説明してくれ」

促す女王アウラの言葉を受けて、ヤン隊長は説明を続ける。

「はい。思い返すだけで、腸《はらわた》が煮えくり返る話ですが、私が集めていた情報によると、司祭様の投獄後の扱いは、徐々に悪化していきました。そうした状態の人間に、記憶の混濁が起こるのは珍しいことじゃありません。むしろ、全く起きないほうがおかしい。

さらに言えば、第三者がいないのだから、『教会』の奴が嘘《うそ》をつく可能性だってある。いや、あいつらならまず間違いなく、嘘をつくでしょう。『ヤン司祭は、刑死の直前自らの発言を悔い、許しを乞うていた』とかね。

ならば、こっちはこっちの都合の良い『真実』を主張するしかないのではないか、と」

『教会』内部にいるヤン司祭の信奉者たちから、投獄後のヤン司祭の身に起きたことを聞き出す。その情報を元に、ヤン司祭は、その時自分がどのような言動を取ったのかを予想する。その予想を、そのまま『真実』として主張し、情報収集で集めきれなかった部分に関しては「記憶が朧《おぼろ》げで覚えていない」と、開き直ればいい。

「なるほど、悪くはない」

ヤン隊長の説明を受けた女王アウラは、その提案に一定の効果があることを認める。

「しかし、懸念もある。水掛け論が続けられるのは、相反する主張をする両者の発言力が、同等の場合だ。どちらかの発言力が圧倒的な場合、水掛け論は続かぬ。ただ一方的に押しつぶされる。その辺りは、大丈夫なのか？」

とっとと北大陸に帰れ、と思っていながらそう忠告するのは、何も女王アウラがお人好しだからではない。

ここで下手に疑問を押し殺したまま嘘をついて「まあ、いけるんじゃないか」と言ったところで、ヤン隊長もヤン司祭も、簡単に騙《だま》されてくれるたまには見えない。

それにせっかく、秘匿魔法である『時間遡行《そこう》』を使って起こした策略が、「蘇《よみがえ》ったヤン司祭は、偽物認定されて相手にされませんでした」では、さすがに少し業腹《ごうはら》だ。

女王アウラの言葉に、ヤン司祭は困ったような表情で、その懸念を肯定したが、通訳をしていたヤン隊長は自信をもってそれに反論する。

「私の意見です。恐らくですが、アウラ陛下が懸念するような状況にはならないと、考えます」

「ふむ、なぜか教えてもらおうか」

「はい。司祭様は、ご自分の影響力を過小評価しておいでです。確かに、北大陸における『教会』の権限、権威は強大です。一般的な『教会』の信徒は、『教会』の発表を信じるでしょう。しかし、元より司祭様を信じている者は別です。司祭様のお言葉を信じます。最低でも、復活後の司祭様と直接顔を合わせた者ならば、間違いなく司祭様を本物だと理解するはずです」

ヤン隊長の物言いはあまりに堂々としており、当のヤン司祭が困惑しているほどだ。

さらにヤン隊長は、付け加える。

「司祭様の祖国のボヘビア王国ならば、司祭様の言葉を信じる者が相当数います。王宮にも、『教会』内部にも。大学のある王都ならば、圧倒的に多数派でしょう」

ヤン隊長の言葉に、女王アウラは口角が上がるのを必死に抑えなければならなかった。実に、好都合だ。本当に、ヤン隊長の言葉通りならば、カープァ王国としては、理想的とすら言える。同じ『教会』勢力同士なのに、ヤン司祭につく国と、『教会』に従う国があるのならば、良い具合に内輪もめしてくれることが期待できる。

無論、一目でわかるほど、ヤン司祭を信奉しているヤン隊長の評価を鵜呑《うの》みにするのは、危険だが。

ともあれ、ヤン司祭が北大陸に帰国できる環境にあるのならば、それだけで歓迎すべきことである。

「故郷に居場所があるのならば、それに越したことはない。ただ、先ほども言った通り、現状は私にとっても予想外なのだ。予定では、このまま私の『瞬間移動』でヤン隊長とヤン司祭の亡骸《なきがら》を、北大陸に送り返すことになっていた。予定に沿った場合、二人を『瞬間移動』で飛ばすことになるのだが、それで問題ないだろうか？」

そう言う女王アウラの言葉の、前半は全くの嘘八百《うそはっぴゃく》だが、後半部分は事実である。

上手くいけばヤン司祭を蘇生《そせい》させられるかもしれない、と企んではいたが、それをヤン隊長に伝えるわけにはいかないため、女王アウラはあえて「ヤン司祭の亡骸を再生できた」場合の準備しかしていない。

だから、ここで「様子見のために、しばしこちらに滞在したい」などと言い出されても、正直困る。

この石室に、ヤン隊長がいることを知っているのは、カープァ王国でもごく一部なのである。二人を外に出してやることはできないし、この場に飲食物その他、生活に必要なものを持ち込むのも一苦労である。なにより致命的なのは、石室には便所がないのだ。

二人が生理現象に襲われる前に、北大陸に飛ばすのが最善である。

幸い、女王の言葉に、傭兵《ようへい》隊長は自信をうかがわせる笑顔で答える。

「はい、問題ございません。夜陰《やいん》に乗じて行動するのは、お手の物ですから。司祭様の亡骸を背負ってやるつもりだったことが、生きてる司祭様とご一緒にやるようになるだけです。難易度はむしろ、下がっています」

ヤン司祭がいつ死んでもおかしくないくらいに弱っているというのならば話は別だが、現状のヤン司祭は、獄中生活で痩せて弱ってはいるものの、立って歩く程度ならば問題がない状態だ。これならば、死体を抱えて動くよりはよっぽど楽というものだ。

「それならば、よい。司祭殿もそれでよいか？　ああ、『瞬間移動』については、傭兵隊長殿から説明を受けてくれ。飛ばす場所は、ウップサーラ王国のログフォートだ。かの国の上層部には最低限話が通っている故、万が一見つかっても、黙認されるはずだ。

ただ、あくまで黙認でしかないし、見つからないに越したことはない。迷惑にならないように、人目につかないように、速やかに移動してくれ」

ヤン隊長にはすでに伝えている言葉を、今一度繰り返すのは、ヤン司祭に理解してもらうためだ。

ヤン隊長は、律儀《りちぎ》に今の言葉を、そのままヤン司祭に伝える。

ヤン隊長の言葉を受けて、ヤン司祭は一つ頷《うなず》くと、女王アウラに向かって口を開いた。

「アノ　ハプ　ジイ　ヴァレェチェンソ　カラァログナ」

ヤン司祭の言葉は当然、女王アウラには分からないが、その引きしまった表情と、一礼する姿勢から、了承の意を伝えようとしていることは分かる。

続いて聞こえてくるヤン隊長の翻訳は、ほぼ女王アウラの予想通りだった。

「はい、承知いたしました、女王陛下。

ここからは、私の言葉です。大丈夫です。これほどお世話になった方々にご迷惑をかけるようなへまはしません」

ヤン司祭の落ち着いた態度と、ヤン隊長の自信に満ちた言葉。二人の反応から、問題はなさそうだと、女王アウラは判断する。

「分かった。では、二人に対して、私ができることはこれが最後だ。幸運を祈る」

そう言うと、女王アウラは二人のヤンを『瞬間移動』で、北大陸へと飛ばした。

◇◆◇◆◇◆◇◆

数日後。『ヤン司祭』復活の一件がおおよそ片付いたところで、善治郎と女王アウラは、いつも通り後宮《こうきゅう》のリビングルームで、会談の場を設けていた。

これから話す内容は、機密中の機密だ。念には念を入れて、いつも以上に人払いをしたいところだが、「後宮でいつもは傍《そば》にいることを許す侍女たちすら排して、話し合いの場を設けた」という事実が、外に漏れただけで注目を浴びてしまうのが、今の善治郎とアウラの立場だ。

そのため、後宮侍女のリビングルームのローテーションが、絶対に信頼のおける面々になるまで待って、今夜のこの場を設けたのである。

カープァ王家の秘匿魔法である『時間遡行《そこう》』によって、人間の蘇生《そせい》に成功してしまったのだ。細心の注意を払うのは、当然である。

ひとまず、互いに情報を伝え合い、少しでも疑問に思ったことは問いかけ、問いには相手が納得するまで答え、密に情報交換を終えたところで、女王アウラは大きく肩を上下させて、息を吐いた。

「なるほどな。では、其方《そなた》は蘇生《そせい》したヤン司祭とも、帰路のヤン隊長とも、ログフォートで顔を合わせずにやり過ごしたのだな」

情報を整理するように、今一度問う妻に、善治郎は真面目な表情で首肯《しゅこう》する。

「うん、会ってない。別室に控えて、居留守を使ってた」


あの日の夜。ログフォートの館からヤン隊長を『瞬間移動』でカープァ王国の石室へと飛ばした善治郎は、その後アウラの『瞬間移動』で、ヤン隊長とヤン司祭が戻ってきたときも、まだ館にその身を潜めていた。

情報収集のためには、善治郎もログフォートでヤン司祭、ヤン隊長と顔を合わせておくべきだったのだろうが、あいにく善治郎はアウラと違い、自分の演技力に自信がない。

多少の不自然さはあっても、直接顔を合わせて情報を抜かれるよりはまし、という判断だった。

そんな善治郎の自己評価は、女王アウラも同意するしかない。

「確かに、あのタイミングで其方とヤン司祭たちを会わせれば、こちらの意図を見抜かれる危険性が高いからな」

こちらの意図。ヤン司祭が生き返ったのは予想外の出来事ではなく、狙ってやったことだと悟られるのは、拙《まず》い。『時間遡行《そこう》』の魔法の可能性を誤解される恐れがあるし、何より狙ってヤン司祭を蘇生させたと知られれば、カープァ王国が何をやろうとしているのか、あまりに明らかだからだ。

自分たちは、南大陸の国家が仕組んだ北大陸の戦乱の火種である。と知られれば、今回のヤン司祭蘇生によって高めたヤン隊長とヤン司祭からの好感が、反転しかねない。

善治郎が、ヤン司祭、ヤン隊長とあのタイミングで顔を会わせれば、高い確率で「ヤン司祭の蘇生は予想外ではなく、ある程度想定していた事態だった」ことを見抜かれる。その善治郎の自己判断は、恐らく正しい。

善治郎は、女王アウラほど表情を取り繕うのが上手くないし、ヤン司祭とヤン隊長は蘇生からある程度時間が経《た》ったことで、冷静さを取り戻している。

司祭と傭兵《ようへい》。立場が違うため、その性質は異なるが、どちらも高い知性と理性を有する傑物だ。善治郎の拙《つたな》い演技では、疑念を抱かせるのに十分だ。

「幸い、二人は無事、人目につかないまま、ウップサーラ王国から姿をくらませたようだよ。翌朝、館に勤めている人間に港周辺で聞き取りさせた範囲では、ヤン司祭とヤン隊長の目撃情報はなかった」

善治郎の情報収集能力はそこまで高いものではないが、その言葉はまず間違いないだろう。

元々、ヤン隊長は歴戦の傭兵《ようへい》らしく、夜陰《やいん》に乗じて行動するのはお手の物だ。ヤン司祭も、司祭兼大学の学部長という肩書からは想像もつかないくらい、フットワークの軽い人間だ。お荷物にならない程度には動ける。

夜のうちに人目を避けてログフォート港に行き、適当な船に乗ってウップサーラ王国を離れたのだと思われる。

善治郎はずっと考えていたことを、妻に確認をとる。

「ねえ、アウラ?」

「なんだ?」

「今回の一件、こっちの想定通りにいったら、『時間遡行《そこう》』による人間の蘇生《そせい》成功は、世間一般に対しては秘匿できるよね?」

念を押すように確認する善治郎に、女王は少し考えた後、条件付きで同意する。

「まあ、そうなるな。噂《うわさ》として流れることは避けられないだろうが、それについては今も同じだからな。司祭殿が仁義を守ってくれるならば、あくまで噂の域を出ることはないだろう」

その辺りについては、女王アウラも現状を楽観視している。ヤン司祭の人柄にある程度信頼がおけると見たことも理由の一部であるが、それ以上に大きいのが、事実を暴露することにヤン司祭たちにメリットがまるでないからだ。

せっかくだから、「奇跡が起きて蘇生した」とした方が、ヤン司祭にとっても箔《はく》がつく。

「蘇生できたのは、南大陸の王族の『血統魔法』のおかげだ」では、凄《すご》いのはその王族であって、ヤン司祭にはなんら神秘性は生まれない。

「やっぱりそうだよね。その場合、カープァ王家の資料としては、どうするのが適切だと思う？　思いつくところでは、詳細に情報を残した後で、カープァ王家以外は閲覧できないように処理を施す。逆に、情報の秘匿を優先するなら、一切何も残さない。そのどちらか、かなあと思うんだけど」

中途半端が一番よくない。それは、さほど頭の良くない善治郎でもわかる。中途半端な記録は、世代を重ねれば、推測や希望を重ねて歪《ゆが》んでしまう。

「魔力を一切持たない人間ならば、『時間遡行』の魔法で蘇生が可能である」が、「『時間遡行』の魔法は死者の蘇生を可能とする」に置き換わる懸念が拭い去れない。

その点には、女王アウラも同意するしかない。

「確かに、やるならばそのどちらかにするべきか。通常、王家の秘伝は口伝《くでん》が多いのだが、口伝は歪みやすいからな」

秘匿性の高さで言えば、書面よりも口伝が上なのだが、情報伝達の正確さという点に関しては、勝負にならないくらいに書面が上だ。そして、『時間遡行』による死者蘇生という情報は、秘匿性も大事だがそれ以上に正確さが求められる。

「うん。正直、極めて限定的に人間の蘇生《そせい》に成功したという事実は、事実がそのままばれるより、事実が歪《ゆが》んで伝わる方がずっと害悪だと思う」

善治郎の言葉に頷《うなず》きながら、女王はふと思いついたように言う。

「確かにその通りだ。しかし、可能な限り秘匿性を上げたい情報であることも事実。そうだ。せっかくだから、其方《そなた》にやってもらおうか」

「俺？」

突如指名を受けた善治郎は、首を傾げる。自分に、情報の秘匿技術があるとは思えない善治郎だが、アウラの説明を受けて納得する。

「ああ。その手の情報は、其方のパソコンに打ち込み、紙には残さないようにするのだ。それも、南大陸西方語ではなく、其方の祖国の言葉――ニホンゴで記せば、秘匿性は相当に高いぞ」

「なるほど、その手があったか」

言われて、善治郎も納得する。

パソコンに打ち込んだ情報は、電源のないところでは見ることができないし、仮に見ることができたとしても、日本語での表記ならば、理解することは難しい。

どのみち、パソコンと小型水力発電機は、子々孫々まで受け継いでいくつもりだ。発電機はともかく、パソコンを有益に取り扱えるようになるには、日本語の習得は必須。つまり、パソコンの後継者はある程度日本語の読み書きができなければならない。そう考えれば、日本語でパソコン内に秘匿情報を残すというのは、妙案に思える。

「問題は、前にも言ったパソコン内部の情報データが『時間遡行《そこう》』で失われるってことか。外に逃がせられるＵＳＢメモリやＳＤカードの容量に限度があるんだから、遠い将来には残す情報の取捨選択が必要になるのがネックかな」

「ふむ。それならば、秘匿性は一段落ちるが、竜皮紙にニホンゴで記して、王家の書庫に収納するか」

「多分、そっちの方が無難だね。ただ、その場合、俺が今作ってる日本語と南大陸西方語の対応辞典は、プリントアウトしない方がいいね」

　現在善治郎は、空いている時間を使って、ウトガルズのロック代表から受けた依頼である『異世界転移の手段』の模索を始めている。

　現状やっているのは、王家の書庫に収められている時空魔法関係の書類を、パソコンに纏《まと》めて打ち込む作業だ。

　また、南大陸西方語と日本語の対応表一覧は、以前からコツコツとパソコン内で書き溜めている。辞書という名の超大型船を編む作業は、まだ始まったばかり。善治郎以外にはできない仕事だが、善治郎の一生を費《つい》やしても終わるとは思えないほどの一大作業だ。

　素人《しろうと》の善治郎が独学独力で造っている、辞書と呼ぶのもおこがましい代物だが、それでもあるとないでは大違いだ。秘匿情報を竜皮紙に日本語で残すのならば、日本語と南大陸西方語の対応辞書は、可能な限り人目につかない状態にしておいた方がいい。

パソコンや水力発電機といった電化製品を子や孫の代まで受け継がせるには、必要不可欠なものであるが、どのみち完璧は望むべくもない仕事だ。

善治郎の意見に、女王アウラは首肯《しゅこう》する。

「ああ、どのみちニホンゴは、パソコンが使い物にならなくなれば、さほど必要のないスキルだからな。パソコンの中だけに存在するのが、機密上もいいだろう」

逆に、全電化製品の大本である水力発電機の取り扱い方や、メンテナンス方法、バッテリーに『時間遡行《そこう》』をかけるべきタイミングなどは、南大陸西方語に翻訳した説明書を残しておくべきだろう。

水力発電機の停止は、全ての電化製品の停止を意味する。そこは機密性よりも確実に情報が伝わることを重視するべきだ。

多少脱線したが、「『時間遡行』による死者蘇生《そせい》」に関する情報の取り扱いについては、これで決定した。

「それじゃ、ヤン司祭に関する一件は、ひとまずこれで終わり、ということでいいかな？」

善治郎の意見を、女王が肯定する。

「ああ。終わり、というよりもこれでしばらくこちらは、様子見しかできない、と言うべきだがな」

ヤン司祭を蘇生させ、北大陸に戻した。ヤン司祭にもヤン隊長にも紐《ひも》をつけていないため、後は結果待ち。こちらの手を離れた、と言える。

「分かった。他には何か共有しておく情報はあるかな？」

機密性という意味ではヤン司祭蘇生の一件が飛び抜けているが、現状カープァ王国が取り扱っている問題はそれだけではない。重要性という意味では、それを上回る議題が複数存在する。

言いながら、まだ自分から報告しておくことがあったことを思い出した善治郎は、再び口を開く。

「あ、ヤン隊長の後、『瞬間移動』で飛ばしたガラス職人のおじいさんはどうしてる？」

「ああ、あの御仁《ごじん》ならば、王宮でもてなしている。どの程度の腕かはまだ分からぬが、以後の人生は王宮で確保するさ。王宮からは出さんがな」

その初老のガラス職人は、元々ボヘビア王国で小さなガラス工房を営んでいたのだが、現代の技術進歩についていけず、ガラスを購入してくれる者もいなくなり、食うにも困っていたところを、現地の仲介者を通じて善治郎が、南大陸へと招へいしたのだ。

こちらも一応「秘密裏にログフォートまで来い」と指示を出し、一時金を持たせたのだが、隠密行動の手引きはしていない。ガラス職人にすぎない老人が、精いっぱい隠密に動いたつもりでも、当然ながらウップサーラ王国上層部にはばれているだろう。むしろ、ばれてもらわないと困る。

彼の存在が、ヤン隊長、ヤン司祭の動きから目をそらさせるカモフラージュだからだ。

いくら仕事にあぶれた古い職人とはいえ、他国から職人を引き抜くという行為は、難癖を付けようと思えば、付けられるくらいには非難される行為だ。だから、表ざたにならないように、隠れて『瞬間移動』させようとした善治郎たちの行動に、不自然さはない。

「役に立ってくれるといいんだけどね。古い技術とはいえ、ある程度透明なガラスを作ること自体できるはずだから、期待したいね」

善治郎の言葉に、女王は首肯《しゅこう》することで同意を示しながらも、

「そうなれば最善だな。だが、多くは望まぬよ。ヤン隊長、ヤン司祭の目くらましとして役立ってくれたのだから、それで十分だ」

と冷静に批評する。

女王アウラは今回招へいした初老のガラス職人に、多くは期待していなかった。急速に発達する技術の進歩に取り残された不運な職人というのは間違いのない事実であるが、彼

と同世代のガラス職人全員が職にあぶれたかというと、そうではない。ある職人は長い年月で築いた人脈で細々と仕事を確保しているし、ある職人は、新技術などしゃらくせえと一蹴しながら、その卓越した腕で古い技術で造られたガラスで未《いま》だに顧客の心をとらえている。ある職人は自分は現場から完全に離れて工房の統括に終始し、現場は新技術を学ばせた新人たちに任せることで工房を維持しているし、またある職人は、若い見習いたちに交じって必死に新技術を習得している。

全体で見れば、食べていけなくなるくらいに追いつめられたのはごく少数なのだ。言ってしまえば、人柄、技術、経営、管理、情熱、運などのあらゆる再起の機会を生かせなかった、選りすぐりの駄目職人ともいえる。

そう考えると、確かに多くを期待するべきではないのかもしれない。

「まあ、それは確かにそうだね。上手くいったらラッキーぐらいに思っておくか」

頭を切り替えて、善治郎は自分に言い聞かせるようにそう言った。

「それが無難だな。ああ、そう言えば、フレアから提案があったぞ。フレアの個人予算で、北大陸から人を呼びたいそうだ。なんでも、繊維の洗浄、脱色を専門とする職人だとか」

女王は意味ありげな笑みで、夫を見る。

妻の声色と表情から、自分がフレアに助言したという事実が伝わっていることを察した善治郎は、素直に答える。元々、隠すようなことでもない。

「うん、フレアから相談されてね。つたないながらも、ちょっと助言したよ。俺の見立てでは、北大陸の布はこっちよりも平均のレベルが高い感じだったから、それを伝えたんだけど」

厳密に言えば、その助言は「二人の妻のうち一人を贔屓《ひいき》した」、と言えなくもないだろうが、この程度のことすらできないのならば、さすがにそれは冷たすぎる夫婦だと善治郎は考える。

一夫多妻制の貴族社会では、もっと冷たい生活を送っている夫婦も珍しくないらしいが、善治郎はそれに耐えられるような強靭《きょうじん》な精神を有していない。

実際女王アウラとしても、善治郎とフレア姫の言動を咎《とが》めたてるつもりはなかった。

「ああ、もちろん問題ないぞ。フレアには、いくつかの分野を除く独自の経済活動を許可しているし、フレアに其方《そなた》が助言することを私が止める権利はないからな。

問題は、フレアの目論見《もくろみ》が成功した場合、我が国の同業者に恨みを買う可能性が高いことか」

フレア姫の目論見通りことが進んだ場合、カープァ王国にはフレア姫が設立する新たな繊維、布を取り扱う店舗が誕生することになる。

善治郎の見立てが正しければ、そこで取り扱われる白糸、白布は、既存のそれに品質か価格のどちらか――もしくは両方――で勝る。

そうならなければフレア姫が困るが、そうなれば既存の同業者が困る。通常、後発は品質や価格で勝っていても、知名度や信用で劣っている分、販売競争に負けることが多いのだが、フレア姫には王族という金看板がある。

最悪もしくは最善の場合、既存の職人、商店が駆逐《くちく》される恐れすらある。

その程度のことは、さほど聡明でもない善治郎でも簡単に予測がつく。

「確かに、それはちょっとまずいね。それなら、フレアは直接物を売らないで、技術を売るようにしたらどうだろ？」

「技術を売る？」

首を傾げる女王アウラに、善治郎は説明する。

「うん。どのみち、北大陸の職人は、俺が『瞬間移動』で連れてくるんでしょ？　それならせいぜい数人だよね。その程度の人数で、現物を大量生産できるはずもないし、大量生産したいならカープァ王国の職人も大量に雇う必要がある。でもそれをやったら、本当にこの国の繊維・布を扱っている組織と喧嘩《けんか》だ」

同系の商品を流して顧客を奪い合う程度ならばまだしも、職人を奪うようになれば商人たちも黙っていまい。かといって、職人ではない子供や若者を雇って職人にするところから始めるには、事業の黒字化までに必要とされる時間がかかりすぎる。

それは、フレア姫が望まない。フレア姫はできるだけ早く金が欲しいのだ。

「だからさ、フレアが呼んだ人間だけでまず、こちらで再現できるように模索する。南大陸で調達できる物資だけで、南大陸製の糸を北大陸製のそれと同レベルまで脱色できる技術を確立するんだ。

それから、その技術を欲する商会におろす。実際にその技術を使って商品を量産して、販売するのは契約を結んだ南大陸の商会だ。その上で、その技術を使って作られた商品の売り上げの何割かをフレアが貰《もら》う。そういう契約を結ぶのが、全方位的に最善じゃないかな?」

最大利益よりも、周囲に起こす波風を最小にした上での利益を求める善治郎の提案は、今回の場合は最善に近い助言であった。

「確立した技術を現場におろして、継続的に技術料を取る、か。上手くいけば、それが良いかもしれぬな」

女王アウラもそう言って同意を示す。「上手くいけば」とただし書きがつくのは、通常上手くいかなくて当たり前の提案だからだ。

現状南大陸には特許という概念がないため、知識や技術の代金を継続的に徴収するというのは、難しい。

知識、技術を習得してしまった側が、「誰が馬鹿正直に金なんか払い続けるか」と踏み倒すことができるからだ。それを取り締まる法律がない。それどころか、「大事な知識や技術を守れなかった方が悪い」という風潮すらあるくらいだ。

だが、今回はその問題はない。提供するのはフレア姫、カープァ王国の王族だ。

カープァ王家の力は、封建国家としては例外的と言えるほどに強い。まして、王家の直轄領《ちょっかつりょう》の商人相手ならば、相当な無理も通すことができる。

現状の南大陸では一般的ではない契約も、守らせ続けられるだろう。それだけの権威、権力、実行力がカープァ王家にはある。

「うむ。その方向ならば許可しよう。なんだったら、白布だけでなく、他の色の染色技術もおろしてくれて構わぬ」

技術全般において、北大陸が南大陸より優位に立っているのは、動かしがたい事実である。ならば、繊維の洗浄、脱色のみならず、染色においても優れている可能性が高い。全ての色において当てはまるかは別として、何色かは目玉商品となりうるものがあるのではないか？　そんな女王アウラの提案に、善治郎は少し考えて首を横に振る。

「……いや、少なくとも最初は洗浄、脱色に絞った方がいいと思う。染色に使う染料の材料って大半は植物性でしょ？　北大陸と南大陸じゃ植生が全然違うから、同じものを見つけられる可能性は低いし、代用品を捜すのも一苦労だろうし」

染料の原材料となる植物を輸入し、カープァ王国に根付かせることができればよいが、気候の違いを考えれば徒労に終わる可能性が高い。万が一、上手くいったとしてもその成果が出るのは、何年も、場合によっては何十年も先の話だ。

一刻も早くアルカトの地を港として機能させたいフレア姫は、もっとせっかちに金を欲している。

「なるほど、道理だな。しかし、それは白糸、白布も同じなのではないか？　北大陸の職人が洗浄、脱色に使う薬剤も、やはり北大陸由来の物資でできているのだろう。となれば、こちらで再現するのに難儀するのは、同じなのではないか？」

女王の懸念に、善治郎は一部同意しながらも、反論する。

「まあ、広義では同じだね。ただ、洗浄、脱色は染色に比べるとまだ、再現性が高いと睨《にら》んでる」

染料の色は千差万別、それこそ同じ種類の紅花から同じ工法で取り出した染料でも、育った土地が違うだけで厳密には同じ色にはならない。

それに対して、洗浄、脱色という行為は、突き詰めれば全て同じだ。汚れを落とす、色素を落とす。無論、厳密に言えば、繊維との相性があるので、北大陸で高性能を誇る脱色方法が、南大陸でも同等の性能を誇る保証はないのだが、その可能性は高いと見ていた。

　とにかく、フレア姫が求めているのは、早い段階でのまとまった資金だ。試してみて時間がかかるようならば、すぐに次の手を打つ方がよい。

「分かった。では、そのように取り計らおう。フレアには私から言っておく」

「うん」

　アウラの言葉に、とっさに「ありがとう」と言いかけて、善治郎はその言葉を飲み込む。女王アウラがフレア姫に対して配慮したことを、両者の夫である善治郎が礼を言うのは、中立ではない。

　面倒な話だが、これも王族の務めであり、複数の妻を持つ男の義務だ。善治郎の場合、妻が二人ともできた人物のため、この程度ですんでいる、とも言える。

　王族の務めとしての婚姻。そこから連想するように、善治郎は思い出した話題に移行する。

「そういえば、ユングヴィ殿下はどうなったのかな？　集団お見合いはまだ一回しかやってないけど」

　善治郎の言う集団お見合いとは、前回行ったユングヴィ王子を主賓《しゅひん》とした夜会のことである。表向きの理由はユングヴィ王子を歓迎する王家主催の夜会となっているが、その実態がユングヴィ王子の第二夫人を決めるための面談、すなわちお見合いであることは周知の事実である。

善治郎の問いに女王アウラは小さく肩をすくめて言う。

「ミレーラでほぼ決まりだな。フレアが言うに、ユングヴィ殿下はそう希望しているらしい。後は、慎重にミレーラの意思を確認するだけだ」

ミレーラの意思。この場合それは覚悟、と言い換えることができるかもしれない。

通常の国内貴族同士の婚姻であれば、娘の意志確認などあってないようなものとするケースも珍しくないが、今回は極めて異例な、北大陸の国の王族入りという特殊なケースである。

非常に名誉なことであり、成功すれば望外の栄光が待っている婚姻であるが、残りの人生を未知の土地で過ごすことになるのだ。予想もできない困難に遭遇することは必然と言える。

その役目をやり切るには、能力はもちろんのこと、本人の意志が重要となる。

「予想はしていたけど、さすがにユングヴィ殿下は決断が早いね。ミレーラの意思確認が大切なのは同意だけど、誰がどうやるかが問題だよね」

血筋で言えばマルケス伯爵の姪《めい》であり、養女であるミレーラは、現在ここ後宮《こうきゅう》で侍女として働いている。

そのため、善治郎やアウラが直接問いただそうと思えば容易なのだが、その役割が自分たちには全く向いていないことは、善治郎にも理解できる。

善治郎とアウラは王族という高位者であり、ミレーラがユングヴィ王子に嫁いでくれることを望む立場である。

そして、ミレーラはそんな状況を理解できる、敏《さと》い人間だ。

そのため、善治郎やアウラが「本心を明かせ」と言っても、こちらの意をくんで「嫁ぎたいです」としか答えない可能性が高い。

その辺りの機微については、善治郎に言われるまでもなく、女王アウラの方がよほど詳しい。

「ああ、言質《げんち》を取りたいのではない。本心を知りたいのだからな。ひとまず、侍女長の方から『ここだけの話』として、ユングヴィ殿下の第二夫人にカープァ王国から人を出す、という話を広めてもらい、侍女たちから噂話《うわさばなし》を拾うか。無論、最後はオクタビア夫人にご協力願うことになるが」

女王アウラの提案は、特別なものではない。

一般的に、人が最も口が軽くなる相手は、気心の知れた同僚である。上司にも部下にも言えないことも、同輩には言えるものだ。

ユングヴィ王子の第二夫人がカープァ王国から出る。こんな美味《おい》しい噂話のネタを、若い後宮侍女《こうきゅうじじょ》たちが放っておくはずがない。侍女たちがいろいろと無責任な話をすることは疑いない。

ましてやつい最近、特例として後宮侍女の一部が実家に帰り、ユングヴィ王子歓迎夜会に参加したことは、後宮侍女ならば周知の事実である。

夜会に参加した侍女に、参加していない侍女たちは必ず問い詰める。「あなたは声を掛けられたの？　もし、ユングヴィ殿下に求婚されたらあなたはどうするの？」と。その返答から、本心を探るのだ。

「ミレーラに限らないけど、ユングヴィ殿下の元に嫁いだ子には、定期的に帰国する権利を持たせようと思う」

善治郎の言葉に、女王は小さく首を縦に振ることで同意を示す。

「それがいいだろうな。第二夫人はもちろん、同行する侍女たちにもな」

其方《そなた》の負担となるが、と最後に女王アウラは少し申し訳なさそうに付け加える。

『瞬間移動』でカープァ王国とウップサーラ王国を行き来する場合、それを実行するのはほぼ善治郎一人頼みにならざるを得ない。善治郎の負担が増えるのは間違いはないのだが、善治郎自身はそれをさほど問題視していない。

「それはフレアと北大陸出身侍女も同様だし、ついででしかないからね。多少向こうに滞在する日数が増えるくらいで、そこまで負担じゃないよ」

現時点でも、『瞬間移動』で飛び回っている善治郎だ。そのついでに、多少多くウップサーラ王国に滞在して、ユングヴィ王子の第二夫人やその侍女たちを里帰りさせてやるくらいは、もはや誤差の範囲になっている。

「…………」

「…………」

善治郎と女王アウラ。お互いに伝えたいことを伝え終えたことで、しばし沈黙の時間が流れる。

「……戦争の準備、なんだよね。今進めていることは全部」

「正確に言えば、応戦の準備だな。忌々《いまいま》しいことに」

今更としか言いようのない善治郎の言葉を、女王はその言葉通り心底忌々しげな口調で肯定する。

敵国内に混乱をもたらす謀略を仕掛け、産業を強化して経済力を増し、その金で自国の港を増やし、同盟国と政略結婚を進める。確かに、全てはいずれ起こる戦争に対する備えである。

「忌々しいのは、戦争？　それとも」

「応戦、だ。どうせやるならば、戦争は仕掛ける立場でありたい。仕掛けられるのは業腹《ごうはら》だ」

平和な国の平民出身の男の問いに、戦乱を勝ち抜いた大国の王はそう即答する。

女王アウラは為政者《いせいしゃ》として、保守的な質《たち》である。そのため、本質的には戦争を忌避する傾向が強い。だが、それは絶対に戦争回避が第一であることを意味しない。

その辺りの価値観が、善治郎とは大幅に異なっていることを理解し始めた女王は、双方の価値観を理解し合うため、自分の価値観に基づく国の動かし方について説明する。

「戦争というのは、仕掛ける場合と仕掛けられる場合がある。仕掛けられる場合は、否も応もない故、今話すのは仕掛ける側についてだ。

これはあくまで私の個人的な価値観だが、戦争を仕掛ける場合、満たすべき条件が三つあると考えている」

「それは、『天の時、地の利、人の和』みたいなやつ？」

戦争における三つの条件という言葉に対し、半ば反射的に答えた善治郎の言葉に、女王はパチクリと目を瞬かせる。

「ほう、面白い言葉だな。天の時、地の利、人の和、か。なるほど、非常に分かりやすく端的に大切なものを現している」

「まあ、向こうの世界で何千年も前に記されて、現代まで何かと引用される言葉だからね」

何千年も前の言葉が、現代でも一つの指標となっているということは、その言葉が本質の一つ、正解の一つであるという証拠だろう。

そんな善治郎の言葉に、女王は頷《うなず》きながら言う。

「含蓄のある言葉だな。しかし、それは私が言う三つとは違う。天の時、地の利、人の和は、私が言う三つの条件の第二。『勝算』に含まれるな」

女王の言葉に、善治郎は少し考えて、頷く。

「確かにそうだけど、でもそうなると『勝算』と同じくらい大切なものは別に二つあるってこと？」

軍事に関しては全くの素人《しろうと》である善治郎には、思いつかない。

そんな善治郎の問いに、女王アウラは首肯《しゅこう》すると、答える。

「そうだ。まず第一、つまり『勝算』よりも優先されるのが、『利益』だ。『利益』の見込めない戦争を仕掛けるのは、たとえ『勝算』が十割に達していたとしてもあり得ぬ」

「なるほど」

言われてみれば、あまりに簡単なことである。その利益を得るのが国なのか、王家なのか、王なのかという問題があるのだが、今の話の筋としては横道になるので、アウラはあえて言及しない。

「確かに、そうだね。絶対勝てる戦争でも、勝ってもなんの利益もないならやるだけ無駄だ」

「あくまで仕掛ける側の話だからな。勝てば利益が得られる戦争より、起こすだけで利益が得られる戦争がより理想だが、それはさすがにあまりに都合のよい話だな。

そして、第三は時として第二と順位が入れ替わることもある。それは『終戦』だ」

「『終戦』？」

今度は完全に意味が分からず、首を傾げる善治郎に女王は説明を重ねる。

「もう少し詳しく言えば『終戦の主導権』という表現になるか。戦争というのはやめるのが極めて難しい。なにせ相手のいることだからな。こっちが一方的に『もうやめよう』と決断しても、相手が『分かったやめよう』と言ってくれない限り、やめられぬ。

いざというとき、やめようと思ったときにやめられる手はずを整えておく。これが第三だ」

　だから、第二の『勝算』と第三の『終戦』は、時として優先順位が逆転することもあるのだ、と女王は言う。

『勝算』が限りなく十割に近いのならば、『終戦』の手はずはある程度低くてもよい。逆に、『終戦』の手はずが完璧に整っているのならば、『勝算』の低さにもある程度は目を瞑《つぶ》ることができる。

　女王の説明が続く。

「北大陸諸国の立場から見れば、我々南大陸に対する侵略行為は、第一の『利益』という条件は十全に満たしている。第二の『勝算』という条件は、現時点では判別がつかぬ。こちらとしては、満たしているとは思わぬが事実は不明だし、事実満たしていなくとも、向こうが勝手に満たしていると判断する可能性もある」

　本当は勝算が低いのに、高い、もしくは絶対勝てる、と勘違いをして侵略行為を仕掛ける可能性は確かに、否定できない。

「なぜそんなに気楽に仕掛けられるかというと、第三の条件『終戦』が、現状完全無欠な形で向こうだけが満たしているからだ」

　アウラの言葉に、善治郎は少し考えて、すぐに結論を出す。

「あ、そうか。大陸間航行船は、現状向こうにしか存在しない」

北大陸と南大陸は、大海によってさえぎられている。その海を越えられる大陸間航行船を所有しているのは北大陸諸国のみ。

つまり、北大陸諸国は、南大陸に侵略を仕掛けて分が悪いとなった時、船を引き上げるだけで一方的に終戦に持っていくことができるのである。最悪の場合でも、船ごと侵略軍を損切りすることで、終わりにできる。

付け加えれば、侵略の指示を出す国の中枢の人間は、大陸間航行船に乗っているはずはないのだから、彼らの懐は痛んでも体は痛まない。

「そういうことだ。だから、大陸間航行船の所有は必須なのだ」

女王は、その赤に近い明るい茶色の双眼を少し細め、力強く頷《うなず》く。

大陸間航行船が北大陸だけに存在する状態で、どれだけ戦力を増強しても、攻める北大陸、守る南大陸という戦況は変えられない。

だが、仮にもし、北大陸諸国の侵攻が開始される前に、南大陸が独自に運営する大陸間航行船で、北大陸との往復に成功すれば、侵攻を考えている北大陸諸国をけん制することができる。

下手なことをすれば、最悪北大陸の本土まで奴らは攻めてくるのではないか？　北大陸首脳陣にそんな懸念を抱かせることができれば、それだけで十分な成果だと、女王は語る。

「上手くいけば、侵略そのものを撤回することもありうる？」

未《いま》だに戦争回避の希望を捨てきれない善治郎の問いに、女王はあえて首を横に振る。

「いや、それはないな。こちらが大陸間航行船を製造し、船員を揃《そろ》え、大陸間航行を成功させるまで、少なく見積もっても年単位の時間がかかる。

一方、大海を越える侵略も、同じく事前準備が年単位で必要だ。つまり、私が懸念するような時期に侵略が行われるとすれば、こちらが大陸間航行を成功させた時点ですでに、侵略の計画はある程度進んでいると考えるべきだ。

それほどの計画を途中で止めることはないだろう。すでに止められないところまで進んでいると見るべきだ」

そう語る女王の言葉は、嘘《うそ》ではないが完全な真実でもない。

北大陸の為政者《いせいしゃ》が、よほど臆病か慎重な質《たち》であれば、「やっぱりやめた」となる可能性もゼロとは言い切れない。だが、それはあまりに低い可能性だ。ここで、その可能性を善治郎に告げることは、百害あって一利なしと女王は判断を下した。

「それもそうか」

ほとんど嘘のない筋の通った女王の説明に、王配は納得する。

それはつまり、自国に戦乱が訪れる未来が不可避であると認めたことになる。

「…………」

善治郎は、自分の体が震えていることを自覚した。

実際のところ、善治郎は自分で思っているほど臆病な質《たち》ではない。臆病な人間が、現実的に沈む可能性がある大陸間航行船に乗ったり、大猪《おおいのしし》と対峙《たいじ》したりできるはずがない。いくら、強力な魔道具で身を守っているとしてもだ。

だが、これが事戦争に限れば、善治郎の「自分は臆病者である」という自己評価は正しい。

善治郎の戦争に対する忌避感、嫌悪感、恐怖感は、この世界の人間からすると異常と言えるくらいに強いものだ。

だから、それを飲み込み、受け入れるのには時間がかかった。そして、飲み込んだ以上、そこに生まれる決意は重く、固い。

「迎え撃とう」

「ああ」

初めて聞く、重い決意のこもった夫の言葉に、女王は少し驚きながら、首肯《しゅこう》する。

「勝とう」

「ああ」

「少しでも次の戦乱が遠くなるように徹底的に」

「ああ、そうだな」

重く固い、本来絶対に入らないスイッチが入った善治郎の決意の声に、女王は小さな違和感を抱きながらも、そう同意を示すのだった。

エピローグ　戦火の萌芽《ほうが》

ウップサーラ王国第二王子にして王太子であるユングヴィ・ウップサーラは、義兄にあたる善治郎の『瞬間移動』を受けて、ウップサーラ王国の広輝宮《こうききゅう》へと帰還を果たしていた。

スヴェーア人男性としては、小柄で華奢《きゃしゃ》な部類に入るユングヴィ王子は、弾むような軽い足取りで、広輝宮の廊下を歩み進む。

「♪♪♪」

小さく鼻歌を口ずさむほどの上機嫌。

それくらいユングヴィ王子は、カープァ王国で過ごした日々に、手ごたえを感じていた。元から、兄であるエリク王子や、妹（公式には姉）であるフレア姫から、「カープァ王国は大国である」と聞かされていたが、いざその身を置くと、なるほどと実感できる。

間違いなく、カープァ王国は大国だ、と。しかも、北大陸とは植生も家畜も服飾も異なる国である。それでいて、根底に流れる価値観や思想には、最低限の共通項を見出《みいだ》せる。

だからこそ、貿易相手として有益だ。

そこにある動植物が異なっているということは、相手の持っている「ありふれた物」

が、お互いにとって「貴重な物」である可能性が高い、ということだ。

それでいて、根本となる価値観、思想に共通項があるということは、取引が成立しやすいことを意味する。

世の中は広い。「力ずくで奪う」ことを正当な権利としている集団もいるし、「約束を守る」ことを美徳としていない組織もある。そもそも「物の個人所有」という概念をまだ確立していない部族も存在する。

それらと比べれば、カープァ王国の価値観は、「問題ない」と言い切ってもよい程度には、共通している。

そのような国からユングヴィ王子は、第二夫人を娶《めと》ることが内定している。第二夫人候補である女性はなかなかに聡明で、高位貴族女性として十分な教育を受けてきたことが確信できる問題のない女性だし、なによりその保護者であるマルケス伯爵を、ユングヴィ王子は高く評価していた。

頭がよく、バランス感覚に優れた大領主貴族。マルケス伯爵はそうした人物だ。国に属する貴族という立場と、自領を富ませることを第一とする領主の立場を巧みに使い分け、王宮での立場を強化しつつ、自領も豊かにしている。まず、傑物と言ってもいいだろう。

マルケス伯爵ならば、「話の分かる義父」になってくれる、とユングヴィ王子は確信している。無論それは、王侯貴族の価値観での「話の分かる義父」だ。

異なる文化圏の大国から第二夫人を娶《めと》る道筋ができた。しかも、その第二夫人候補の養父は、その国でも指折りの大貴族である。順調だ。ユングヴィ王子が当初願っていた以上に、ウップサーラ王国は大国、強国への道を歩み始めている。

そんな弾む心を反映するような軽い足取りで、帰国の報告をするため、父王の待つ王の私室に向かうユングヴィ王子だったが、王宮――広輝宮《こうききゅう》内に漂う空気を察知したところで、その足取りは激変した。

空気、と言ってももちろんそれは、そのままの意味ではない。広輝宮の通路を歩く途中、すれ違う人々の微妙な変化。それが空気の正体だ。

王宮の中でも王の私室に近いこの辺りで働いている人間は、特に選び抜かれた人間だ。だから、一目で分かるような違いはない。だが、幼い頃から彼らを見ているユングヴィ王子には、僅かな違いの蓄積が、空気として感じられる。

すれ違う時、使用人の黙礼がいつもよりわずかに長かった。真面目で上からの信頼の厚い侍女が、ユングヴィ王子の姿を見た時、僅かに目を見開いた。冷静さに定評のある老戦士が、王の私室に向かうユングヴィ王子の後ろ姿を好奇の目で見ていた。

一見するといつも通りだが、それは本人たちが努めて「いつも通りに振る舞おう」としている努力の結果であり、その「自然ないつも通り」と「努力の結果のいつも通り」の僅かな違いが、空気の違いとして感じられるのだ。

だから、父王が待つ王の私室の扉をノックする頃には、ユングヴィ王子の弾んだ足取りはすっかり落ち着いて、不測の事態に備える緊張感を漂わせたものになっていたのだった。

「ただ今帰国しました、父上。こちらは全てが順調です。ですので、まずはそちらの状況をお伺いしたいのですが」

王子らしい洗練された仕草と、相反するようなせっかちな口上。息子の帰国の挨拶に、ウップサーラ王国国王グスタフは、わざと聞こえるように大きなため息を一つついただけで、それ以上は言及しなかった。

実際、ユングヴィ王子の意見は正しい。今、共有しなければならない重要な情報が発生しているのは、北大陸側である。南大陸側がユングヴィ王子の言う通り、「すべて順調」なのだとしたら、なおさらだ。

「いいだろう。まずは座れ」

「はい、父上」

王であり父である人物の対面に座るユングヴィ王子は、父王の表情を間近で見て、少し肩の力を抜いた。

グスタフ王は現役の王として十分なポーカーフェイスを身に付けているが、ユングヴィ王子の観察眼と親子として蓄積してきた経験は、それを凌駕《りょうが》する。

だから、分かる。現在、北大陸ではかなり大きな事件が起きており、それは大陸中に周知の事実となっているようだが、良くも悪くもウップサーラ王国に近々には影響はない、ということが。最低でも、グスタフ王はそう見なしている。

それを確信したユングヴィ王子は肩の力を抜き、余裕の表情を浮かべたのだ。だが、そんなユングヴィ王子の余裕は、すぐに吹き飛ぶこととなる。

「では、お前の望み通り、こちらの状況を教えよう。ヤン司祭が、姿を現した」

「…………は？」

さしものユングヴィ王子も、この情報はすぐには脳内で咀嚼《そしゃく》できない。

「ええと、父上？　念のため確認しますが、確か共和国やその周辺ではヤンという名前は非常に多いはずですが、父上が言うヤン司祭とは、あのヤン司祭のことでしょうか？」

爪派、牙派問わず捜して回れば、ヤン司祭と呼ばれる人間は、複数いるだろう。ヤンというのはそれほどありふれた名前だ。

だが、一般的にただヤン司祭というと、それはボヘビア王国の大学の竜学部学部長であるヤン司祭のことを指す。

背教者として爪派『教会』に拘束され、火刑に処されたはずのヤン司祭だ。

「そのヤン司祭で間違いない」

「ヤン司祭は処刑されたと、噂《うわさ》に聞いていたのですが？」

ユングヴィ王子はヤン司祭が拘束されたという報告を聞いたところで南大陸に飛んだ。その後ずっと南大陸にいたユングヴィ王子は、現状北大陸の最新情報に疎《うと》い。

しかし、その間にも善治郎の『瞬間移動』でウップサーラ王国の外交官が一時帰国したり、どうしても南大陸の風土に体がなじまなかった護衛の騎士を入れ替えたりとで、人が出入りするたびに、僅かながら北大陸の情報も入っている（その際、誰よりも二つの大陸を激しく行き来しているのが、善治郎であることは言うまでもない）。

そうして耳に入っていた情報と、整合性が取れない最新の情報に首を傾げる蒼銀髪《そうぎんぱつ》の王子に、グスタフ王は畳みかけるように情報の濁流を放つ。

「間違っていない。ヤン司祭は処刑された。『教会』は間違いなく、そう公式に発表した。だが、ヤン司祭はボヘビア王国の大学に姿を現した。『教会』は、そのヤン司祭を偽物と発表した。まあ、当然だな。しかし、大学はヤン司祭を本人であると公式に発表した。ボヘビア王国自体は、現状まだ沈黙を保っている」

飲み込み切れない情報の濁流に、ユングヴィ王子は右手の中指と親指で両のこめかみを押さえながら、左手のひらを差し出し、父王の言葉を止める。

「ちょっと待ってください、父上。『教会』が偽物と発表した。大学は本人であると発表した。この順番で間違いありませんか？　情報が錯綜《さくそう》して、『教会』が偽物と発表したことを知らずに、大学が本物と発表したのでは？」

ユングヴィ王子が顔を引きつらせながら、そう確認するのも当然である。『教会』が偽物と発表する前に、本物認定するのと、『教会』が偽物と発表した後に、本物認定するのとでは、重さがまるきり違う。

前者ならば『教会』の意向を知らずに先走った可能性があるが、後者ならば公然と『教会』に反旗を翻したと言っても過言ではないからだ。

だが、そんなユングヴィ王子の確認もむなしく、王は首を横に振る。

「間違いない。正確に言えば、まず『教会』がヤン司祭の処刑を発表した。そのおおよそ二か月後、大学にてヤン司祭を名乗る人物が発見される。その噂《うわさ》を聞いた『教会』はすぐさま、そのヤン司祭を名乗る人物を偽物と断定。その『教会』の正式発表を受けて、大学が『ヤン司祭は本物である』と発表したのだ」

「うわあ……」

ユングヴィ王子は悲鳴じみた声を上げながら、顔は半分笑っていた。

とてつもない爆弾情報なのだが、よくよく考えれば全ては北大陸の『教会』勢力圏に動乱を呼ぶ情報だ。同じ北大陸でも、『教会』からは物理的にも外交的にも距離を取っているウップサーラ王国にとっては、福音とはいかなくとも、ある程度立ち回りに気を配れば

「対岸の火事」とすることはそう難しくないはずだ。

その事実に気が付いたことで、ユングヴィ王子は一定の落ち着きを取り戻す。

「なんかすごいことになってますね。大学は、完璧に『教会』に逆らってるじゃないですか。ん？　そういえば、ボヘビア王国は沈黙を保ってるって言ってましたよね？　ということは、ボヘビア王国自体、事実上その自称ヤン司祭の存在を黙認しているようなものなのでは？」

『教会』の公式発表を否定する声明を、自国の大学が出しているのに、それを咎《とが》めず沈黙を保っているのだから、ユングヴィ王子の指摘は正しい。

気づいたユングヴィ王子の言葉を、父王は肯定する。

「まあ、そうなるだろうな。ボヘビア王国の聖職者たちには、元々ヤン司祭の思想が浸透していたから、『教会』中枢とは距離があった。ボヘビア王国自体も、ヤン司祭を非常に高く評価していた。国全体が面と向かって『教会』に楯突《たてつ》くことはなくとも、心情的にはヤン司祭寄りだろう」

正確に言えば、今の『教会』に批判的だったヤン司祭の教えを信奉している人間が、ボヘビア王国中枢に多数いる、もしくは多数派であるということだ。

「なるほど。だとしても、その自称ヤン司祭を大学が本人だと認めて、ボヘビア王国自体も黙認しているということは、本人である可能性は相当高いですね」

ユングヴィ王子の指摘は的を射ている。つい最近まで大学で竜学部学部長を務めていたのだから、大学にはヤン司祭の顔を知っている人間はもちろん、個人的な友誼《ゆうぎ》を結んでいる人間も多数存在する。

大学はボヘビア王国肝いりの施設のため、王国中枢にもヤン司祭と直接面識のある人間は確実にいるだろう。

それなのに、処刑されたはずのヤン司祭を名乗る人物を本人と認定する以上、実際に本人である可能性は高い。

「ああ。偽物だとすれば、むしろ偽物を仕立て上げた首謀者が、大学とボヘビア王国ということになるだろうな」

そう言って賛同の意を示す父王の言葉に、ユングヴィ王子は頷《うなず》いて同意しながら、さらに思いつく。

「ん？　ヤン司祭は本物である。ということは、処刑されたヤン司祭は偽物だった、ということになりますよね。『教会』はヤン司祭が偽物であることに気が付かなかったのでしょうか？　……いや、さすがにそれはないですよね」

自分で導き出した推測を、ユングヴィ王子は自分で否定する。いくら反目しているとはいっても、ヤン司祭は『教会』の正式な司祭だったのだ。『教会』内部にヤン司祭を見知っている人間が一人もいなかったというのは、考えづらい。

「ということは、『教会』は自分たちが捕らえたヤン司祭が、偽物であることを知っていたことになりますね。でもそうなると、これまでの『教会』の行動があまりに杜撰《ずさん》すぎる。いや、違う？

捕らえられたヤン司祭は本物だった。でも、今大学にいるヤン司祭も本物。その可能性もあり得る。嘘《うそ》はヤン司祭を処刑した、という部分。

一度は捕らえられたヤン司祭が、どうにかして脱走した。もしくは、『教会』と何らかの取引をして生きながらえた。それこそ『二度と表舞台に立たないのなら、別人として余生を過ごす分には見過ごす』、とか。その約束をヤン司祭が破った。それなら話は矛盾しない」

次々と現状を説明づける仮定を思いつくのは、ユングヴィ王子の優秀さの証明と言えるだろう。ただし、その優秀な頭脳が導き出すことができるのは、あくまで自身の常識の範囲の予想であり、『死者蘇生《そせい》』という非常識が絡んでいる今回の場合、ユングヴィ王子の思考はただの空回りに近い。

そのため、次の情報を与えるグスタフ王の口元は、無意識のうちに小さな笑みの形を取ってしまう。

「ちなみに、自称ヤン司祭が大学から出した声明は、〝自分を正当な理由なく処刑した

『教会』に対する非難声明〟だ」

「…………………は？」

ユングヴィ王子の、絶句と呼ばれる類《たぐい》の沈黙は、今まででも最長のものとなった。まあ、無理もあるまい。それだけ、今聞かされた情報は非常識なものなのだ。

長い沈黙の後、酷《ひど》く間抜けな声を発したユングヴィ王子は、この時点でもまだ父王の言っていることを、正確に理解できていなかった。

「ええと、それは、実際にはヤン司祭は間一髪で逃げ出し、『教会』は偽の死体で処刑を行った。その行為をヤン司祭は非難している、ということですか？」

どうかそうであってくれ。そんな、常識に縛られたユングヴィ王子の願いは、簡単に裏切られた。

「いや、違う。ヤン司祭は、自分が処刑されたことを認めている。その上で、自分が処刑される謂《いわ》れはない、そのように独善的な判断で人の命を奪う今の『教会』は、偉大なる竜の教えを歪《ゆが》ませているので改善せよ、と主張している」

「…………自分が処刑されたことを認めている人って、初めて聞きました」

頭痛をこらえるように、片手で頭を押さえながらそう言うユングヴィ王子に、父王は小さく頷《うなず》いて同意を示す。

「通常、処刑された人間は、以後永遠に沈黙を保つからな」

死人に口なし。この大原則が崩されるとは、魔法があるこの世界でも誰も思ってもいなかっただろう。

強いショックを受けながら、それでもすぐにその情報を頭の中で咀嚼《そしゃく》したユングヴィ王子は、ヤン司祭の行動に理解を示す。

「死人。処刑したはずの人間が、処刑されたこと自体を認めつつ、生きて非難声明を出す。正直、最初に聞いた時はわけが分からなくて頭が真っ白になりましたけど、冷静に考えると良い手ですね。

『教会』は公式に処刑したと発表しているのだから、死んでいることは認めるしかない。『教会』は当然、ヤン司祭を偽物と断じる。でも、ヤン司祭と直接の面識のある大学やボヘビア王国の面々は、ヤン司祭が本物であることを知っている。

結果、ヤン司祭は処刑された後、復活したということになる。『教会』にとっては最悪に近い風評ですね」

ユングヴィ王子はクツクツと笑う。

息子であるユングヴィ王子の言葉に、グスタフ王は小さく首肯《しゅこう》すると、

「よりにもよって爪派の『教会』だからな。死後復活が事実として周知されてしまえば、『教会』の信徒は、ヤン司祭を現代の『勇者』と見るだろう。爪派『教会』にとって『勇

者』は、最高司祭すら歯牙にもかけない、最高位だ」

竜信仰を説く『教会』は大きく二つに分けられる。俗にいうところの『爪派』と『牙派』だ。

世界の支配者にして守護者である真竜たちは、この世界を去った。その時、真竜の中でも特に力が強く慈悲深い『五柱の真竜』は、この世界の人間たちに、牙と爪を一本ずつ贈った。

牙は限定的な知性を有する人型――『使徒《しと》』となり、爪は武具となり、武具に選ばれし者は『勇者』となった。

この『使徒』を第一に崇《あが》めるのが『牙派』であり、『勇者』を至上の者とするのが『爪派』である。

「『教会』の爪派は、『勇者』様のおとぎ話を経典に取り入れて、史実として扱ってますからねえ。死者蘇生《そせい》という現象そのものを否定できない。それどころか、むしろ竜に認められた証《あかし》となってしまう」

そう言うユングヴィ王子の声は、先ほどと同様に、押し殺し切れない笑い声が混ざったものだ。

国や宗教団体という代物は、まともに考えれば「それはないだろう」という逸話を史実と認定している場合が多い。治世が二百年を超える王、大陸の端と端でほぼ同時に戦果を挙げている将軍、ヴェール越しの姿しか見せていないのに求婚者が殺到した姫等々。『教会』爪派が聖典の一つに定めている歴代『勇者』の冒険譚《ぼうけんたん》。その中にも、明らかに荒《こう》唐《とう》無《む》稽《けい》な逸話が登場しており、その上で『教会』はその冒険譚を史実として、扱っている。

その冒険譚の中には、死者蘇生の奇跡も登場する。多くの場合、志半ばで命運《めいうん》尽《つ》きた『勇者』に、異界に身を隠したはずの真竜が「あなたにはまだ果たすべき使命がある」などと『声』を届け、『勇者』を生き返らせるのだ。逆に、勇者以外で『死者蘇生』の奇跡を賜《たまわ》った人間は、記録上存在していない。

つまり、ヤン司祭の『死者蘇生』が事実と認知されれば、爪派『教会』の信徒からヤン司祭は歴代の『勇者』に等しい名声を得る可能性がある。

『勇者』とは本来、真竜の残した五つの武具に認められた者を指す称号なのだが、現在爪派『教会』は五つの『勇者』武具の内のいくつか――ひょっとすると全て――を紛失していると言われている。

そのため、理屈の上では爪派『教会』が認めていない在野《ざいや》の『勇者』が存在しても、おかしくはない。ヤン司祭の場合、処刑前まで爪派『教会』の正式な司祭だったため、在野の『勇者』とはまた少し違うが。

「爪派『教会』が、非常に難しい立場に立たされていることは間違いないな。爪派『教会』としては、公式にヤン司祭の処刑を発表している以上、今更『実は逃げられていた』などと前言撤回をするわけにはいかない。だから、現れたヤン司祭を偽物と断じるしかない」

情報を整理するため、これまでの会話をもう一度なぞるように、グスタフ王はなめらかな口調でそう言う。

そんな父王の言葉を受けて、ユングヴィ王子が後を続ける。

「でも、それで押し通すにはヤン司祭は顔が知られすぎている。元々草の根活動に積極的な司祭様でしたから、ボヘビア王国に限らず、ヤン司祭の顔を知っている者は市井《しせい》にも数多く存在します。同時に大学竜学部学部長という地位についていたため、大学内はもちろんのこと、ボヘビア王国上層部にも顔見知りは多数存在する。

結果、ばれる。ヤン司祭は偽物ではない。間違いなく本物だ、と」

「必然的に、ヤン司祭を処刑したという爪派『教会』の公式発言が虚言だったとバレる、はずだった。それだけでも爪派『教会』として十分な痛手だっただろうに、ヤン司祭はその上をいった。

あろうことか、自分が爪派『教会』に処刑されたことを事実と認めたうえで、処刑は不当であったと非難した」

父王の言葉を受けて、ユングヴィ王子は降参するように両手を小さく頭の横に上げた。

「お見事、と言うしかありませんね。『教会』の信徒の大多数は無学な平民です。彼らが第一に信じるのは、自分の目で見たもの。第二に自分たちが信じる権威ある者の言葉です。

ボヘビア王国の平民たちは、自分の目で見たヤン司祭の生存を信じ、同時に爪派『教会』の言う通り、ヤン司祭の処刑も信じる。結果、平民たちの認識は、その両方の情報を無理なく両立できる状態、すなわち『ヤン司祭は処刑されたが、復活した』という状態に行きつく」

「平民は、聖典の内容を素直に信じている者も多いからな。死者蘇生《そせい》という奇跡が、現実に起こることを許容してしまう」

グスタフ王とユングヴィ王子の会話からも分かる通り、一般市民と違い、ある程度以上の高等教育を受けた教養人の間では、『教会』の聖典に限らず、古い文献や言い伝えに嘘《うそ》、大げさな話が混ざっていることは半ば公然の秘密となっている。

『勇者』の復活伝説など、その最たるものだ。少し穿《うが》った目で見れば、文献に残る『勇者』の復活伝説は、ほぼ全て胡散臭《うさんくさ》いモノであることが分かる。

復活した前後で、違和感を覚えるほど言動に変化が起こる『勇者』（竜学者は、復活の前と後で別の二人の『勇者』の逸話を一つにまとめたのではないか、と推測）。

死因がはっきりしないまま、その半年後復活したとされている『勇者』（竜学者は、一時的に表舞台から姿をくらませていただけで、そもそも死んでいなかった、と推測)。

復活して、最後の使命を果たして、その後姿をくらませた『勇者』(竜学者は、別の誰かが最後の使命を継いで果たしただけで、『勇者』は復活していない、と推測)。

そうした教養が、逆に「実はヤン司祭は本当に処刑された後、復活した」という事実から目をくらませてしまう。

「そういえば、もう一人のヤン、隻眼《せきがん》の傭兵《ようへい》ヤンはどうしているのですか?」

この一件には、重要人物がもう一人いることを、今更ながら思い出したユングヴィ王子の問いに、父王は即答する。

「自称ヤン司祭の護衛として、その姿は確認されている。自称ヤン司祭が本物であると見なされている理由の一つだな」

「確か隻眼の傭兵殿は、ヤン司祭が拘束されてからずっと姿をくらませていたのですよね? 隻眼の傭兵殿が間一髪でヤン司祭の救出に成功した。その際、替え玉の死体か何かを置いて、『教会』を騙《だま》しきった。というのは、一番あり得そうなラインですが」

捕らえた人間が処刑する前に獄中死するというのは、そこまで珍しい話ではない。そして、獄中死では格好がつかないため「処刑した」と事実と異なる公式発表をすることも。

問題は、ヤン司祭を脱獄させて、死体とすり替えるという行為の難易度が極めて高いことだが、『教会』内部にもヤン司祭の信奉者は少なくない。内部に協力する者がいるならば、絶対に不可能とまでは言えないだろう。

だから、今ユングヴィ王子が立てた推測は、現状を説明するうえで、比較的現実的な筋道であることは間違いなかった。

少なくとも、ヤン司祭は事実死刑となった。その後、焼き捨てられた骨を誰かがこっそり盗み出して南大陸へと渡り、『時間遡行《そこう》』の魔法で復活を果たした。という事実よりはよほど説得力がある。

実際、ユングヴィ王子が語った推測は、現時点でグスタフ王の立てている推測とほぼ一致していた。

「まあ、そんなところであろうな。この際、大事なのは真相ではない。動かしがたい現状から、ヤン司祭と爪派『教会』がそれぞれ、どのように動くか、だ」

後継者である息子にそう言うと、グスタフ王はさも面倒くさげに一つため息をつく。

どのような経緯を経て、ヤン司祭は生きているのに、爪派『教会』は「ヤン司祭を処刑した」と公表する羽目になったのか。確かにその経緯に今さら、大きな意味はない。

ヤン司祭は生きている。その事実を爪派『教会』は今更認められるはずがない。大事なのはその現状認識と、そこから導き出される未来予想だ。

ユングヴィ王子は、考えながら話す。

「……噂《うわさ》に聞くヤン司祭の気性と、堂々と姿を現して公式声明で『教会』を非難しているという行動から推測するに、ヤン司祭側が簡単に矛《ほこ》を収めるとは到底思えません。

一方爪派『教会』も立場がありますから、処刑したという公式発表を覆《くつがえ》すことはあり得ないでしょう。ボヘビア王国がヤン司祭側についているのだとしたら、武力衝突すらあり得るのではないでしょうか？」

ユングヴィ王子の言葉に、グスタフ王は考えて答える。

「……小競《こぜ》り合《あ》いまでは、確実にいくだろうな。ただ、『教会』は先のタンネンヴァルトの戦いで頼みの一つである『騎士団』が痛い目にあったばかりだ。ボヤで終わるか、大火になるか、五分五分といったところではないか」

爪派『教会』にとって北方竜爪騎士修道会こと通称『騎士団』は、最大戦力の一つだった。それが今、タンネンヴァルトの戦いにおける敗戦で、大きく傷ついている。

そのため、爪派『教会』に冷静な判断ができれば、現状でヤン司祭討伐の軍を差し向けて、ボヘビア王国を敵に回すような真似はしない、という未来が予測できる。

しかし、世の為政者《いせいしゃ》、指導者が常に理性的で正しい判断を下すとは限らない。

特に今回は、背教者として処刑したはずの自宗派の司祭が、生き返って非難声明を出している、という爪派『教会』のメンツに特大の傷をつける事態だ。

「何があっても、ヤン司祭を名乗る偽物を殺せ！」という判断も、間違っているわけではない。

爪派『教会』のメンツと権威を守るためならば、そうする方がいいのだ。問題は、果たしてそれを実行できるだけの戦力が、今の爪派『教会』にあるのか？　という点である。

父王の推測に、一定以上の共感を示しながら、ユングヴィ王子は最後の部分で意見を違《たが》える。

「確かに、冷静になれば踏みとどまる可能性もありますね。なんだかんだ言って教会の権威は高い。表から『ヤン司祭を名乗る偽物』への非難声明を上げながら、裏からはボヘビア王国や周辺諸国に圧力をかけたり、裏取引を持ちかけたりし続ければ、軍を動かさずに、最小の傷でヤン司祭を取り除くことはできると思います。年単位の時間がかかることは間違いないですけれど。

でも、それを踏まえても僕は五分五分じゃなくて七対三、いや八対二くらいだと思いますよ。もちろん、大火になる可能性が八です」

「ふむ。なぜだ？」

父王の問いに、銀髪の王子は小さく肩をすくめて言う。

「決まってるじゃないですか。『教会』のお偉いさんが、自分のメンツを傷つけられて我慢できる確率がそれくらいだからですよ。あいつら、他人事《ひとごと》だと冷静に計算を働かせて判断を下すくせに、自分事だと突然感情を満たすことを優先しますから」

努めて淡々とした口調で、そう言ってのける。

ユングヴィ王子は、王太子になったことで閲覧できるようになった、過去の外交交渉の資料に、一通り目を通している。

その結果、ユングヴィ王子は、現在の『教会』上層部は「自分の過ちを認める能力が不足している」と見なしていた。

だから、今回のヤン司祭の一件も、多少のリスクを負ってでもそのまま突き進む可能性が高い、とユングヴィ王子は推測する。

「実はヤン司祭は生きていました」という事実を認めることは、ヤン司祭を処刑したという公式発表が間違っていたと認めることに等しい。背教者の処刑という重要な公式発表は、最高司祭をはじめとした教会上層部の名前で発表されている。つまり、この場合過ちを犯したのは、言い逃れの余地なく上層部の人間ということになる。

さらに、爪派『教会』はヤン司祭を『背教者』と断定しているのだから、ヤン司祭と裏で取引することにも、強い拒絶感があるはずだ。

そうした一連の説明を、息子の口から聞かされたグスタフ王は、この件に関しては自分よりも息子の見解に説得力があることを認めた。

「なるほどな。そう言われれば、思い当たる節はある。爪派『教会』の上層部は海千山千《うみせんやません》の強者たちだが、自分の感情に振り回されやすい、か」

長らくウップサーラ王国の国王として、爪派『教会』上層部と丁々発止《ちょうちょうはっし》のやり取りをやってきたグスタフ王だ。言われてみれば、ユングヴィ王子の指摘する点については、多分に心当たりがある。

それでも、ユングヴィ王子と違い、爪派『教会』上層部が理性的に判断するか、感情的な結論を出すかを五分五分と考えたのは、同時に彼らが手ごわい為政者《いせいしゃ》であることも身に染みているからだ。

長年の経験から、相手を過大評価している、と言ってもいいのかもしれない。無論、若くて怖いもの知らずのユングヴィ王子が、相手を過小評価しているという可能性もまた十分にあるが。

グスタフ王は顎に手をやり、思案しながら慎重に言葉を紡ぐ。

「大火になるように手をつくすのは、さすがにやけどが怖いが、自然と大火になった場合に備えて手ぐらいは打ってもいいか」

「それならば、父上！　ヤン司祭に傭兵《ようへい》を斡旋《あっせん》しましょう！　ほら、ゼンジロウ義兄上《あにうえ》にヤーノシュを紹介したじゃないですか。ゼンジロウ義兄上の契約はもう切れてるみたいですし、そのままヤン司祭に紹介できませんか？　ついでに我が国の戦士も混ぜておけば、後で詳細な情報も期待できます」

すっかり前のめりになっている息子を、グスタフ王はわざと大きなため息をつきながらたしなめる。

「バカ者。そこまであからさまに片方に肩入れできるか」

明確に爪派『教会』の勢力減退を狙うユングヴィ王子に、グスタフ王は頭痛を覚えずにはいられない。

眼力、思考力をはじめとしたユングヴィ王子の能力は認めているグスタフ王だが、とかくその怖いもの知らずなところは、次期国王として不安が残る。

「お前は致命的ではないところで、一度痛い目に遭ったほうがいいのかもしれんな」

「さすがに失礼ではありませんか？　父上」

ユングヴィ王太子は憮然《ぶぜん》とした表情で抗議するが、グスタフ王が評価を取り下げることはなかった。


〈『理想のヒモ生活16』へつづく〉

付録　主と侍女の間接交流《ぎじゅつしどう》

後宮《こうきゅう》という空間に大きな変化が起こるのは、一般的に新しい側室が入ってきた時である。ここカープァ王国後宮は、いろいろと一般的な後宮から外れている空間だが、その点に関してはさすがに同様である。

フレア姫という一人目の側室が入ったことで、カープァ王国後宮には大きな変化が起きた。

それまでは本棟しか使われていなかった後宮に、フレア姫を主とする別棟が開設され、フレア姫だけでなくその側近である北大陸人の侍女たちが入り込む。

幸い、フレア姫は極めて「弁《わきま》えている」人間であり、連れてきた人員も厳選した最小限に限っていたため、後宮の変化と言われて連想するような負の変化はほぼ発生していない。しかし変化自体は、一般的な後宮に一般的な側室と侍女が加わった時よりも、よほど大きいと言えるだろう。

なにせ、フレア姫は一般的という言葉を当てはめる部分を探すのに苦労するような人間であり、その夫となる善治郎は、そんなフレア姫の破天荒な個性をほぼ掣肘《せいちゅう》しない人間だからだ。

フレア姫の側近であるスカジは、後宮《こうきゅう》でも武装が許され、側室であるフレア姫ともども後宮の中庭で騎竜の練習をし、お墨付きをもらった今では、領内の移動は竜車よりも騎竜が主となっている。

もちろん、ドレスで走竜に跨《また》がるなどできるはずもないので、下はズボンである狩猟服の上下姿だ。

必然的に、後宮侍女たちも慣れたドレスばかりではなく、革製の狩猟服の手入れをしなければならなかったり、庭の手入れも、いつもの伸びてきた雑草の処理や害虫駆除だけでなく、走竜が踏み荒らした芝の張り替え、などという本来軍の演習場を管理する人間がやるような仕事をやらされたりしている。

そんな良くも悪くも多くの変化が訪れている後宮に、今日もまた一つの変化が起きた。

後宮の窓に、『窓ガラス』が取り付けられたのである。

後宮本棟リビングルームの窓。これまではただの木戸であった窓が、『窓ガラス』のはめ込まれたそれと入れ替わっている。

その窓ガラスの前に後宮侍女長アマンダはお手本のような美しい姿勢で立ち、若い侍女一堂に向かって口を開く。

「こちらが、北大陸から取り寄せた『窓ガラス』です。現状はここ後宮本棟のリビングルームと、フレア様の別棟のリビングルームのみですが、ゼンジロウ様たちの評価次第では追加も予定しています。

『窓ガラス』は少々取り扱いに注意点がありますが、幸い今の後宮には、経験者がいますので彼女たちに指導していただきます」

そう言ってアマンダ侍女長が視線を向ける先には、北大陸出身の三人の侍女たち。

「ガラス窓の清掃には、多少コツがございますが、皆様でしたらすぐに習得できることと存じます」

代表するようにそう言ったのは、ランヒルドだ。

フレア姫が北大陸から連れてきた人員のまとめ役であり、後宮の若い侍女たちは一目見て彼女のことを「アマンダ侍女長の色違い」と表した。それから数か月が経過した今、その評価は完全に固まっている。

北大陸から来た若い侍女たちも、アマンダ侍女長のことを「ランヒルド様の色違い」と影で呼んでいるのだから、二人の相似性は誰もが認めるところだと思っていいだろう。

髪、瞳、肌、全ての色が違うのに、定期的に若い侍女たちの間で「アマンダ侍女長とランヒルド様は血縁関係があるのでは？」という噂話《うわさばなし》が広がるほどに二人が似ていると言われる。それは二人が常に浮かべている厳しい表情と、使用人のお手本のような立ち姿勢と身のこなし、そして服の着こなしが、非常に高レベルなところで『同じ』だからだろう。

「そのため、しばらくの間、本棟の清掃担当係にランヒルド、エルヴィーラ、レベッカのいずれかが合流します。窓ガラスの扱いはそこで習うように。よろしいですね」

アマンダ侍女長の言葉に、集まった若い侍女たちは唱和する。

「はい、承知いたしました」

そして、声に出した言葉以上に、若い侍女たちの内心はもっと一致していた。

「エルヴィーラ来い、エルヴィーラ来い」と。

◇◆◇◆◇◆◇◆

本日の清掃担当は、フェー、ドロレス、レテの三人に、エルヴィーラを加えた四人である。問題児三人組の祈りが一番強かったのか、はたまたただの偶然か。問題児三人組に、窓ガラスの取り扱いを教えるのは、願い通りエルヴィーラとなった。

「それでは、私から説明させていただきます」

リビングルームに取り付けられた真新しい窓ガラスの前で、若い侍女がその明るい茶色の髪を弾ませるように、ハキハキと言う。

彼女がエルヴィーラだ。

フレア姫が最初に北大陸から連れてきた（その後、追加で交代要員を増やしている）三人の侍女の一人である。

フレア姫の母方の伯母《おば》に当たるランヒルドは、まとめ役兼フレア姫のお目付け役。

若い侍女であるレベッカは、フレア姫と同時期に女戦士の訓練を受けた者同士という、気心の知れたフレア姫の友人枠。

それに対して、エルヴィーラは、純粋にその能力と人格から選出された侍女である。

年の頃はレベッカとほぼ同世代だが、侍女としての能力はむしろ、ランヒルドに近い。

頭がよく、侍女としての技能に優れ、人に好かれる性格で、人の輪に入ることを好むエルヴィーラは、その能力をいかんなく発揮し、すでにカープァ王国人の侍女たちからも、確たる信頼を得ていた。

「ご覧の通り、窓ガラスは少々複雑な構造をしています。また、丸く透明なガラスの部分とその周囲の黒い鉛の部分、そしてそれ以外の木の部分。全て、手入れに使う薬剤は別になるので注意してください」

エルヴィーラはそう言って、お手本を見せるように布に薬剤をしみ込ませながら、窓ガラスを掃除していく。

「丸く透明なガラス」という言葉通り、今回リビングルームに取り付けられた窓ガラスは円形である。

ガラス一つ一つの大きさは、直径にして十センチ前後といったところだろうか。円形の透明なガラスを鉛製の枠で固定し、縦と横に数列ずつ並べて、窓を形作っている。

ロンデル窓と呼ばれる、古い作りのガラス窓だ。

エルヴィーラの指導とお手本を頼りに、フェー、テレ、ドロレスの三人は窓ガラスの清掃に取り掛かる。

「うーん、ツルツルしてるけど、意外とデコボコしてるのね。綺麗《きれい》に磨くのは結構大変」

円形のガラス部分を布でこすりながら、そう感想を漏らしたのは、ひときわ小柄なショートヘアの侍女――フェーである。

フェーの言う通り、ロンデル窓の円形ガラスは、ロンデル窓のガラス部分は真っ平とは言い難い。

クラウン法とは、簡単に言えばガラス吹きでガラス瓶を作るのと同じ要領で吹いた後、切り離して竿《さお》にくっつけ、その竿を高速で自転させ、遠心力でガラスを引き延ばして板状にする製法である。

回転の遠心力で引き延ばすのだから必然的にでき上がる板ガラスは円形になり、遠心力で引き延ばすという関係上、大きさにも限界がある。

熟練の職人の技をもってしても、現代のガラスのようなまっ平にはなかなかならないし、最後に竿に付けていた部分を切り離すことで発生する跡はどうしても残る。

その凹凸《おうとつ》がクラウンガラス特有の『味』となるのだが、清掃の手間であることは間違いない。

「窓の位置が少し問題かしらね。まあ、私たち侍女はフェーみたいな例外を除けば問題ないけど、下働きの子にはフェーくらいの子もいるから」

そう言って、自分は全く問題なく窓の上の方を掃除しているのは、後宮侍女《こうきゅうじじょ》一の長身を誇るドロレスだ。

ドロレスの言う通り、窓の上の方の掃除は身長百八十センチのドロレスにとってはなんら問題のない作業だが、身長百五十センチ程度のフェーにとっては結構な難事だ。

幸い、現在後宮本棟で働く侍女の中でフェーほど小柄な者は他にいないが、今ドロレスが言った通り、その下で働く者の中には、フェーと同じくらい小柄な者も数人いる。

背伸びをして手を伸ばせば届かない高さではないので、やろうと思えば不可能ではないが、ガラスという取り扱いが難しい高級品の掃除をするには、少々危険だろう。

百回に一回しか起こらない失敗も毎日やり続ければ、いずれ起こるのだ。

ドロレスの問題提起にエルヴィーラは少し考えた後、小さく首を傾げる。

「確かに、フェーの背丈だと少し危ないわね。でも、窓ガラスの貴重さを考えたら、少なくともしばらくの間は下働きには任せられないでしょう。侍女でフェーと同じくらいの背丈はニルダ様だけですし、ニルダ様がお掃除をすることはないでしょうから大丈夫ではないかしら。フェーには、ドロレスがいるから問題ないでしょう?」

エルヴィーラの説明に、フェーはコクコクと頷《うなず》くと、小さな手を勢いよく挙げて、隣に立つルームメイトに言う。

「ドロレス、上はまかせた!」

フェーの言葉に長身の侍女――ドロレスはあきれたような苦笑を隠さず言葉を返す。

「はいはい、まかされたわよ。その代わり、下や床はあなたの担当だからね」

さりげなく上をやる代わりに下と床という、より多くの仕事をフェーに振る辺り、ドロレスは相変わらずちゃっかりしている。

「たしかにそうだねー。ニルダちゃんはもうそういう立場じゃないしー」

いつも通り、のんびりとした口調でそう言うのは、ゆるやかに波打つ薄茶色の髪と、ひときわ豊かな胸元が特徴的な侍女――レテだ。

後宮侍女《こうきゅうじじょ》の中で数少ない、フェーと視線の高さが同じ少女――ニルダは現在フレア姫が暮らす後宮別棟の筆頭侍女となっている。

別棟筆頭侍女とは簡単に言えば、別棟の侍女長のような立場である。自分の手で、窓ふきをするような立場ではない(人手が足りなかった以前ならば、アマンダ侍女長も自ら手を動かすことも珍しくなかったが、侍女の下に下働きを入れるようになってからは、もっぱら全体の指示と監視に専念するようになっている)。

窓ガラスの清掃という新しい仕事が加わったとはいえ、普段は三人でやっている仕事にエルヴィーラという有能なマンパワーがもう一人加われば、仕事はむしろいつもよりも早く終わる。

一通りの仕事を終えた問題児三人組とエルヴィーラは、後宮の裏側とも言うべき、侍女用の食堂で、お茶とお茶菓子を用意して、ゆったりとした時間を過ごしていた。

現時点で、侍女用食堂にいるのは、問題児三人組とエルヴィーラの四人だけだ。

この時期になるとカープァ王国でも、温かいお茶でもさほど問題はない。

レテはお茶請けにクッキーのような焼き菓子を出し、手際よく全員の分のお茶を入れる。

通常、若い侍女たちが休憩するときのお茶と茶菓子の用意は当番制なのだが、問題児三人組の場合は、ほぼレテの独占となっている。

もちろん、押し付けられているのではなく、レテ本人の希望だ。元から料理が大好きだったレテだが、料理担当責任者ヴァネッサに後継者を目指さないか？　と言われてから、強い目的意識をもって料理に取り組んでいる。その分、体力のいる仕事はフェーとドロレスが多めに担当する、という役割分担だ。

全員の前にお茶の入ったティーカップとお茶請けの載った小皿が揃《そろ》ったところで、ドロレスが最初に口を開く。

「今日はありがとう、エルヴィーラ。とても分かりやすかったわ」

ドロレスの口から出たのは、新しい仕事である窓ガラス清掃を教えてくれたエルヴィーラに対する感謝の言葉だ。

それを受けた北大陸出身の若い侍女は、柔らかい笑みで小さく肩をすくめる。

「どういたしまして。ランヒルド様なら、もっと短時間でもっと完璧に伝授できたのでしょうけれどね」

ドロレスの感謝の言葉が本心からであるように、エルヴィーラのその言葉も謙遜《けんそん》ではなく純然たる事実である。

だが、それを理解した上で、問題児三人組は震えあがって何度も首を横に振る。

「絶対ごめん！」

「繰り返すわね。ありがとう、私たちの指導役があなたで良かったわ」

「ランヒルド様はいやー」

まあ、当然の反応だろう。

指導力においてランヒルドがエルヴィーラに勝っていることは事実だが、指導の厳しさにはそれ以上の差がある。エルヴィーラの指導力が低いのならばともかく、エルヴィーラの指導力も高いがランヒルドはそれ以上に高いという現状、あえてランヒルドを選ぶ理由はない。

問題児三人組の反応に、エルヴィーラは小さく苦笑すると、

「今のランヒルド様は、あくまで後宮《こうきゅう》別棟に勤める一侍女にすぎないのだから、ご指導もそこまで高圧的ではないはずよ」

そう言って、親子以上に年の離れた同郷の同僚を庇《かば》う。

だが、そんな弁護の言葉に、ドロレスはその長く黒い髪を振り乱すように首を振って反論する。

「だから、より怖いんじゃない、ランヒルド様は。どんな時も、対等な侍女という立場を崩さずに、礼儀を破らずに、口調も崩さずに、きっちりしっかり指導してくるんだから」

それは公式に上の立場から物申すアマンダ侍女長よりも、圧力が強い。「差し出がましいとは思いますが」「本来、私の立場から申し上げることではないのですが」「これは一つの提案なのですが」等の枕詞《まくらことば》をつけて、日頃のサボりや手抜きに対して「正しい提案」をされると、「はい、すみません」と身を縮ませることになってしまう。

たとえ公式の身分が対等でも、年齢と実績、そして実力が明確に違えば、人間関係は上下にならざるを得ないのだ。

現に、エルヴィーラも問題児三人組も、職務上は対等なはずのランヒルドに対してランヒルド様呼びが一般化している。呼び捨てにするのは、違和感が強すぎるのだ。

「まして、形の上だけランヒルド様の上司になっているニルダには正直同情するわ」

そう言うドロレスの目は、どこか遠くを見ている。

本来上司であってしかるべき人間が同輩であるだけでも大変なのに、後宮《こうきゅう》別棟筆頭侍女のニルダは、肩書の上ではランヒルドの上司なのだ。その心痛を慮《おもんぱか》るドロレスの言葉に、エルヴィーラはクツクツと笑うと、ドロレスの懸念をあっさり否定する。

「あら？　それなら心配に及ばないわ。ニルダ様は、非常にうまくやっておいでよ。筆頭侍女としての仕事ぶりは正直まだまだ学ぶべきものが多い状態だけれど、ランヒルド様とは、驚くほど上手くやっておいでだわ」

「それは、予想外ね」

「うん、あのニルダが、ランヒルド様の上司として振る舞うことができるって、ちょっと信じれらない」

疑念一色に染まった眼をするドロレスに、フェーもそう言って同意する。声は上げていないがレテも同意見であることは、その表情から明らかだ。

三人の反応に、エルヴィーラは上品な仕草で口元に運んだティーカップを、テーブルに戻しながら、答える。

「上司として振る舞っている、というのはちょっと違うわね。ニルダ様はいつも通りよ。いつも通りに、素直にランヒルド様の「忠言」を受け入れて、正しく筆頭侍女としての役割を果たしていらっしゃるわ」

「ああ、そうそういうこと」

エルヴィーラの言葉を理解して、納得を示したのは、三人の中でも最も敏《さと》いドロレスだった。

ニルダという少女を一言で表すとすれば、それは恐らく「純真」という言葉になる。

まるでこの世に自分に悪意を向ける人間が存在していないような彼女の価値観は、見ていてハラハラするほどに無防備だが、それだけに正しく親身になってくれる人間とはすこぶる相性が良い。

ランヒルドは極めて厳しい指導者だが、その厳しさに一切の悪意はない。だから、それをそのまま受け入れるニルダとは、好相性なのであった。

あいにくとニルダは特別物覚えの良い方ではないので、指摘を受けても、いいのは返事だけで、行動が伴わないことも多々あるのだが、逆にランヒルドは極めて優れた指導者のため、ただ生返事を返して実際にはやる気がない人間と、本心から言われた通りに実行しようとしているのに、純粋に能力が付いてきていないのでできていない人間の区別が付く。

だから、ニルダが同じ間違いを繰り返しても、ランヒルドは頭を抱えるだけでニルダに対する悪感情は持たない。

「確かに、そう考えたらー、むしろランヒルド様の方がふりまわせれてそー」

独特ののんびりとした口調で的確なことを言うレテに、エルヴィーラはにっこりして、

「正解」

と端的に答える。

問題児三人組は、噴き出すように笑うのだった。

その後も、問題児三人組とエルヴィーラは、お茶で口を潤しながら、談笑を続ける。

「それにしても、三人とも思っていたよりずっとガラス窓の手入れに慣れていると思ったら、あそこには似たような物がたくさんあるのね」

窓ガラスの手入れの後、いつも通りリビングルームの清掃を問題児三人組と一緒に行ったエルヴィーラは、思い出しながらそう言う。

「確かに言われてみれば、似た物は多いわね。テレビ、パソコン、鏡。グラスなんて間違いなくガラス製でしょうし」

ドロレスの言葉通り、善治郎が異世界から持ち込んだ品々には、ガラスを用いた物も多数存在する。そのため、後宮侍女《こうきゅうじじょ》の面々はガラスの取り扱いに、ある程度手慣れていた。

ただし、善治郎が異世界から持ち込んだ品々のガラス部分と、このたび北大陸から輸入したロンデル窓ガラスを完全に同一視するのは危険だ。

「確かにツルツルした感じは似てるけど、窓ガラスはデコボコしているし、もっと脆《もろ》くて触るのが怖い感じ」

と、触感と直感でフェーは、ほぼ正解を言い当てる。

実際、現在の技術でできている善治郎の私物のガラス部分と、こちらの世界で造られたガラス窓では、出来はもちろん強度もまるで違う。

極限まで不純物を取り除くことで極めて高い透明度を保っている現代のガラスと違い、今回設置された窓ガラスは厚くし過ぎると光の透過に支障をきたす程度には、色がついている。そのため、できるだけ薄くすることで透過性を高めるという手段を取っている。

元の材質が脆いうえにさらにそれを薄くしているため、比較にならないくらいに強度が劣るのだ。

フェーの感想を受けて、エルヴィーラは小さく首を縦に振る。

「私は、ゼンジロウ様の私物に触れたのは今日が初めてだから、比較は難しいけれど、窓ガラスは取り扱いに気を配る必要があることは確かよ。指導の時にも注意事項として伝えたでしょう?」

エルヴィーラの言葉に、問題児三人組は揃《そろ》って首を縦に振る。

「そうなると、いずれ割れることも想定しておいた方がよさそうね」

「その時は、すぐにゼンジロウ様にお知らせしないと」

「割れたガラスって危なそー。片づける時に気を付けることとか、特別にやるべきこととかあったら教えてー、エルヴィーラ？」

悪びれず、毛の先ほどの恐れもにじませずに、「窓ガラスを割ってしまった場合」の対処方法を話し合う問題児三人組に、優等生エルヴィーラはしばしあっけに取られてしまう。

「……あなたたち、本当にゼンジロウ様のことを信頼していらっしゃるのね」

できるだけ聞こえの良い表現を心掛けたエルヴィーラの口から紡がれたのは、そのような言葉だった。正直に言えば、問題児三人組の反応は、「主人を舐《な》めている」と言われてもおかしくない。

いくら脆い物であっても、自分が勤めている館の一部を破損させた場合について、事前に準備しておくというのは、「私たちそのうちこの窓ガラス割ります」と宣言していると取られてもおかしくはない。

だが、フェー、ドロレス、レテの三人は、エルヴィーラがなぜ顔を引きつらせているのか分からない、とばかりにキョトンとした顔で答える。

「もちろん、信頼はしてるけど、なんで？」

今の会話のどこに、主人に対する信頼を感じさせる言葉があっただろうか？　本気で分からないと首を傾げるフェーに、エルヴィーラはどうにか笑顔を保ったまま、答える。

「確かに誤って窓ガラスを割ってしまうことは、いずれ誰かが犯してしまう失態かもしれないわ。でも、『だから、割らないようにするにはどうすればよいか？』ではなくて『割ってしまった時の対処法』について、それだけ落ち着いて話し合うことができるのは、ゼンジロウ様を信頼してるからでしょう？」

エルヴィーラの指摘に、やっとその事実に思い至ったフェーとレテは顔を見合わせる。

「言われてみれば……」

「普通、お屋敷の備品を壊したら、わざとじゃなくても怒られるよねー」

使用人が屋敷の備品を壊した場合、叱責されるのが当たり前だ。主によっては弁償や、進退に関わる話になることもある。

「意図的に壊したのならばともかく、不慮の事故で壊した人間への叱責は、日常の勤務態度を萎縮させるだけで何の益もない」という善治郎の考え方は、この世界では相当に異質な部類だ。

事実、善治郎のそんな説明を「それもそうだ」と素直に受け入れているのは、彼女たち問題児三人組とニルダくらいで、他の侍女はいまだに仕事中に何かを壊してしまった場合、恐怖を押し殺して、不要な覚悟を決めている。

「よそでは一般的ではないでしょうけれど、ここはゼンジロウ様の価値観が優先されるわ。私たちはできるだけそれに合わせるだけよ」

と、すまし顔で言ってのけるドロレスは、フェーやレテと違い、意図的に善治郎の言葉を使い、自分に都合の良い理論武装をしている。

「その時は、すぐにゼンジロウ様にお知らせしないと」というドロレスの発言に、その強《したた》かな意図が見て取れるだろう。

普通、誤って窓ガラスを割ってしまった場合の報告先は、清掃担当責任者のイネスか、アマンダ侍女長のはずだ。それをあえて善治郎に直接知らせようとするところに、ドロレスのこざかしさがある。

この後宮《こうきゅう》で一番発言権があり、一番甘い判断を下すのが善治郎であると理解しているのだ。

「でも、実際近いうちに窓ガラスが割れたらどうするんだろ？　代わりをまた北大陸から仕入れるのって時間かかるよね？」

フェーの素朴な疑問に、レテはコテリと首を傾げながら答える。

「えー？　でも確かガラスの職人さんを北大陸から呼んだんじゃなかったっけー？　その人に作ってもらえるんじゃないのー？」

カープァ王国の後宮《こうきゅう》は、善治郎はもちろんのこと、女王アウラも、最近は側室のフレア姫も原則自由に出入りするという、一般的な後宮とは少し事情が異なる空間である。

後宮侍女も比較的頻繁に後宮を出入りできるため、後宮だからといって特別情報が遮断されていることはない。耳ざとい者ならば、王宮内――場合によっては王国内――の噂《うわさ》を耳にすることもそう珍しくはない。

そんなレテの『噂話』にドロレスは、少し真面目な声をあげる。

「え？　それ大丈夫なの？　職人の引き抜きって、問題にならない？」

南大陸から見ればガラス職人は、等しく最先端技術を扱う生きた機密情報の塊《かたまり》である。ドロレスの心配も、それほど的外れとは言えない。

だが、この中で一番、北大陸の事情に詳しいエルヴィーラは、特に取り乱すことなく、冷静な表情で問い返す。

「ねえ、レテ。その職人はどの国から連れて来たか、分かるかしら？」

「えー、たしかー、ボヘビア王国、と言ってたと思うー？」

「職人の年齢は？」

「正確には分からないけど、結構おじいさんみたいー」

情報を聞き終えたエルヴィーラは、自信をうかがわせる口調で言う。

「それなら法の上では問題ない、と思うわ。ボヘビア王国のガラス工房は、国の直営とガラスギルド所属に分かれるけど、前者は外国人が声を掛けられる場所にはないから、後者だと思っていいはず。

さらに、老齢という職人の年齢を考えれば、ガラスギルドもすでに退会している可能性が高そうね。絶対とは言えないけれど、法的には問題ないのではないかしら」

「その国のガラスギルドは、一定の年齢で退会する決まりなの？」

フェーの疑問に、エルヴィーラは首を横に振って説明する。

「いいえ。ギルド法では特に年齢制限は定められていないわ。ただ、ボヘビア王国では、年齢が一定を超えた職人が、十分な技術や知識があると見なされた場合、国から熟練職人《ドミニ》の称号が贈られるのよ。熟練職人の扱いは、国営工房の職人の扱いに準じるから、国外に出ることは許されないわ。

だから、国外に連れてくることができたその老ガラス職人は、必然的に熟練職人の称号が取れなかった職人ということになるわ。ある程度年がいって熟練職人の称号の取れていない職人は、言葉は悪いけれどギルドから見限られているようなものなの」

　そうした職人の場合、ギルドに申し出れば脱会は難しくないのだという。熟練職人の称号を得た職人が国営工房の職人同様国外移動を禁じられるのは、技術や知識の流出を防ぐためだ。

　つまり、老齢となっても熟練職人の称号が贈られなかった職人というのは、流出に気を使うほどの技術や知識を身に付けていないということになる。

「ただそれは北大陸の基準で、南大陸ではガラス製造技術に関しては遅れているから、南大陸にとっては貴重な技術者になるのでしょうね」

　精いっぱい配慮しながら、それでも南大陸が技術的に遅れていることを誤魔化さずに指摘するエルヴィーラに、ドロレスは苦笑を隠さず答える。

「もっとはっきり言っちゃっていいのよ、全部遅れてるって。正確に言えば、魔法以外の全部、ね」

　ドロレスの言葉に、フェーとレテは興味津々といった様子で口を開く。

「やっぱりそうだよね」

「レベッカちゃんやエルヴィーラちゃんの私物を見てると、そんな感じだもんねー」

北大陸から来ているフレア姫一行は、フレア姫以外も僅かながら私物を持参している。

王族であるフレア姫、実家がそれなりに名門のうえ銘持ちの女戦士であるスカジ、フレア姫の母系の伯母《おば》であるランヒルドの私物ならば、「実家や本人の格の違い」として理解できるが、下級貴族出身のレベッカやエルヴィーラの私物も、南大陸の基準で見れば目を瞠《みは》るようなものがあるのだ。

特に分かりやすいのが、侍女ならばほぼ全員が持参している裁縫道具だろう。針、鋏《はさみ》、糸。見比べると一目瞭然だ。

一番わかりやすい違いが鋏で、そもそも鉄の質が格段に良い上に、非常に精密な作りになっている。カープァ王国でこれほど出来の良い鋏を購入しようと思えば、貴族でもちょっと悩むくらいの金額になるだろう。

糸も違う。具体的に言えば、色糸の数が違う。フェーたちが持参している裁縫道具には、白（実際には淡い黄色に近い）と黒（厳密には黒ではない）の二種類しか入っていないのに対し、レベッカたちの裁縫道具には、他にも赤、青、緑、黄と、多様な色の糸が入っている。

目立たないように、生地に近い色糸で繕うためなのだろうが、贅沢《ぜいたく》な話である。染色された糸がそれだけ、安価に販売されているのだ。無論、一般庶民の手の届く範囲ではないのだろうが、下級貴族でも手が出る程度の値段なのだろう。

　純粋な国力、経済力ならばカープァ王国の圧勝のはずなのに、こうした量産品の出来はウップサーラ王国が勝っている。それは、多方面における技術力において、ウップサーラ王国が勝っていることを意味している。

「それにしても、エルヴィーラは北大陸の情勢について詳しいのね。ウップサーラでは侍女がそんなに教養があるのが普通なのかしら？」

　首を傾げるドロレスに、エルヴィーラは過度の自慢に聞こえないよう、慎重に言葉と声色に気を付けながら答える。

「ここまでの知識は、あまり一般的ではないわ。私は、王都の大学で法学と論理学を中心に、いくつか講義を聴講する機会を得ていたから、普通より少し知識が多いのよ」

「大学？」

「大学ってなあにー？」

「ええと、確か北大陸の各国に存在する、知識の収集、伝承、研究を旨とする組織、だったかしら？」

　南大陸には存在しない組織に首を傾げるフェーとレテに、ドロレスは聞きかじりの知識を思い出しながら答える。

「そうね、ドロレスの説明でおおよそ間違っていないわ。付け加えるなら、それらを通して知識人、教養人を育成することも目的としている。国や『教会』主導で造られた大学の場合、国や『教会』の運営に必要な人材の育成機関としての側面もあるわね」

エルヴィーラの説明に、三人組は感嘆の表情を揃《そろ》える。

「へえ」

「すごいねー」

「凄《すご》いわね、北大陸は。エルヴィーラが行っていたということは、女でも問題ないの？」

ドロレスの問いに、エルヴィーラは少し残念そうな表情を作り、首を横に振る。

「いいえ。ウップサーラでは女は大学に籍を置けないわ。私のように聴講を許されるのがせいぜいね」

ズウォタ・ヴォルノシチ貴族制共和国やエミリア王国など、いくつかの国の大学は女にも開放されているらしいが、そうした大学でも実際の女の正規学生は年に一人いるかいないか、といったところだという。

現状、学問の世界は、軍以上に男の占有世界のようだ。そう考えると、わざわざ大学に足を伸ばしているエルヴィーラは、『優秀な侍女』ではあっても、『一般的な侍女』ではないのかもしれない。

とはいえ、『一般的な侍女』と共通する部分も当然ある。例えば、色恋沙汰の話に花を咲かせることを好む、というのもその一つだ。

「そういえば、エルヴィーラはミレーラが配置転換になるという話は聞いたかしら？　アウラ陛下の本棟から、フレア様の別棟に。ミレーラはユングヴィ殿下の歓迎夜会に出席していた侍女の一人でしょ？　やっぱり、そういうことなのかしら？」

ふと思い出したらしいドロレスのそんな話に、エルヴィーラはそれなりの興味を示す。

「ええ、ドロレスの想像通りだと思うわ。ユングヴィ殿下のお相手に、ミレーラが内定したのでしょうね。幸い、ミレーラは後宮侍女《こうきゅうじじょ》だから、フレア様付きに配置転換することで、輿《こし》入れ前にできるだけウップサーラ王国の知識、常識、作法を身に付けさせようという計らいね」

それは、純粋な色恋の話というには政治の色合いが滲《にじ》みすぎていたが、貴族の子女の耳に届く色恋話は、大なり小なりそういったものだ。

むしろ、必然的に混ざる政治色を「超えるべき障害」や「運命の道筋」として、話を盛り上げるオプションとして利用している兆候すらある。

「ということは、別棟でのミレーラは、事実上王太子妃教育を受けるのね。うわあ、大変そう」

身分が上がれば上がるほど、面倒なしがらみが増えるし、守らなければならない礼法は厳しくなる。それを知っているフェーは、勝手に同情してしまう。ミレーラからすれば余計なお世話だろう。

ミレーラは、より高位の男の下《もと》に嫁げることを、自分の人生の『勝利』と捉える価値観の人間だ。

それを知っているドロレスは、あきれたように半眼でフェーを見る。

「ミレーラはあなたと違うのよ、フェー。ミレーラならむしろ大喜びしているはずよ」

「あはは、ミレーラちゃんならそうだねー」

レテも楽しげに笑って同意を示す。

「まあ、実際のところ大変なのは間違いないでしょうけれどね。私なんか短期間客人として滞在していただけだから、目新しいものだらけで楽しかったけど、向こうで生活するとなると違いが多すぎて、苦労すると思うわ」

異文化圏に一定期間旅行に行くのと、定住するのとでは全く話が違う。そんな懸念も示すドロレスだったが、根本的なところではそこまで心配していない。ドロレスの知っているミレーラという少女は芯が強く、それでいて典型的な貴族子女の教育が行き届いており、周囲の希望に自分を合わせることに忌避感のない質《たち》だ。

伴侶となる人間との相性がよほど悪くない限り、ミレーラならば大丈夫だ、とドロレスは判断を下していた。

レテも同じ結論に達していたのか、いつも通りのおっとりとした口調で、だが少しだけ心配そうに言う。

「ミレーラちゃんなら大丈夫だとは思うけどー、ユングヴィ殿下はどのような方なのかしらー?」

ドロレスは北大陸で、フェーはこの間の歓迎夜会で一応ユングヴィ王子と対面を果たしているが、シッカリとその人となりを理解しているとは言い難い。必然的に、三人の視線はエルヴィーラに集中する。

その視線の圧力に全く動じることなく、エルヴィーラは見る者を安心させるような柔らかな笑みを浮かべたまま、淀みなく答える。

「ミレーラとの相性は非常に良いと思うわ、ユングヴィ殿下は。元々言動や判断基準は理性寄りなお方だし、私生活においても主導権を取りたがるお人柄だから」

ミレーラは生来の性格か、その後の教育の成果か、男女の関係において主導権を相手に預けたがる傾向がある。

主導権を取りたがるユングヴィ王子とならば、確かに相性は良いと言えるだろう。エルヴィーラはさらに続ける。

「ユングヴィ殿下についてもっとも詳しいのは間違いなくフレア様よ。そのフレア様から事前にユングヴィ殿下について教えていただけるのだから、ミレーラなら問題なく対処できるでしょう。

後宮《こうきゅう》別棟にはランヒルド様もいらっしゃることだし、後宮別棟勤務でミレーラがランヒルド様のお眼鏡にかなえば、フェリシア殿下に一筆書いてくださることも期待できるわ」

ランヒルドは、フレア姫とユングヴィ王子の生みの親である、フェリシア第二王妃の姉だ。しかも単なる血縁というだけでなく、フレア姫の「お目付け役」として抜擢されていることからもわかる通り、ランヒルド自身もウップサーラ王国上層部の信頼が厚い。

ランヒルドが、ミレーラを認める一筆をしたためれば、妹であるフェリシア第二王妃は無論のこと、グスタフ王に対してもそれなりに良い影響を与えることは間違いない。

「それなら、ミレーラちゃんに教えてあげよーか？　頑張ればランヒルド様が一筆書いてくださるから、別棟勤務も頑張ってってー」

純粋に好意から発せられたレテの提案だったが、エルヴィーラは考えることなく即座に首を横に振る。

「それはやめておいた方がいいわ。まず間違いなく、逆効果だから」

「え？」

キョトンとした顔で首を傾げるレテをしり目に、ドロレスが真実に近いところまで推測して言う。

「あ、ひょっとしてランヒルド様は、ご褒美目当ての頑張りは認めない価値観なのかしら？」

そうした考え方は、珍しくない。「評価とは普段の言動からその者の能力や人格を測るもの。何らかのご褒美を提示されて、その時だけ努力をしているような状態の言動で測るのは不適切」という考え方だ。一理ある考え方と言えるだろう。

ドロレスの言葉に、エルヴィーラは小さく首肯《しゅこう》する。

「半分正解ね。全く評価しないわけではないのだけれど、目に見えるご褒美がある状態での成果は、割り引いて考えるお方よ。つまり、なまじ一筆書いてくださる可能性があることを、ミレーラに教えてしまったら、合格点を高くしてしまう結果になりかねないの。大丈夫よ、レテ。ミレーラの日常の勤務態度なら、十分にランヒルド様は合格点をくださるわ」

くださると思うでも、くださるはずでもなく、くださると、エルヴィーラは自信をもって断言した。

その柔らかな笑みと同様の、穏やかな雰囲気から断言される言葉には、不思議なほどの説得力がある。

「そうなんだー。ミレーラちゃん、幸せになれるといいねー」

「それはそう」

「そうなるに越したことはないわね。ミレーラが幸せになるということは、両国にとっても良い結果になるということなのだし」

純粋に同僚の幸せを願うレテに、フェーとドロレスもそれぞれの言葉で同意を示す。

会話が途切れ、だが決して不快ではない静寂の時が続くことしばし。

その静寂を破ったのは、食堂のドアが開かれる音だった。

他の部所もひとまず仕事が終わったのだろう。数人の若い侍女たちが、ガヤガヤと食堂へと入ってくる。褐色の肌と濃い髪色の侍女たちの中、ひときわ目立つ白肌と長くまっすぐな金髪の侍女――レベッカがこちらに気づき、早足で近づいてくる。

「エルヴィーラ、指導ご苦労さま。フェー、ドロレス、レテは、ちゃんとガラス窓の扱い、一回で覚えられた？」

そう言いながら、断りもなく同じテーブルの空いている椅子に勢いよく腰を下ろすレベッカの距離感は近く、いかにも気安い。

同じウップサーラ王国出身の侍女だが、優等生のエルヴィーラと違い、その気質はフェーたち問題児三人組に通じるものがある。

そのおかげで、この短期間の間に、レベッカは問題児三人組と悪態に近い砕けた言葉を交わすほどになっていた。

「それくらい覚えられるって」

「そうだよー、エルヴィーラちゃんの教え方優しくて上手だしー」

「指導役がレベッカだったら、無理だったかもしれないけれどね」

フェー、レテ、ドロレスの返しに、レベッカはもちろん、同席しているエルヴィーラも楽しげに笑っている。

「確かに、あなたたち相手に私じゃ一日じゃ終わらなかったかもね。指導力に関しては、エルヴィーラに敵《かな》わないし」

謙遜《けんそん》するふりをして、その実フェーたちが物覚えが悪いと揶揄《やゆ》するレベッカに、問題児三人組も言い返す。

「指導力だけ？」

「レベッカがエルヴィーラに勝ってるところってどこよ？」

実際、侍女としての能力で言えば、どの面から見てもエルヴィーラはレベッカの上をいっている。

だが、そんなフェーとドロレスのツッコミに、レベッカはあわてず騒がず、右腕を曲

げ、力こぶを作ると、

「決まってるでしょ。殴り合ったら私が勝つ」

と自信満々に言い放った。

「レベッカ……」

「レベッカちゃん、それはないよー」

「それは自慢していいことなの？」

呆《あき》れる問題児三人組の横で、エルヴィーラは楽し気に笑っていた。

この作品に対するご感想、ご意見をお寄せください。

●あて先●

〒101-0052 東京都千代田区神田小川町3−3
イマジカインフォス　ヒーロー文庫編集部

「渡辺恒彦先生」係
「文倉 十先生」係

ヒーロー文庫

ヒーロー文庫

理想《りそう》のヒモ生活《せいかつ》 15

渡辺恒彦《わたなべつねひこ》

2024年1月10日　第1刷発行

発行者　廣島順二

発行所　株式会社イマジカインフォス
〒101-0052 東京都千代田区神田小川町 3-3
電話／03-6273-7850（編集）

発売元　株式会社主婦の友社
〒141-0021
東京都品川区上大崎 3-1-1 目黒セントラルスクエア
電話／049-259-1236（販売）

印刷所　大日本印刷株式会社

ISBN 978-4-07-456480-4